KB056347

루비프루트 정글

리타 메이 브라운 지음 | 알·알 옮김

이 책을 알렉시스 스미스*에게 바칩니다.

여배우이자 유머러스하고 아름다우며 요리를 잘하고 마음씨가 고우며 정치적 사건들의 불경한 관찰자인…… . 그녀의 뛰어난 자질을 모두 나열하려면, 여러분, 사랑하는 독자들은 첫 페이지로 넘어가기도 전에 지치고 말 겁니다. 그래서 그냥 위에 제가 언급한 여인이 저를 타자기 앞으로 장난스럽게 밀어 앉힌 이라는 점만 말하겠습니다. 물론 책을 다 읽고 나면, 그녀가 타자기보다 빠른 무언가 앞에 저를 밀어 앉혔더라면 하는 생각이 드실지도 모릅니다.

---

* 1921년 캐나다에서 출생하여 1993년 엘에이에서 사망한 배우로, 이 책을 헌정받은 일로 리타 메이 브라운과 연인 관계라는 루머가 일었다

추천사를 쓰기 위해 리타 메이 브라운의 《루비프루트
정글》을 다시 읽었다. 거의 이십 년 만이었지만 나는 여전
히 이 책의 수많은 부분들을 생생하게 기억하고 있었다.
나에게《루비프루트 정글》은 읽은 즉시 각인되어 남은 인
생 내내 짊어질 수밖에 없는 그런 책이었다. 이건 예찬이
아니다. 그냥 어쩌다 나에게 일어난 사고였을 뿐. 이런 사
고를 설명하거나 그에 대한 옹호의 논리를 만들어 내는
건 무의미한 일이다. 예를 들어 나와 이 책의 연결고리 중
하나는《올랜도》였다. 나 역시 주인공 몰리 볼트처럼 배를
잡으며《올랜도》를 읽다가 갑자기 차가운 현실과 충돌한
적 있어서, 그 부분이 나왔을 때 책과 나 사이엔 거의 초
자연적인 연결고리가 만들어졌다. 이와 같은 연결점이 책

군데군데에 있다. 하지만 이건 추천사에 쓰기엔 지나치게 개인적인 경험인 것 같다.

《루비프루트 정글》을 좋아했던 보다 객관적인 이유는 이 책이 여자 주인공이 등장하는 피카레스크 소설이라는 드문 장르에 속해 있기 때문이었다. 여자 주인공이 나오는 모험담은 제법 많고 계속 많아지고 있다. 이런 책을 없어서 못 읽는다고 주장하는 사람들은 게으르거나 관심없으면서 거짓말을 하고 있는 것이다. 하지만 당시 여자 주인공이 오기 마치나 톰 존스, 허클베리 핀과 같은 모험을 하는 책은 드물었다. 이 글을 쓰기 위해 다시 한 번 확인해보았다. 놓치거나 잊었을 수도 있지만 그럭저럭 내 독서 경험과 직간접적으로 겹치는 책은 《몰 플랜더스》 정도(책 대신 이를 각색한 미니 시리즈를 보았다는 뜻이다), 그다음에 세라 워터스의 《벨벳 애무하기》, 지넷 윈터슨의 《열정》 등으로 건너뛴다. 《루비프루트 정글》에서 나를 매료했던 것은 금기를 깨는 선정성이 아니라 그런 선정적인 모험담을 현란하게 풀어내는 주인공이 여자라는 사실이었다. 길을 떠나는 여자, 수많은 연인들과 나눈 현란한 경험을 자랑하는 여자.

아, 《루비프루트 정글》은 동성애 소설이기도 하다. 아마 여러분이 이 책을 집어든 가장 큰 이유이기도 할 것이다.

리타 메이 브라운은 책과 작가를 게토화하는 이 분류를 좋아하지 않는다고 꾸준히 말하고 다닌다. 하지만 책을 '동성애자가 쓴 자서전적 소설'로 분류하지 않는다고 해도 이를 언급하지 않고 넘어갈 수는 없다. 동성애 소설이라는 막연한 분류보다 1940년대에 태어나 1960~1970년대 페미니즘과 엘지비티 인권 운동의 선구에 서서 온갖 풍랑을 직접 겪은 사람의 개인적인 역사라는 점이 더 중요하다. 브라운은 몰리 볼트보다 정치적이었고, 공개적인 삶을 살긴 했지만. 《루비프루트 정글》의 내용이 익숙하게 느껴진다면 그건 진부해서가 아니라 출간 이후 몇십 년 동안 이 작품이 비슷한 내러티브의 전범이 되었기 때문이다.

이십 년 뒤에 다시 읽는 《루비프루트 정글》은 전과 조금 다른 의미로 읽힌다. 이는 몰리 볼트의 꿈과 연결되어 있다. 내가 이 책을 읽을 때만 해도 '영화하는 여자'는 내 주변에 극히 드물었다. "나는 커서 영화감독이 될 거야!"라고 선언하는 여자아이도 이 책에서 처음 보았다. 당시 나에게 이 선언은 주인공이 퀴어라는 사실보다 급진적이었다. 책이 나왔던 1970년대엔 어땠을지 말할 필요도 없다.

그동안 많은 게 바뀌었다. 영화하는 여자들, 여자 영화감독들은 꾸준히 늘어났다. 이제 그들은 희귀 동물이 아니라 정당한 파이를 쟁취하기 위해 투쟁하는, 세상의 당연한 일부다. 그와 함께 몰리 볼트가 반세기도 전에 겪은 수많은 경험들은 한층 현실적이고 보편적이 되었다. 이 번역서로 몰리의 모험담을 처음 접하는 그들에게 이 이야기가 어떤 의미로 다가올지 궁금하다. 아마 그들은 나와 다른 연결점을 이 책에서 찾을지도 모르겠다.

나는 종종 책이 끝난 뒤 몰리 볼트의 경력에 대해 생각해보곤 한다. 현실 세계의 역사는 몰리 세대의 여자 감독들에게 그렇게 큰 기회를 제공해주지 않았다. 하지만 그렇다고 해서 쉽게 포기해버린 몰리는 상상할 수 없다. 아마 《루비프루트 정글》 세계의 나는 서울여성영화제 회고전에서 몰리의 영화들을 보았을지도 모르겠다. 백발을 휘날리며 신촌 거리를 걷는 몰리를 직접 보았을지도.

2019년 3월

듀나(작가)

차례

일러두기

1. 이 책은 《Rubyfruit Jungle》(Bantam; Reprint edition, 2015)을 우리말로 옮긴
   책이다.
2. 본문의 주는 모두 옮긴이의 것이다.

세상에서 가장 이상한 고추

자기 인생이 어떻게 시작되었는지 기억하는 사람은 없다. 어머니나 이모들이 우리가 갓난아기일 적, 아주 어릴 적의 이야기를 들려주지만, 그들이 바라는 건 따로 있다. 우리 삶을 완전히 자기들 마음대로 할 수 있던 예전 시간을 잊지 않기를, 그럼으로써 시간이 흐른 뒤에도 우리 삶에 자기들 자리를 남겨주기를 속으로 기도하는 거다.

내 인생이 어떻게 시작됐는지 나는 일곱 살이 되기까지 전혀 모르고 있었다. 커피홀로라는 펜실베이니아의 요크 변두리 촌구석에 살 때였다. 타르지로 바른 지붕 밑에 얼굴 더러운 아이들이 사는 집들을 이어주는 비포장도로가 놓여 있었으며, 지명을 만들어준 작은 가게에서 막 갈아낸 커피 콩 냄새가 항상 공기 중에 진하게 퍼져 있었다. 그 얼굴 더러운 애들 중에 브록허스트 뎃와일러, 일명 '브로콜리'가 있었다. 내가 후레자식이라는 사실을 알게 된 건 그 애 때문이었다. 브로콜리야 내가 후레자식인 줄 몰랐지만, 그 애와 맺은 거래의 대가로 나는 진실을 대면해야 했다.

구월의 맑은 어느 날, 브로콜리와 내가 바이얼릿힐 초등학교에서 집으로 가는 길이었다.

"야, 몰리. 나 오줌 눌 건데 구경할래?"

"그래, 브록."

그 애가 덤불 뒤로 들어가더니 으스대며 바지 지퍼를 내렸다.

"브로콜리, 네 고추 주변에 늘어진 살들은 다 뭐야?"

"엄마가 그러는데 아직 안 잘라낸 거래."

"머라구? 잘라내?"

"엄마가 그러는데 어떤 사람들은 수술을 받아서 껍질을 잘라내는데 그게 예수님 때문이래."

"어, 다행이다. 나한테는 아무도 자르라고 안 하겠지."

"그건 네 생각이고. 우리 루이스 이모는 한쪽 쭈쭈를 잘라버렸어."

"나한텐 쭈쭈가 없잖아."

"너한테도 생길걸, 엄청 늘어진 쭈쭈가. 울 엄마랑 똑같이. 쭈쭈가 허리 밑까지 처져서 엄마가 걸을 때 출렁거려."

"난 아니야. 난 그렇게 안 될 거야."

"아아니, 그렇게 돼. 여자들은 다 그렇게 생겼잖아."

"닥쳐. 안 그럼 네 주둥이 목구멍 속으로 처박아버린다, 브로콜리 뎃와일러."

"닥칠게, 대신 내 거 보여줬다고 아무한테도 말하지 마."

"뭐, 말할 게 있긴 하냐? 옆에 쭈글쭈글한 분홍색 덩어리 붙어 있는 게 다잖아. 흉측하게 생겨가지고."

"아니거든."

"하. 끔찍하게 생겼거든. 지 거라서 안 그런 줄 아나 본데. 그렇게 생긴 고추는 아무한테도 없어. 내 사촌* 리로이, 테드, 아무한테도. 진짜 세상에 고추가 그렇게 생긴 건 너밖에 없을 거야. 우리 그걸로 돈 좀 벌어보자."

"돈? 내 고추로 어떻게 돈을 벌어?"

"학교 끝나면 애들 여기로 데려와서 네 거 보여주고 한 명당 오 센트씩 받으면 되지."

"싫어. 딴 사람들 안 보여줄 거야. 내 거 보고 웃으면 어떡해?"

"야, 브룩. 돈은 돈이야. 걔들이 웃는 게 무슨 상관이냐? 너는 돈을 버는데. 그럼 걔들을 비웃어줄 수 있다고. 돈은

---

*   한국식으로는 오촌 사이이나 다른 식구들과의 관계 및 호칭을 고려하여 사촌으로 옮긴다

우리 둘이서 반반씩 나누자."

다음 날 쉬는 시간에 나는 이 소식을 퍼뜨렸다. 브로콜리는 입을 꾹 다물고 아무 말도 하지 않았다. 나는 브로콜리가 지레 겁먹고 내뺄까 봐 걱정했지만, 걔는 약속을 지켰다. 수업이 끝나고 열한 명 정도 되는 아이들이 학교와 커피숍 사이 숲으로 달려갔고, 거기서 브록은 바지를 벗었다. 그 애는 대박이었다. 여자아이들 대부분은 평범한 고추도 본 적이 없는 데다 브로콜리 것은 너무 징그럽게 생겨서 다들 꺅꺅 소리를 지르며 재미있어했다. 브록은 조금 창백해진 듯했지만 모두가 충분히 구경할 때까지 덜렁거리는 그걸 용감히 내놓고 있었다. 우리는 오십오 센트를 벌었다.

소문은 다른 학년에도 퍼졌고, 일주일쯤 지나자 브로콜리와 나의 사업은 번창했다. 나는 빨간 감초 사탕*을 잔뜩 사서 친구들에게 빠짐없이 나누어주었다. 돈은 권력이었다. 빨간 감초 사탕이 많을수록 친구도 많아졌다. 내 사촌 리로이도 제 걸 보여주겠다며 사업에 끼어들려고 했지만, 그 애는 껍질이 없어서 탈락이었다. 대신 걔 기분을 생각해서 나는 매일 번 돈에서 십오 센트씩을 주었다.

낸시 케이힐은 일명 "세상에서 가장 이상한 고추"로 선

* 쫀드기 같은 과자

전한 브로콜리를 매일 방과 후 구경하러 왔다. 어느 날은 다른 애들이 모두 떠날 때까지 기다렸다. 낸시는 주근깨투성이에 묵주를 가지고 다니는 애였다. 브로콜리를 볼 때마다 키득거리던 낸시가 그날은 브록에게 만져봐도 되냐고 물었다. 브로콜리는 멍청하게도 그러라고 했다. 낸시는 브록 것을 쥐어보고 꺅꺅댔다.

"됐다, 됐어. 낸시, 그 정도면 된 거 같다. 얠 너무 힘들게 하는 거 아닐까? 우리한텐 너 말고도 받을 손님들이 있거든." 그러자 그 애는 김이 샜는지 집에 가버렸다.

"야, 브로콜리, 대체 무슨 생각으로 낸시가 공짜로 만지게 해줬어? 그러려면 적어도 십 센트는 받아야지. 우리 그거 십 센트씩은 받아야 돼. 꼭 그렇게 하고 싶으면, 애들 다 집에 갔을 때 낸시만 공짜로 시켜주든지."

"좋아."

이 새로운 방식이 학교 애들의 절반을 숲으로 끌어들였다. 얼 스탬백 녀석이 미스 마틴 선생님께 이르기 전까지는 모든 게 순조로웠다. 마틴 선생님은 캐리와 브로콜리네 엄마에게 연락을 했고, 다 끝장났다.

그날 밤 집에 도착했을 때 내가 현관문을 닫기도 전에 캐리가 소리를 질렀다. "몰리, 당장 이리 와!" 그 목소리는 내가 곧 혼쭐이 날 것임을 알려주었다.

"가요, 엄마."

"너, 숲에 나가서 브록허스트 뎃와일러 잠지를 가지고 놀았다며. 대체 무슨 얘기야? 솔직히 말해. 얼이 마틴 선생님한테 다 말했다니까. 너 밤마다 거기 갔었지."

"저는 아니에요, 엄마. 나는 한 번도 걔 거 갖고 논 적 없단 말이에요." 사실이었다.

"거짓말 치지 마, 입만 살아가지고. 너 거기서 그 덜떨어진 새끼 붙들고 딸딸이 친 거 다 알아. 그것도 온 동네 애새끼들 다 있는 앞에서!"

"아니에요, 엄마, 진짜예요. 난 안 했단 말이에요." 아무리 사실을 말해도 엄마에겐 소용이 없었다. 도무지 믿어주지를 않았다. 캐리는 아이들이란 모두 거짓말을 한다고 생각하는 사람이었다.

"너 때문에 온 동네에 망신살이 뻗쳤는데, 널 쫓아내야지 별수 있겠니? 지가 대단히 잘난 줄 알고 집에서나 나가서나 멋대로 휘젓고 다녔겠지. 맨날 책 읽는답시고 건방이나 떨고. 싸가지 없이 온갖 잘난 척은 다 하더니, 그렇게 잘난 넌이 숲에서 멍청이 고추를 갖고 노셨어. 그런데 말이야, 네가 모르는 게 있어요, 이 썩을 것. 너는 네가 아주 똑똑한 줄 알지. 넌 니 생각만큼 그렇게 대단한 종자가 아니야. 그리고 내 딸도 아니고. 인제 네가 어떤 앤 줄 알았으니 꼴도 보기 싫다. 네가 누군지 아니, 이 헛똑똑이야? 너는 루비 드롤린저 새끼야, 후레자식이라고. 앞으로도 어디 한번 콧대 세우고 다녀봐."

"루비 드롤린저가 누군데요?"

"너네 진짜 엄마지 누구긴 누구야. 그리고 그 여자는 창녀였어, 들었죠, 몰리 아가씨? 천하고 더러운 창녀였다고. 껄떡거리기만 하면 개랑도 잘 년이었어."

"그게 나랑 무슨 상관이에요. 그렇다고 뭐가 달라지는데. 난 우리 집 식구 아니에요?"

"뭐가 다르냐고? 천지차이지. 결혼해서 낳은 애들은 하나님께서 축복해주시지만, 결혼도 안 하고 낳은 애들은 후레자식으로 태어나서 후레자식처럼 살게 돼 있어. 다르다고."

"상관없잖아요."

"퍽이나 상관이 없겠다, 이 똥멍청이야. 두고 봐라, 사람들이 너 후레자식인 거 알면 예쁘장하고 책 좀 보는 게 얼마나 소용 있을지. 너 하는 짓 봐, 피는 못 속인다더니 늬들이 딱 그 짝이야. 루비처럼 고집만 세가지고 뎃와일러 같은 병신이랑 숲에서 딸딸이를 쳐, 이 호로 잡년아!"

캐리의 얼굴은 시뻘겋게 변해 있었고 목에는 핏대가 바짝 서 있었다. 혼자 공포영화라도 찍는 것처럼 식탁을 두

들기더니 나까지 치기 시작했다. 내 어깨를 움켜쥐고선 마치 개가 인형을 물고 흔들듯이 마구 흔들었다. "싸가지 없는 호로 잡년아. 감히 내 집에 와서 이런 짓거릴 해! 고아원에서 죽을 걸 데려와가지고 때맞춰 먹여서 살려났더니. 지가 여기 와서 처먹은 게 얼마고 뒤치다꺼리 시킨 게 얼만데 이젠 나가서 내 얼굴에 똥칠이나 하고 자빠졌어. 정신 똑바로 차려, 너. 안 그러면 내가 너 도로 처넣을 거야. 너 있던 그 시궁창에다!"

"이거 봐. 진짜 엄마도 아니면서 이 망할 손 치우라고."

나는 문밖으로 뛰쳐나가 밀밭을 가로질러 숲까지 한참을 달렸다. 해는 이미 졌고, 하늘에는 장밋빛 노을 한 가닥이 남아 있을 뿐이었다.

그래서 어쩌라고. 후레자식이니까 어쩌라는 거야. 상관없어. 겁주려는 거겠지. 엄만 항상 내가 겁 좀 내야 되는 것처럼 굴잖아. 후레자식이고 뭐고가 그렇게 중요한 사람이면, 엄마든 누구든 뒈져버리라고 해. 브로콜리 뎃와일러랑 그 새끼 그 못생긴 고추도 다 망해버려. 걔 때문에 내가 이 난리를 치고 이제 막 돈 좀 만져보나 싶더니만 왜 이렇게밖에 안 되냐. 죽어도 얼 스탬백 내가 꼭 잡아서 묻어버린다. 휴, 그럼 엄만 그거 갖다 날 또 죽이려고 하겠지. 내가 후레자식인 걸 또 누가 알까. 떠버리 할망구는 분명히 알 거고, 그 동네방네 확성기처럼 떠들고 다니는 그 떠버리 플로렌스가 알면 온 세상이 다 알겠지. 다들 알면서 꿀 먹은 벙어리처럼 가만있는 게 틀림없어. 어쨌든 절대 그 집엔 다신 안 들어가. 가면 사람들이 비웃고 날 또라이처럼 쳐다볼 거 아냐. 여기 숲속에서 버티다가 얼 그 자식 죽여버릴 거야. 젠장, 브룩 그 자식은 혼났을까? 내가 시켰다고 하고 빠져나가겠지. 겁쟁이 새끼. 하긴 그렇게 생겨먹은 고추 가진 새끼가 다 그렇지. 딴 애들 중에 아는 애가 있을지 모르겠네. 떠버리 할망구랑 엄마하고는 맞장 뜬다 쳐도 애들이 다 같이 꼬투리 잡으면 못 당할 텐데. 뭐, 이런 거 신경 쓸 애들이면 죄다 지옥에나 가라지. 뭐 그리 대단한 문제라는 거야. 어떻게 태어났건 무슨 상관인데. 상관없잖아. 정말 아무 상관 없다고. 난 그냥 세상에 태어난 것뿐이야. 그게 중요하지. 여기 이렇게 있다는 게. 어휴, 꼰대 아줌마 완전 난리치던데. 미쳤어, 진짜 맛이 갔어. 다시는 집에 안 가. 그게 그렇게나 중요한 덴 절대로. 가면 나한테 그 소릴 계속하겠지. 내가 다섯 살 때 친할머니 정강이 찼던 거까지 끄집어내는 거 봐. 이 숲에서 살자. 나무 열매랑 산딸기 먹고 살면 될 거야. 아니다, 산딸기에 있는 진드기는 싫으니까 그건 빼고, 열매만 먹고도 살 수 있겠지? 살 수 있을 거야. 토끼도 잡아야 되나, 근데 테드가 토끼한텐 기생충이 드글드글하다고 했는데. 기생충이라니, 웩, 그건 안 먹어. 숲속에서 지낼 수는 있을 거야, 음, 굶으면서. 그러면 돼. 그럼 엄마는 나한테 소리 지른 것도, 내가 어떻게 태어났는지를 가지고 난리 친 것도 미안해지겠지, 우리 어머니 보고 창녀라고 한 것도……. 어머니는 어떻게 생겼을까. 나도 닮은 사람이 있겠지. 우리 집 식구 중에 나랑 닮은 사람은 없어. 집안사람들 중에도, 비겐리트 집안에도. 모두 유난히 피부가 하얗고 눈은 회색이지. 독일 출신, 다 독일에서 왔으니까. 그리고 캐리가 그거 갖고 얼마나 호들갑을 떠냐고. 다른 데서 온 사람들은 질이 안 좋다며, 이탈리아인들, 유대인들, 온 세상 나머지 사람들 다 마찬가지라며 질색했지. 그래서 엄마가 날 싫어하는 거야. 분명 우리 어머닌 독일 사람이 아니었을 거야. 날 캐리한테 떠넘기다니 어머닌 나한테 별 관심이 없었나 봐. 아니면 내가 그 옛날에 무슨 잘못이라도 했나? 왜 그렇게 날 떠났을까? 지금이라면 브로콜리 고추 보여주고 다녔다고 떠나실 수도 있겠지. 하지만 갓난아기 때 잘못할 만한 게 뭐가 있었을까? 이런 얘기는 아예 안 들었으면 좋았을 텐데. 캐리 볼트가 콱 죽어버렸으면 좋겠다. 정말로 그랬으면 좋겠다. 다신 거기 안 가.

숲에 밤이 찾아오자 보이지 않는 작은 동물들이 어둠 속에서 제집을 찾는 소리가 들렸다. 달도 없었다. 칠흑 같은 어둠이 콧구멍 속으로 밀려들어왔고, 이상한 소리와 작은 소음이 공기 중에 가득했다. 솔숲 근처의 오래된 연못에서 냉기가 올라왔다. 열매 따위는 하나도 찾을 수 없었다. 너무 어두웠다. 거미줄만 손에 잡힐 뿐이었다. 마음이 바뀐 건 그 거미줄 때문이었다. 나는 집으로 돌아가기로 했다. 다만 좀 더 커서 직업을 구해 그 쓰레기장에서 벗어날 수 있을 때까지만이다. 몇 번 넘어져가면서 더듬더듬 집으로 돌아와, 찢어진 방충망 문을 열었다. 나를 기다리는 사람은 없었다. 모두 잠자리에 든 지 오래였다.

건포도 상자

리로이는 감자밭 한가운데 앉아 배꼽에 달라붙은 진드기를 떼고 있었다. 앤 만화책에 나오는 뚱뚱한 아기 오리 베이비 휴이처럼 생겼고 지능도 그 수준이었지만, 나의 사촌이었고 나는 앨 무척 좋아했다. 우리는 감자잎벌레를 잡으라는 말에 나와 있었지만, 햇볕은 뜨거웠고 우리 둘다 고된 일로 지쳐 있었다. 여자 어른들은 집 안에 있었고 남자 어른들은 일을 나가고 없었다. 1956년 여름이었다. 우리는 형편이 너무 좋지 않아서 샤일로라는 곳에서 외가 친척인 덴먼네 식구들과 같이 살아야만 했다. 하지만 우리 집 형편이 나쁜 줄 몰랐던 나는 리로이와 테드, 그리고 동물들과 집 밖에 나와 있는 걸 좋아했다.

리로이는 열한 살로 동갑이었다. 키도 같았지만 걔는 뚱뚱했고, 나는 날씬했다. 테드는 리로이의 형으로 열세 살에 변성기를 맞았다. 테드가 시내의 에소 주유소에서 일하는 동안 리로이와 나는 감자잎벌레나 잡아야 했다.

"몰리, 나 벌레 잡는 거 그만할래. 두 통이나 잡았잖아. 허셰너 아줌마네 가게 내려가서 음료수 사 먹자."

"알았어. 그치만 테드가 트랙터 부숴놓은 하수구 쪽으로 가지 않으면 엄마한테 들켜서 다시 일해야 될걸." 우리는 하수구를 기어서 통과한 뒤, 녹슨 트랙터를 지나 흙길 반대편으로 빠지는 배수로로 나왔다. 그리고 거기서부터 허셰너 아줌마네 구멍가게까지 냅다 달렸다. 그 가게 문에는 온도계가 달린 빛바랜 니하이 청량음료 간판이 걸려 있었다.

"어머, 리로이랑 몰리 왔구나. 우리 애기들, 저기 언덕에서 엄마 일 도와드리고 있었니?"

"네, 허셰너 아줌마. 감자들 잘 자라라고 하루 종일 감자잎벌레 잡았어요." 리로이가 늘어지는 말투로 대답했다.

"아이고, 어쩌면 이렇게 착할까. 자, 초콜릿 테이스티케이크* 하나씩 줄까?"

"감사합니다, 허셰너 아줌마." 우리는 이구동성으로 대답했다.

* 초코파이 같은 과자

"여기 오 센트요. 라즈베리 아이스크림 좀 퍼 갈게요."

나는 아이스크림을 들고 유월의 햇볕 속으로 걸어 나왔다. 리로이는 초콜릿 퍼지를 들고 어슬렁어슬렁 나왔고, 우리는 가게 문 옆 낡은 마루에 앉았다. 가게 앞에 쌓여있는 무지갯빛 타르지 쪼가리들 속에는 빈 선메이드 건포도 상자가 놓여 있었고, 나는 뚜껑이 찢어진 것만 빼고는 거의 완벽한 그 상자를 눈여겨보기 시작했다.

"저걸로 뭐 하게?"

"다 계획이 있어. 넌 그냥 보기나 해."

"야, 몰리, 그러지 말고 얘기해줘. 도와줄게."

"지금은 말 못 해. 저기 바버라 스팬전소 온다. 쟤 누군지 알지?"

"참나, 알았어, 비밀로 해줄게."

"안녕, 바버라. 뭐 해?"

바버라는 빵 한 덩어리를 어쩌고저쩌고 중얼거리더니 안으로 사라졌다. 바버라는 유대인인데, 캐리는 리로이와 나에게 그녀를 멀리하라고 끊임없이 얘기했다. 굳이 그렇게까지 말할 필요도 없었다. 아무도 바버라 스팬전소를 가까이하려 하지 않았다. 항상 바지에 손을 넣은 채 자위하고 있는 데다 풍기는 냄새도 지독했기 때문이다. 나는 열다섯 살이 될 때까지 유대인이면 다 바지에 손을 넣고 다니는 줄 알았다.

바버라가 가게에서 굴러나왔다. 리로이보다도 뚱뚱한 그녀는 피셜 빵을 한 아름 안고 나와 인동덩굴이 무성한 길로 들어섰다.

"저기, 바버라! 오늘 얼 스탬백 봤어?"

"연못가에 내려가 있던데, 왜?"

"걔한테 줄 선물이 있어서 그래. 혹시 보면 내가 찾는다고 해, 알았지?"

바버라는 내 말을 비장한 표정으로 듣더니 잰걸음으로 멀어져갔다. 그녀는 스탬백네하고 제일 가까이 살아서 내 말을 전해줄 확률이 높았다.

"얼 스탬백한테 무슨 선물을 준다고 그래? 죽도록 미워하는 줄 알았는데."

"미워하는 거 맞고, 그래서 아주 특별한 선물을 준비했지. 그거 가지러 갈 건데 같이 갈래?"

리로이는 신나서 뭐든 할 기세가 됐다. 그리고 아기 오리가 엄마를 쫓아오듯 나를 따라 들판 끝까지 오는 내내 그 선물이 뭐일지 추측하며 떠들어댔다. 우리는 시원한 숲속으로 들어왔고, 나는 땅을 훑기 시작했다. 리로이도 아래를 보고 있기는 했다. 정확히 뭘 찾고 있는지도 몰랐지만.

"찾았다! 이제 확실히 혼내줘야지."

"토끼 똥 더미밖에 없는데? 뭐 할 건데? 빨리 말해줘."

"그냥 보기나 해, 리로이. 주둥이 닥치고."

나는 작고도 완벽하게 똥그란 토끼 똥을 한 손 가득 퍼서 선메이드 건포도 상자에 담았다.

"플로렌스가 뒷마당에 내놓은 건포도 기억나? 가서 한 줌만 슬쩍 갖고 와."

리로이가 시멘트 트럭이라도 된 양 출발했고, 그 둔중한 뒷모습에 오후의 햇살이 반사되고 있었다. 십 분쯤 지나 그 애가 진짜 건포도 한 줌을 고이 모셔 왔다. 나는 그것을 상자에 넣고 세게 흔들었다. 그러고 나서 리로이에게 영원히 비밀을 지킬 것을 맹세시키고, 숲에서 나와 얼 스탬백을 찾으러 카마인 씨네 연못 쪽으로 갔다. 아니나 다를까, 거기서 그 자식은 미끼도 없이 막대기를 낚싯대랍시고 들고 앉아 존재하지도 않는 물고기가 입질하기를 기다리고 있는 것이었다. 멍청하기 짝이 없었다. 그 애가 사 학년을 마칠 수 있었던 건 오로지 선생님에게 아첨한 덕분이었다. 우리는 같이 육 학년으로 올라가는데, 그 애는 구구단 오 단을 넘어가지 못했다. 플로렌스 말로는, 스탬백네는 애들이 너무 많아 제대로 먹이질 못하기 때문에 얼도 뇌가 곯아서 그렇다고 했다. 나는 얼을 미워하기 바빴지, 그 애가 어째서 멍청한지에는 관심 없었다. 학교에서 그 애는 내가 이런저런 교칙을 어겼다고 항상 일러바쳤다. 지난번에는 비품실에서 서판을 훔친 일로 비버 선생님한테 불려가 혼났다. 종업식 일주일 전에 있었던 이 일 때문에 하마터면 나는 육 학년으로 올라가지 못할 뻔했다. 명청하긴 해도 얼은 자기가 어떻게 해야 살아남을 수 있는지 터득하고 있었고, 정작 그 대가는 고스란히 내가 치렀던 거다. 쥐새끼 같은 놈이 주둥이만 살아가지고.

얼은 우리가 오는 소리를 듣고 고개를 들었다. 순간 얼굴에 당황한 기색이 스쳤는데, 자길 때릴 줄 알고 그랬을 것이다. 그래서 난 미소를 지으며 말을 건넸다. "안녕, 얼, 뭐 좀 잡았어?"

"아니, 그런데 한 오 분 전에 입질이 세게 왔었어. 참치였던 거 같아, 아주 셌거든."

"그으래? 너 낚시에 소질 있구나."

어색하게 웃느라 얼의 왼쪽 눈이 파르르 떨렸다. 이 녀석이 눈치를 챌 리 없지.

"얼, 생각해봤는데 이제 우리 서로 짜증 나게 굴지 말자. 난 너 고자질하는 거 정말 싫거든. 너도 학교 끝나고 내가 기다리고 있다가 너한테 화내고 그러면 싫잖아. 이제 그만 휴전하고 친구 하자. 개학하고 나서, 네가 나 안 이르면 나도 너 안 때릴게."

"그래, 몰리, 좋아. 나도 우리가 친구가 됐으면 좋겠어. 하나님한테 맹세할게, 다신 너 안 이른다고."

"자, 그럼 여기, 정식으로 휴전하려고 작은 선물을 준비했어. 이거 허셰너 아줌마네 가게에서 가져온 거야. 너 건포도 좋아하잖아."

"고마워. 이야, 고맙다." 얼이 건포도 상자를 낚아채 뚜껑의 남은 부분을 찢어내고 입을 벌리더니 상자를 통째로 뒤집어 단번에 반쯤 삼켰다. 리로이가 낄낄거리기 시작했다. 나는 개의 왼팔을 꽉 붙잡고서 오렌지도 으스러뜨릴 만큼 세게 꼬집으며 으름장을 놨다. "조용히 안 하면 패버린다."

"걱정 마, 몰리. 안 웃을게."

"둘이서 무슨 얘기해?"

"아니 그냥, 네가 얼마나 빨리 먹는지. 너처럼 빨리 먹는 애는 처음 봤어. 요크 군 전체에서 네가 제일 빠를걸. 영점 오 초면 나머지도 해치울 수 있을 거 같지 않아, 리로이?"

"그래, 얼 스탬백 진짜 빨라. 우리 아빠보다도 빠르다니까."

얼은 칭찬에 들떠 우쭐대기 시작했다. "그만큼도 안 걸려, 잘 봐." 꿀꺽 하는 소리와 함께 선메이드 건포도 상자가 연못으로 날아갔다. 희열에 찬 얼은 스스로 대견해하는 기색이었다.

"얼, 건포도 맛 어땠어?"

"건포도 맛이지 뭐. 근데 어떤 건 좀 물컹하고 쓰더라."

"물컹하대, 그것참 이상하지?"

리로이는 웃음이 터져 물가 바로 옆 풀밭으로 굴러떨어졌다. "얼, 넌 정말 멍청해. 그거 알아? 얼, 넌 진짜 돌대가리야. 몰리가 너한테 준 상자, 토끼 똥 잔뜩 담아서 건포도 조금 섞은 건데."

한 방 먹었다는 듯 얼 표정이 구겨졌다. "그런 거 아니지? 진짜야, 몰리?"

"그랬다, 어쩔래, 이 얍삽한 놈아. 너 한 번만 더 고자질하면 국물도 없을 줄 알아. 그러니까 너, 나 가만 좀 내버려두라고. 얼 스탬백, 인제 알아들었냐?" 나는 위협적인 기세로 얼에게 바짝 다가섰지만, 이미 얼은 넋이 나가 자기 몸밖엔 걱정도 안 되는 모양이었다. "다시는 고자질 안 할게, 약속해, 약속할게. 내 목숨을 걸고 맹세해."

"목숨이라니 딱 맞는 말이네, 이 자식아. 그 주둥아리 닥치고 있어라. 내가 너 토끼 똥 먹었다는 말도 한마디만 꺼내봐. 네 목숨은 끝인 줄 알아. 가자, 리로이. 쟤는 여기서 똥 맛이나 실컷 보게 놔두고."

둘이서 쌓여 있는 솔잎을 밟으며 뛰어오는데, 리로이는 심하게 웃느냐고 겨우겨우 올라왔다. 나는 언덕 위에서 고개를 돌려 연못가에 얼이 속을 게워내며 우는 꼴을 지켜보았다. '제대로 혼내줬군' 하는 생각이 들었다. 정말 제대로 쓴맛을 보여줬어. 이렇게 당해도 싼 녀석이지. 어떻게 기분이 안 좋을 수가 있겠는가?

"이젠 쟤 너 못 괴롭히겠다, 몰리. 이번엔 단단히 혼내줬으니."

"닥쳐, 리로이. 조용히 해."

리로이는 일순 멈추더니 날 놀란 표정으로 쳐다봤다. 그리고 어깨를 으쓱하더니 말했다. "집으로 가자. 너네 엄마랑 떠버리 할망구가 우리 찾기 전에."

제나

복수에 성공했던 그해 여름, 농사도 망했고 제니퍼도 죽었다. 제니퍼는 리로이의 진짜 엄마였다. 제니퍼는 키가 컸고 얼굴은 주일학교 교재에 나오는 숙녀 같았다. 눈이 어찌나 큰지, 그녀의 얼굴을 보고 있으면 눈밖에 보이지 않았다. 나는 제니퍼를 제나 이모라고 불렀다. 진짜 이모는 아니었지만,* 그렇게 따지면 나와 진짜 가족인 사람은 아무도 없으니까. 그해 여름은 나쁜 일들이 아주 많았는데, 엡이 칼에 베여 돌아온 일이 그 첫 번째였다.

내가 얼을 혼내주고 나서 며칠 뒤 제니퍼의 남편 엡이 피를 뒤집어쓰고 집에 들어왔다. 엡 이모부의 얼굴을 타고

---

* 엄밀히 따지면 제니퍼는 몰리에게 이종사촌 언니다. 제니퍼의 어머니인 플로렌스가 캐리의 언니이기 때문이다

흘러내린 피는 넓은 가슴의 숱 많고 곱실거리는 금빛 털에 엉겨 붙어 있었다. 제니퍼는 엡의 모습에 비명을 질렀고, 플로렌스는 찬물을 가지러 부엌으로 달려갔다. 플로렌스는 단점이 많았지만, 어떤 상황에서든 필요한 것들을 언제나 가장 먼저 챙길 줄 아는 사람이기도 했다. 우리 아빠 칼은 아직 집에 오지 않았기 때문에, 아이들과 여자들은 그저 엡이 피에 흠뻑 젖은 채 화가 머리끝까지 난 모습을 바라볼 수밖에 없었다. 그걸 본 나는 정말로 이모부의 머리가 터질 수도 있겠다고 생각했다. 자기 아빠가 완전히 엉망진창인 꼴을 본 리로이는 눈이 튀어나올 지경이었다. 엡은 우리 둘이 자기를 쳐다보고 있다는 걸 의식하지 못하고 있었다. 테드는 아버지를 진정시켜 의자에 앉혔고, 플로렌스는 대야와 수건을 들고 권위적인 분위기를 내뿜으며 방으로 돌아왔다. "고개를 젖혀보게, 엡. 얼굴에 묻은 피 좀 닦게. 몰리, 너는 창고로 가서 거즈랑 소독약 좀 가져와. 리로이, 아빠한테 필요하니까 물 좀 더 퍼 와. 제니퍼, 좀 앉아. 얼굴이 귀신같이 하얗잖아. 자, 엡. 가만있게. 아프겠지만 움직이면 안 돼. 처음 찔렸을 때만큼은 아프지 않을 테니."

엡이 그 말을 듣고 긴장을 풀고 고개를 젖혔다. 수건이 상처에 닿을 때마다 그가 움찔거렸다. 그는 맞은 게 아니라 칼에 살이 패여 있었다. 제니퍼가 낮은 목소리로 물었다. "엡, 대체 무슨 일이 있었던 거야? 또 못 참고 폭발한 거야? 아니지?"

화가 누그러지기 시작한 엡이 조용히 대답했다. "그래, 못 참긴 했는데, 어쩔 수 없었어. 그리고 정말 술은 한 잔도 안 마셨어. 맹세해. 한 방울도."

플로렌스는 그에게 못마땅하다는 듯 눈을 흘겼지만 손을 멈추지는 않았다. "몰리, 제나 이모한테 나비 반창고 만드는 법 물어봐서 많이 만들어 와. 쩍쩍 벌어진 상처가 한두 군데가 아니잖아."

리로이는 투덕투덕 다시 방으로 걸어 들어와 기름 먹인 식탁보 위에 찬물 한 바가지를 올려놓았다. "아빠, 그 사람 혼내줬어요? 아빠 때린 사람요. 아빠가 이겼죠?"

"리로이, 그런 질문을 그렇게 들뜬 얼굴로 하지 않으면 좋겠구나." 제니퍼 이모가 타일렀다. 그녀는 가끔 나이 들어 보이다 못해 아주 늙어 보이는 때가 있었는데, 바로 이때가 그런 때였다. 그녀의 얼굴에서 핏기가 사라져 어디로 숨어버린 듯했다. 그녀의 윗입술을 따라 주름이 촘촘히 패였고, 그 때문에 그녀는 더욱 낯설어 보였다. 제니퍼는 두 주쯤 뒤 아이를 낳을 참이었다. 그녀는 기상 관측용 풍선을 삼킨 할머니처럼 늙어 보였는데, 캐리는 그녀가 서른세

살밖에 안 되었다고 했다.

"이번에는 무슨 일로 싸운 거야?" 제니퍼가 물었다.

"애들 때문에 싸웠어, 그 후레자식 레이턴이랑." 그 단어에 나는 움츠러들었다. 사람들은 왜 아주 나쁜 사람을 후레자식이라고 부르는 걸까? 나는 얼굴이 달아오르는 게 느껴져, 누가 볼까 고개를 푹 숙인 채 손에 든 나비 반창고들만 바라봤다. "레이턴 그 쌈닭 녀석이 제 아들 필 놈 자랑하려고 거들먹거리면서 가게에 들어오잖아. 필이 웨스트포인트*에 합격했나 보더라고. 그러더니 음흉한 표정으로 날 보면서 우리 애들은 어떠냐고 묻는 거야. 뭐, 그래서 나도 테드랑 리로이도 웨스트포인트에 갈 거라고 했지. 따지고 보면 나도 참전 용사고 퍼플하트**도 받았는데 우리 애들도 갈 때 되면 받아주겠지. 전쟁에서 총까지 맞은 사람의 아들을 거부할 수는 없잖아. 그랬더니 레이턴이 막 웃으면서 전쟁 나가서 총이나 맞은 멍청이 아들이라고 웨스트포인트 같은 명문 학교에 갈 수 있는 건 아니라고 지껄이는 거야. 우리 애들이 엉덩이랑 팔꿈치도 분간 못 할 정도로 멍청한 건 온 동네 사람들이 다 안다고 그놈이 그러잖아. 휴, 제나. 더 이상은 못 참겠더라고. 내가 그랬어,

---

*   미국 육군 사관 학교
**   상이용사 훈장

필 그놈 자식은 군대 갈 자격이 없다고, 오줌도 앉아서 싸는 계집애 같은 새끼라고……. 그러고 싸움이 붙어서 내가 때려눕혔지. 그래서 그놈이 이렇게 긴 칼을 꺼내가지고 나한테 들이댔어, 뭐, 그다음은 말 안 해도 알겠지."

"말을 해야 알지." 플로렌스가 나섰다. "쓰레기 같은 싸움에 낀 거면 경찰이 들이닥쳐 자넬 체포해갈 게 아니겠나. 레이턴을 어떻게 한 거야? 죽인 건 아니겠지, 설마?"

"아뇨, 혀가 나와서 바닥에 늘어질 때까지 목을 졸라버리고 싶었지만 죽이진 않았어요. 칼이 집에 오는 길에 가게에 들렀다가 싸움을 말려줬고, 지금쯤 레이턴이랑 합의를 보고 있을 거예요. 아시잖아요, 칼이 워낙 성격이 좋아서 금방 사람 기분 풀어주는 능력이 있는 거. 나는 도움이 안 되니까 집에 가라더라고요."

제니퍼는 자리에서 일어나 삶고 있던 줄기콩을 보러 난로로 갔다. 엡이 바닥을 보고 있다가 더러운 자기 신발을 꼼꼼히 훑기 시작했다. "여보." 그가 큰 소리로 말했다. "우리 애들 안 멍청해. 곧잘 할 거야, 기다려봅시다. 레이턴 놈 패기보단 어쨌든 우리 애들이 잘되는 모습을 봐야 기분이 풀릴 것 같아."

제니퍼가 물을 끓게 두고 그에게 입맞춤을 해주러 방으로 들어왔다. "그럼, 우리 애들은 잘할 거야, 그런데 이렇게 싸우는 건 애들한테 본보기가 못 되잖아." 엡의 얼굴에 쑥스러운 미소가 번졌다. 그는 그녀의 부풀어 오른 배에 손을 올리더니, 그녀 손에 입을 맞추었다.

현관으로 칼이 들어오더니 회색 작업모를 던져 코트 걸이에 거는 묘기를 부렸다. 아빠의 쇼가 성공하자 우리는 모두 환호했다. 그는 큰 고깃덩어리를 기름 밴 정육점 종이에 싸서 팔 밑에 끼고 있었다. 그가 미소 짓자 금을 씌운 앞니가 반짝였다. "오늘 저녁은 양고기 스튜로 합시다, 여러분. 오늘 고기가 남아서 가져왔어요. 당근이랑 셀러리 꺼내. 양고기 스튜 해 먹자!" 캐리가 칼에게 슬쩍 다가가 귓속말을 했다. 그는 그녀의 어깨를 다독이며 모든 게 잘 됐다고 했다.

나는 달려가서 뛰어올라 그의 목에 매달렸다. "아빠, 나 잡고 어지러울 때까지 빙글빙글 도는 거 해줘."

"좋아, 여기는 조종사, 부조종사 나와라, 출바아알." 칼은 일을 열심히 하는 사람이었고, 그의 몸은 원기 왕성하고 다부졌으나 벌써 젊은 시절은 지난 흔적이 엿보였다. 제니퍼와는 다른 느낌이었지만 아무튼 그의 젊음은 조금 사그라들어 있었다.

그는 나를 뱅뱅 돌려주고 나서 엡에게 다가가 어떠냐고 물었다. 엡은 마치 아이들이 아버지를 우러러보듯 자기보다 겨우 열 살 위인 칼을 올려다보았다.

"저녁 다 됐다. 자, 이 상 좀 치우고 저 피 묻은 걸레들도 치워봐." 캐리가 한참 있다 식구들을 불렀다. 김이 모락모락 나는 스튜가 상에 놓였고 리로이와 나는 서로 칼 옆에 앉으려고 싸웠다. 제니퍼와 엡은 마주 앉아 서로를 바라보았고, 플로렌스는 평소보다 말수가 많았지만 이때만큼은 날 선 목소리가 아니었다. 그녀는 부드러운 분위기로 넘어가려고 했다. 리로이는 내 접시에서 고기를 슬쩍하는 걸 까먹었고, 캐리는 칼이 한마디 할 때마다 웃음을 터뜨렸다. 나는 칼이 그렇게 말이 많은 모습을 처음 봤다. 그는 자기가 일하는 정육점의 몸 좋은 사장 슈어 마이크 얘기를 하다가 미국 대통령에 대한 농담을 했다. 어른들은 다른 어떤 얘기보다도 그런 농담들에 크게 웃었지만 나는 이해가 가지 않았다. 학교에서는 대통령을 나라 전체에서 최고인 남자로 가르쳤지만, 나는 우리 아빠가 나라에서 제일 좋은 남자라고 믿고 있었다. 이 나라가 그걸 모를 뿐. 그러니 칼이 대통령을 놀려도 괜찮을 것이다. 그건 그렇고 대통령이 실제 인물이라는 걸 어떻게 알아? 한 번도 본 적 없고, 신문에 나오는 사진들이야 만들어냈을 수도 있지. 직접 본 적이 없는데 그 사람이 진짜라는 걸 어떻게 알지?

아기를 가지면 체중이 는다는데 제니퍼 이모는 반대로 야위어갔다. 그러나 출산일이 임박했기 때문에 캐리 빼고 아무도 거기에 신경을 쓰지 않았다. 제니퍼가 조지스트리트 병원에 갈 때까지만 해도 모든 게 정상처럼 보였다. 그녀가 아기를 낳았다. 이름을 우리 아빠의 이름을 따 칼이라고 지었는데, 이틀밖에 못 살았다. 제니퍼는 집으로 돌아오지 않았다. 어른들이 평소보다 우리에게 신경을 안 썼다. 화장실에서 집 안으로 들어오는데 문간에서 플로렌스, 캐리, 엡 이모부가 나누는 얘기가 들렸다. 덥고 습한 밤이었다. 리로이도 문간에서 수박씨를 뱉고 있던 터라, 우리 둘은 앉아서 귀를 기울였다.

엡 이모부의 목소리는 잡음이 많은 라디오 쇼처럼 들렸다. 칼을 맞고 왔을 때보다도 목소리가 좋지 않았다. "캐리, 제니퍼는 나한테 아프다는 말을 한 적이 없어요. 아무 말도 안 했다고요. 나한테 얼마나 아픈지 말을 했으면 의사한테 데려갔겠죠."

플로렌스는 단호할 정도로 침착한 목소리로 대답했다. "우리 딸 제니퍼는 이기적으로 굴어본 적이 없는 애야. 의사는 돈을 너무 많이 부르고, 또 문제가 뭐든 애랑 상관 있을 테니 좀 지나면 괜찮아질 거라 생각했던 모양이야. 자책하지 말게나, 엡. 걔는 자기가 옳다고 생각한 대로 한 거야. 우리가 다 같이 일해서 열심히 벌어도 치료비를 도저히 못 댔을 건 하나님도 아실 거야. 걔 생각은 그랬겠지."

"내가 남편인데 말을 했어야죠. 그런 걸 아는 게 제 의무라고요."

캐리가 나섰다. "여자들은 병 걸려도 남편한테 숨길 때가 많아. 걔가 보통 사람들보다 더 말을 안 하는 편이었던 거 같긴 해. 나한테 아프다고 자주 그러긴 했는데 그렇게 온몸에 암이 퍼져 있었는지 누가 알았겠어? 걔도 몰랐고. 그런 건 알 수가 없어."

"제나는 죽을 거예요. 아무리 생각해봐도 죽을 거 같아요. 그렇게 온몸에 퍼져 있는데 어떻게 살아요."

"그래. 걔가 살아날 방법은 없어. 이런 건 주님 손에 달린 일이야." 플로렌스는 결연했다. 운명은 운명이다. 하나님이 제니퍼를 원하시면 데려가실 것이다. 캐리가 거들었다. "주신 이도 여호와시요 거두시는 이도 여호와시니. 사람의 소관이 아니야, 이런 일은. 사람이 태어나고 죽는 일이 그렇지. 우리는 계속 살아나가야 되는 거고."

리로이는 나를 보면서 내 팔을 꼭 붙들고 물었다. "몰리, 몰리, 울 엄마가 암에 걸렸다는 게 무슨 말이야? 무슨 얘기인지 설명 좀 해줘."

"모르겠어, 리로이. 제나 이모가 죽을 거래." 목구멍이 따

갑고 뜨거운 덩어리가 느껴졌다. 나는 리로이의 손을 잡고 속삭였다. "우리 들은 거 비밀로 하자. 조용히 보고 있는 것 말고 할 수 있는 게 없잖아. 어쩌면 잘못 안 걸 수도 있어. 그러면 이모는 금방 집에 오시겠지. 가끔 사람들이 잘못 알 때가 있잖아." 리로이가 울기 시작해서 나는 아무도 듣지 못하게 그 애를 리마 콩밭 근처로 데리고 나갔다. 리로이가 흐느꼈다. "엄마 죽는 거 싫어." 리로이는 지칠 때까지 울다 잠들었다. 모기들도 그 애를 귀찮게 하지 않았다. 얼마 있다 캐리가 들어오라고 우릴 불러서, 나는 리로이를 깨워 그 뚱뚱한 덩치를 반쯤은 나르다시피 해 집의 작은 철제 침대까지 다다랐다. 리로이는 테드와 같은 방에서 자고 나는 캐리와 칼이랑 같은 방 내 침대에서 자지만, 리로이와 같이 있고 싶었다. 어른들은 안 된다고 했고, 나는 그게 말도 안 된다고 생각했다. 특히 오늘 같은 밤에는. "엄마, 저 리로이랑 여기 있게 해주세요. 제발요."

"안 돼. 남자애들이랑 여기서 잘 순 없다. 테드는 다 커서 목소리도 변하는데. 원래 자던 데로 가. 너도 크면 알아." 엄마가 나를 끌고 나가서, 나는 불쌍한 리로이에게 마지막 눈짓을 보냈다. 그 애의 눈은 빨갛게 붓고 멍했으며, 항의하기에는 너무 지쳐 있었는지 금세 곯아떨어져버렸다.

리로이가 테드에게 말을 했는지, 다음 날이 되자 테드는 평소보다 처지고 눈도 빨개 보였다.

일주일도 채 지나지 않아 제나 이모가 죽었다. 장례식은 홀로 사람들이 전부 참석해 북적거렸는데, 사람들은 장례식장의 꽃에 감탄했다. 엡 이모부는 무리해서 비싼 관을 샀다. 제일 좋은 관을 골랐는데, 아무도 이를 말릴 수 없었다. 어차피 죽은 사람, 죽을 때라도 제대로 보내주겠다고 그가 말했다. 플로렌스가 모든 일을 도맡았다. 리로이, 테드, 나는 장례식 준비 때 빠지라고 했는데 그건 좋았다. 고인을 애도하며 모두가 제일 좋은 옷을 입었다. 리로이는 나비넥타이를, 테드는 스트링 타이를 맸고, 아빠와 엡은 바지와 어울리지 않게 길게 내려오는 넥타이와 코트를 입었는데 둘이 같은 코트였다. 캐리는 내게 몸을 간질이는 크리놀린*이 있는 끔찍한 드레스를 입히고 에나멜가죽 구두도 신겼다. 적어도 제니퍼는 간지러운 드레스 때문에 고통받지 않아도 되는데. 난 시체만도 못한 처지였다. 장례식은 계속 진행되었다. 목사님이 관에 대고 천국의 기쁨을 설교하다가 흥분하기도 했다. 윤이 나는 관이 땅속으로 내려갈 때 플로렌스는 혼절하면서 "아이고 내 새끼!" 하고 부르짖고 관을 잡으려고 했다. 칼이 플로렌스를 붙잡

* 치마를 부풀게 하기 위한 버팀대

아 일으켜 세웠다. 엡은 양손에 테드와 리로이를 잡은 채 미동도 하지 않았다. 흙구덩이만 노려보며 한마디도 하지 않았다. 리로이는 또 큰 소리로 울음을 터뜨릴까 봐 안간힘을 쓰고 참았고, 나 또한 울음이 나기 시작해서 너무 계집애같이 안 보이려고, 빗어 넘긴 리로이 뒤통수의 뻗친 머리를 뚫어지게 쳐다보았다. 드레스는 아무 도움도 안 되었다. 치마를 입으면 어쩐지 눈물이 더 쉽게 나오니까.

관을 땅에 묻고 나서 우리는 다 함께 집으로 돌아왔다. 이웃들은 물론이고 해리스버그같이 멀리서 온 친척들까지 모두 음식을 가지고 왔다. 누구 하나 먹을 분위기가 아니었는데 왜 음식들을 챙겨 왔는지 의아했다. 엡은 괴로워 보였지만 정중히 사람들을 맞이했으며 플로렌스는 고인의 어머니로서 받는 관심을 즐긴다고까지 할 만했으나 거기에도 슬픔은 섞여 있었다. 플로렌스의 행동은 대부분 그렇게 뒤죽박죽이었다.

날이 어두워지자 사람들이 하나둘씩 떠나기 시작하더니 마침내 우리만 남았다. 캐리는 아이들을 챙겨 먹이겠다고 상을 차리기 시작했다. 칼이 체리 빵을 돌리며 내 접시에 큰 덩어리를 놓았다. "설탕에 조린 빨간 체리를 썰어 넣었네. 한 입 먹어봐, 아주 맛있다."

"먹기 싫어요, 아빠. 배 안 고파요." 나는 접시 위의 음식들을 이리저리 굴려 먹은 것처럼 보이게 했다. 적당히 시간을 보내고 식탁을 정리한 다음 우리는 잠자리에 들었다.

나는 방으로 가기 전에 리로이와 테드가 있는 방으로 갔다. 리로이와 테드의 침대 사이 벽에 관을 덮었던 화려한 새틴이 걸려 있었다. 그 관보 위에는 '어머니'라는 글자와 함께 빨간 장미들이 수놓여 있었다. 리로이는 이불 속에 들어가 커다란 눈만 내놓고 있었다. 테드는 침대에 앉아 있었다.

"저기, 잘 자라고 인사하려고 들어와봤어. 저기 걸린 글씨체 참 예쁘다. 우리, 내일 연못 가서 같이 노는 게 어때. 셋이 뭔가 할 수도 있고."

테드는 나를 늙은이 같은 표정으로 바라보았다. "좋아. 내일은 에소 주유소에 안 가도 된다네. 내일 연못에 같이 가줄게."

리로이는 아무 말도 하지 않고 다시 울기 시작했다. "엄마 보고 싶어. 하나님이 데려갔다는데. 개뿔. 하나님은 그렇게 나쁜 짓 안 해. 하나님이 정말 그랬으면 하나님도 싫어. 하나님이 정말 착하다면 우리 엄마 다시 데려오라고." 리로이가 계속 빽빽거리며 울자 캐리가 서둘러 방으로 들어왔다. 그녀는 침대에 앉아 리로이를 안고 달래주었다. 캐리는 하나님에 관한 헛소리를 늘어놓았다. 인간이 어떻게 하나님의 계획을 알겠느냐며, 우리는 모두 인간에 지나지 않고 전지전능한 그분 앞에서 인간들은 모두 바보일 뿐이라고 했다. 리로이가 울음을 그쳤다. 캐리는 자리에서 일어나 내게 "얼른 침실로 돌아가, 남자애들끼리 있게 놔둬"라고 했다. 리로이가 나를 쳐다봤지만 캐리가 거기 꼼짝없이 버티고 서서 나를 막았기 때문에 나는 어쩔 수 없이 두 손을 들었다. 테드는 힘없이 침대 위에 누워 눈을 감았다. 백 살은 된 것 같아 보였다. 캐리가 알전구의 불을 껐고, 더는 아무 소리도 나지 않았다.

나는 침대에 그리 오래 있지 않았다. 땅속 제나 이모를 생각하니 잠들 수가 없었다. 이모가 눈을 뜨고 봤더니 사방이 깜깜하고 더듬어보니 관 안쪽 새틴뿐이면 어떡하지? 이모는 무서워서 다시 죽고 말 거야. 죽은 사람들이 눈을 뜨지 않는다는 걸 다들 어떻게 알지? 죽어 있는 게 어떤 건지 아무도 모르잖아. 이모를 다른 죽은 사람들이랑 같이 의자에 앉혀줘야 했을지도 몰라. 완전히 죽어 있는 소를 한번 본 기억이 나자, 더 끔찍한 생각이 들기 시작했다. 제나 이모도 그 소처럼 부풀어 오르고 까매지고 구더기가 드글드글해질까? 더 이상은 상상할 수 없었다. 속이 뒤집어지는 느낌이었다. 그건 동물이고, 사람들한테도 그런 일이 똑같이 일어나진 않겠지? 언젠가는 나한테도 그런 일

이 일어날까? 아니, 난 아니야. 난 안 죽을 거야. 사람들이
뭐라든 상관없어. 난 안 죽어. 난 어두운 땅속에 끝없이 누
워 있지 않을 거야. 난 아니야. 눈을 감지 말아야겠다. 한
번 눈 감으면, 다시 못 뜰지도 몰라. 캐리가 자고 있었기에
나는 침대에서 기어 나와 초록색 바탕에 흰 치자꽃 무늬
벽지가 벗겨지고 있는 복도를 따라 살금살금 나왔다. 부
리나케 현관으로 달려나가 별을 보려고 했지만, 엡과 칼
이 거실에 있었기 때문에 그럴 수 없었다. 칼이 엡을 안고
있었던 것이다. 칼은 두 팔로 엡을 감싸 안고 그의 머리를
쓰다듬기도 하고 자기 뺨을 엡의 머리에 기대기도 했다.
엡은 꼭 리로이처럼 울고 있었다. 둘이서 무슨 얘기를 하
는지까지는 알아듣기 힘들었다. 몇 번인가 칼이 엡에게 버
티라고, 다들 버티는 것 말고는 할 수 있는 게 없다고 하
는 말이 들렸다. 두 사람이 자리에서 일어나 나를 볼까 봐
서둘러 방으로 돌아왔다. 나는 남자들이 껴안은 걸 본 적
이 없었다. 남자들은 서로 악수하거나 싸우는 것 외에는
하면 안 되는 줄 알았다. 하지만 아빠가 엡 이모부를 안고
있었던 걸 보면, 그래도 규칙에 어긋나는 게 아니었나 보
다. 확실한지 몰라서 나만 아는 비밀로 간직하기로 했다.
남자들끼리 서로 만져도 된다니 다행이었다. 어쩌면 남자
들은 그들이 보여주는 강한 모습이 단지 연기라는 걸 아

무도 눈치챌 수 없도록 모두가 잠들었을 때에만 그러는지도 모른다. 아니면 사람이 죽었을 때만 그런다든가. 모든 게 혼란스럽고 신경 쓰였다.

다음 날 아침, 하늘은 먹구름으로 어두컴컴했고 우리는 종일 집 안에서 시간을 보내야 했다. 비가 쏟아졌고, 식탁 옆 물 새던 곳이 또 터져 테드가 판자를 몇 장 들고 나가 이를 막았다. 폭풍이 그치고 하늘은 여전히 어두웠지만, 밝은 무지개가 지평선에 걸쳐 있었다. 모두가 오랫동안 침묵하며 무지개를 바라보다가 안으로 들어왔다. 엡 이모부는 무지개를 보려고 현관에 남았다. 리로이는 아무리 찾아도 무지개 끝에 금 항아리가 없다는 데에 내기를 걸겠다고 했지만, 나는 무지개만으로도 충분한데 그런 멍청한 내기를 왜 하냐고 대답했다.

예의범절

셰릴 스피걸글라스는 숲 건너에 살았다. 걔 아빠는 중 고차 판매원이었는데 홀로에 사는 모든 다른 사람들의 돈 을 다 합친 것보다도 돈이 많았다. 셰릴은 드레스를 입어 야 할 때가 아니어도 드레스를 입었다. 그 애를 싫어한 까 닭은 그뿐만이 아니었다. 걔는 언제나 어른들에게 아양을 떨었다. 캐리는 셰릴을 예뻐해서, 그 애는 셜리 템플*이랑 똑같이 하고 다니는데 나는 왜 그렇게 못하고 찢어진 바 지에 더러운 티셔츠나 입고 들판을 싸돌아다니냐고 했다. 셰릴과 나는 일 학년 때부터 굳이 표현하자면 친구 비슷 한 사이라 가끔은 같이 놀았다. 캐리는 내가 스피걸글라

---

*   1930년대의 유명 아역 배우. 곱슬한 금발의 깜찍한 외모로 큰 인기를 끌 었다

스 씨 댁으로 놀러 갈 때마다 새 뼈다귀를 받은 개처럼 어쩔 줄을 몰랐다. 내가 교양 넘치는 사교의 장으로 진입하고 있고, 셰릴의 영향으로 나아질 거라고 기대했기 때문이다. 리로이도 따라올 때가 많았다. 셰릴이 인형들을 잔뜩 싣고 나오는 날은 리로이도 나도 견디기 힘들었기에 우리는 그 애가 인형 놀이 하는 날을 피했다.

한번은 셰릴이 간호사 놀이를 하자해서 우리는 머리에 냅킨을 썼다. 리로이가 환자를 맡았고 우리는 부상을 입은 것처럼 보이게 그 애의 몸에 요오드팅크를 칠했다. 간호사라니, 나는 절대 간호사가 되지 않을 것이다. 굳이 하라면 의사 역할을 맡아 명령을 내려야지. 난 냅킨을 찢어버리고 셰릴에게 내가 이 동네의 새 의사라고 선언했다. 그 애의 낯빛이 서서히 바뀌었다. "넌 의사가 될 수 없어. 의사는 남자만 할 수 있는 거야. 리로이가 해야 해."

"머리에 똥만 들었냐? 스피걸글라스. 리로이는 나보다 멍청해. 똑똑한 건 바로 나야, 여자인 건 상관없고. 그러니까 내가 의사를 해야지."

"두고 봐. 남자애들이 하는 걸 너도 다 할 수 있을 거라고 착각하지 마. 넌 얄짤없이 간호사밖에 안 돼. 머리는 상관없어. 문제는 머리가 아니야. 네가 남자냐 여자냐가 문제지."

나는 그 애를 있는 힘껏 한 대 쳤다. 셜리 템플 스피걸 글라스 따위, 아니 그 누구도 내가 의사가 될 수 없다고 말할 순 없다. 물론 나는 의사가 되고 싶지도 않았다. 나는 대통령이 될 작정이었지만 비밀로 할 뿐이었다. 하지만 의사가 되고 싶으면 될 거고 나한테 그러지 말랄 사람은 없다. 그래서 당연히 난 곤란에 빠지고 말았다. 셰릴은 싸가지 없이 자기 엄마한테 쪼르르 달려들어가 내가 방금 선사한 입술의 상처를 보여줬다. 에설 스피걸글라스는 한 마리 어미 닭처럼 그 비싼 알루미늄 차양을 단 집에서 나는 듯이 달려 나와, 내 멱살을 움켜쥐더니 한 말씀 하셨다. 내게는 아주 무례하게 들리는 말씀이었다. 그녀는 일주일간 셰릴과 만나는 게 금지라고 했다. 나야 좋지. 어차피 나에게 의사가 될 수 없다고 말하는 사람은 만나고 싶지 않다. 리로이와 나는 집으로 향했다.

"너 정말 의사가 될 거야, 몰리?"

"아니, 난 의사보다 훨씬 좋은 게 될 거야. 의사는 상처 딱지랑 피 같은 거나 봐야 되고 딱 그 동네 사람들만 알아주잖아. 나는 이름만 대면 다 아는 그런 사람이 돼야겠어. 난 위대한 사람이 될 거야."

"위대한 뭐가 될 건데?"

"비밀이야."

"말해줘, 좀. 너랑 나랑 제일 친하잖아."

"안 돼, 그치만 네가 투표할 수 있을 만큼 크면 얘기해 줄게."

"그게 언젠데?"

"스물한 살."

"그건 십 년 뒤잖아. 다 죽을 나인데. 늙은이 다 됐을 거라고. 지금 말해주라."

"싫어. 포기해. 내가 뭐가 되든지 간에 너는 챙겨줄 테니까, 좀 냅둬. 내가 알아서 할 테니까."

리로이는 더 묻지 않았지만 삐쳤다.

집에 돌아가니 캐리가 길길이 뛰며 화를 내고 있었다. 어떻게 된 일인지 내가 셰릴 입술을 터뜨린 걸 우리가 집에 돌아오는 사이 이미 들은 것이었다. "이 건방진 년아. 좀 얌전하게 못 놀지? 여자애가 얌전해야지, 넌 야만인이야, 야만인. 거기까지 가서 기어이 그 착한 애를 때리다니. 어떻게 그럴 수가 있어? 내가 어떻게 고개를 들고 다녀? 그리고 제나가 죽은 지 얼마나 됐다고 그러니. 넌 예의에 대한 개념이 눈곱만큼도 없어. 널 바르게 키우려고 얼마나 노력했는지 하나님께선 아실 거다. 넌 내 새끼가 아냐. 그냥 짐승 새끼지. 너희 애비는 무슨 고릴라 같은 새끼였나 보다."

리로이의 입이 딱 벌어졌다. 아직 내 출생에 대해 몰랐던 거다. 망할, 그때는 뚫린 입이라고 마음대로 떠벌리는 캐리를 죽여버릴 수도 있을 것 같았다. 어째서 뚱땡이 리로이 앞에서 날 까는 걸까? 캐리야말로 예의라곤 없었다.

캐리는 계속해서 백 가지는 되는 말썽을 열거하며 나를 혼냈다. 그녀는 여름 동안 나를 숙녀로 만드는 특별 훈련을 시키겠다고 했다. 나를 집에 가두고 몸가짐이며 요리, 청소, 바느질까지 가르치겠다는데, 겁이 났다.

"그런 건 밤에 배우면 되잖아. 낮 동안 집 안에만 있으라고 할 필요는 없잖아."

"몰리 아가씨, 넌 나랑 이 집에 있는 거야. 동네 날라리들이랑 싸돌아다니는 거 오늘부터 금지야. 너의 몹쓸 버릇 중에서 내가 고쳐줄 수 있는 거 하나가 이거지. 핏줄은 어쩔 수 없어도."

리로이는 식탁에 가만히 앉아서 식탁보의 대각선 무늬 부분을 만지작거렸다. 나만큼이나 리로이도 이 상황이 싫었던 것이다. "몰리가 못 나가면 나도 안 나가."

리로이, 사랑한다.

"리로이 텐먼, 넌 여기 못 있어. 넌 남자니까 남자답게 나가 놀아. 그런 건 네가 배울 일이 아니야."

"상관없어. 난 몰리 있는 데 있을 거야. 몰리는 나랑 제일 친한 친구이자 사촌이라서 같이 있어야 된단 말이에요."

캐리가 알아듣게끔 설명하려고 했으나, 리로이는 꿈쩍
도 하지 않았다. 그런데 캐리가 여자처럼 행동하면 무슨
일이 벌어지는지 얘기하기 시작하자, 리로이 녀석이 부들
부들 떨었다. 사람들이 손가락질하고 비웃을 것이요, 나랑
집에 같이 있으면 아무도 안 놀아줄 거고 얼마 안 가 병원
에 끌고 가 고추를 떼어버린다는 말이었다. 리로이가 무너
지고 말았다.

"알았어요, 캐리 이모. 집에 안 있을게요." 걔가 엄청난
패배감과 죄책감에 빠진 표정으로 나를 쳐다봤다.

리로이, 이제 너랑은 절교야.

캐리가 지하 창고로 빈 병과 고무줄을 가지러 내려갔
다. 첫 수업은 병조림 담그기가 될 예정이었다. 그녀가 계
단 끝에 내려서는 순간 나는 재빨리 몸을 던져 문을 닫고
잠가버렸다. 올라올 채비가 끝날 때까지도 그녀는 눈치를
채지 못하다가 우리를 불렀다. "몰리, 리로이, 문이 잠겼네.
나가게 좀 열어봐."

리로이는 잔뜩 겁에 질렸다. "몰리, 문 안 열면 우리 둘
다 어른들한테 엄청 맞을 거야. 아빠는 허리띠까지 빼서
때릴 거라고. 문 열어."

"너 그 문으로 한 발짝만 더 가봐. 리로이 덴먼, 네 모가

56

지 따버릴 거야." 내 말이 진심임을 보여주기 위해 나는 식칼을 집어 들었다. 리로이는 진퇴양난에 처했다.

"몰리, 나 나가게 창고 문 좀 열어!"

"내 맘대로 밖에 나가도 된다고 약속 안 하면 지하 창고에서 못 나오게 할 거야. 이 집에 처박혀서 바느질 배우는 거 안 해도 된다고 약속해."

"그런 약속은 안 한다."

"그럼 그 지하 창고에서 예수님 다시 오실 때까지 한번 있어보든가." 나는 캐리에게 들리게 쾅 소리를 내면서 문을 닫고 집에서 나왔다. 리로이를 질질 끌고 나와야 했다. 아무도 집에 없었다. 플로렌스는 웨스트요크 시장에 가 있었다. 테드는 에소 주유소에 있었고 칼과 엡은 직장에 있었다. 캐리가 문을 쾅쾅 두드리며 목이 찢어져라 지르는 소리를 들을 수 있는 사람은 나와 리로이 빼고는 없었다. 캐리의 비명에 리로이는 가슴을 졸였다. "안에서 캐리 이모 죽겠다. 빨리 꺼내줘. 깜깜해서 눈이 멀 거야. 몰리, 꺼내드리자."

"거기 있다고 안 죽어. 눈도 안 멀고 절대 안 열 거야."

"그런데 네가 캐리 이모 자식이 아니라는 건 무슨 말이야? 너 짐승 새끼라며?"

"자기가 무슨 말 하는지도 몰라. 헛소리한 거라고. 신경 쓰지 마."

"그래? 근데 너 캐리 이모도 칼 이모부도 안 닮았어. 우리 식구들 중에 닮은 사람이 아무도 없잖아. 진짜로 캐리 이모 딸이 아닐 수도 있어. 동네에서 너 혼자만 검은 머리에 갈색 눈인 거 보면. 야, 어쩌면 캐리 이모도 널 갈대밭에서 발견했나 봐, 모세처럼."

"입 닥쳐, 리로이." 리로이는 진실에 가까워지고 있었다. 어차피 캐리가 아무 생각 없이 말을 내뱉어버려서 조만간 다 알게 될 테니, 말을 해줘야겠지. "엄마 말이 맞아. 난 엄마 자식이 아냐. 나는 아무의 자식도 아니야. 진짜 엄마도 아빠도 없고, 너한테도 진짜 사촌이 아니야. 여기가 진짜 내 집도 아니고. 별 중요하지도 않은 건데, 엄마는 나 때문에 열 받으면 꼭 저 얘길 하더라. 그럴 때만 나보고 후레자식이래. 근데 나는 상관없거든. 그래도 우리끼리는 계속 사촌인 거지. 핏줄은 어른들이 딴지 걸고 싶을 때나 하는 소리고. 야, 리로이, 너도 상관없지? 안 그래?"

리로이는 이 새로운 사실을 감당하지 못했다. "우리가 진짜로 사촌이 아니면 우린 대체 뭐야? 뭔가이긴 해야 하잖아."

"친구지. 항상 붙어 다니니까 사촌이나 다름없기도 하고."

"후레자식은 무슨 뜻이야? 네가 이모랑 이모부 자식이

아니면 너랑 나랑 뭐가 달라?"

"너희 엄마 제나 이모는 널 가졌을 때 엡 이모부랑 결혼한 사이였고, 우리 엄마는 우리 아빠랑 결혼한 사이가 아니었단 거지, 우리 엄마가 누구였고 우리 아빠가 누구였든지 간에. 그건 바로 그런 뜻이야."

"으아, 세상에, 몰리. 그럼 결혼한 사이가 되려면 뭐가 필요해?"

"종이 쪼가리, 내가 알기로는. 어떤 사람들은 목사님 앞에서 선서도 안 하니까 종교 같은 것도 아니고. 엡 이모부가 해병대에 입대 지원서 쓴 것처럼, 저기 법원에 가서 신청할 수 있어. 뭐라 뭐라 설명해주는 거 듣고 둘이서 종이 쪼가리에 이름 써서 내면 결혼한 사이가 돼."

"그럼 우리도 될 수 있어?"

"물론. 하지만 우린 더 커야 돼. 최소한 열다섯이나 열여섯 살."

"그럼 겨우 사 년밖에 안 남았네. 몰리, 우리 결혼하자."

"리로이, 우린 결혼할 필요 없어. 항상 같이 있잖아. 결혼을 하다니 그건 멍청한 짓이야. 난 절대로 안 할 건데."

"결혼을 안 하는 사람이 어딨어? 그건 누구나 하게 돼 있는 거야, 죽는 것처럼."

"난 안 할 건데."

"모르겠다, 몰리. 넌 인생을 어렵게 살려고 해. 의사나 위대한 사람이 되겠다 그러질 않나, 결혼을 안 하겠다고 하질 않나. 사람들이 다 하는 걸 조금은 해야지, 안 그럼 사람들이 싫어해."

"사람들이 날 좋아하든 말든 상관없어. 사람들은 다 멍청하다고. 난 그렇게 생각해. 내가 나를 좋아하느냐는 상관 있지. 나한테 진짜 중요한 건 그거야."

"그렇게 바보 같은 소린 진짜 처음 들어봐. 자기를 좋아하지 않는 사람이 어딨어. 플로렌스 할머니도 그랬어. 자기를 너무 좋아하지 말고 다른 사람을 좋아하는 법을 배워야 한다고."

"네가 언제부터 할머니 말 듣기 시작했냐? 내가 날 좋아하지 않으면, 나는 아무도 좋아할 수 없다. 끝."

"몰리, 너 정말 완전 미쳤구나. 사람들은 다 자기를 좋아한다고, 내 말이 맞아."

"어, 그래. 퍽이나 그렇겠다. 내가 반짇고리랑 같이 집에 처박혀 있어도 혼자 나가 놀겠다고 엄마한테 그러던데. 그럴 때도 네가 좋았냐?"

리로이 얼굴에 수치심이 스쳤다. 찔리지? 리로이가 그 생각을 떠올리기 싫었는지 화제를 돌렸다. "네가 결혼을 안 한다면 나도 안 할 거야. 어쨌든 사람들은 왜 결혼을 하는 걸까?"

"섹스할 수 있으니까."

"뭐라고?" 리로이 목소리가 가늘게 떨렸다.

"섹스."

"몰리 볼트. 그건 야한 말이잖아."

"야하거나 말거나, 사람들이 하는 게 그건데, 뭘."

"넌 그게 뭔지 알아?"

"정확히는 모르지만, 옷 다 벗고 난리 치는 거랑 관련 있어. 지난번에 그 개 두 마리 엉겨 붙었을 때 플로렌스가 얼마나 화냈는지 기억 나? 내 생각엔 그거야. 그때 걔네는 별로 좋아하는 거 같지도 않던데 왜 사람들은 그런 걸 하고 싶어 하나 몰라. 그게 그거라니까. 그리고 난 테드가 매트리스 밑에 숨겨놓은 야한 책도 봤는데, 너도 한번 봐야해. 그거 보면 너 토한다, 진짜."

"야한 책?"

"어, 테드가 목소리 갈라지면서부터 읽기 시작했어. 내가 보기엔 목소리가 갈라지면서 정신머리도 같이 빠개지는 거 같아."

"형이 그런 책 읽는 줄 어떻게 알았어?"

"몰래 봤지. 너 자기 시작하면 불을 도로 켜길래 일어나서 뭔가 하는구나 했지. 그래서 살짝 나와서 훔쳐봤어. 보니까 책을 읽고 있더라고. 이 집에 책이라곤 성경이랑 우리 교과서밖에 없는데, 테드가 그런 거 읽을 리는 없잖아."

"넌 정말 똑똑해, 몰리." 리로이가 감탄하며 말했다.

"나도 알아."

그때쯤엔 캐리의 비명과 두드림도 사그라들었다. "돌아가서 엄마가 약속을 해줄지 보자."

내가 문을 두드리자 창고 문 뒤에서 작은 흐느낌이 들려왔다. "엄마, 이제 나올 준비 됐어? 아까 말한 대로 약속할 거예요?"

"그럴게. 제발 날 좀 이 깜깜한 데서 나가게 해줘. 벌레 투성이야."

나는 빗장을 풀고 문을 열었다. 엄마는 지하 창고 계단에 어린아이처럼 양어깨를 감싼 채 웅크리고 앉아 있었다. 그녀가 고개를 들어 나를 순수한 증오의 눈으로 쳐다보더니 용수철을 단 것처럼 갑자기 창고에서 뛰쳐나왔다. 내가 미처 피할 새도 없이 그녀는 내 머리채를 잡고 얼굴과 배를 때리기 시작했고, 내가 고슴도치처럼 웅크리자 내 등에 대고 두 주먹을 동시에 내리쳤다. 벌써 한쪽 눈이 부어 오르는 게 느껴졌다. 그녀한테서 도망치느라 정신이 없어서 나를 뭐라고 욕하는지는 듣지도 못했다. 리로이는 완전히 겁에 질려 달아났다. 그 애는 나와 함께 캐리한테 한번 덤

벼보지도 않았다. 그 애가 캐리를 몇 번 잘 걷어차기만 했어도 나는 벗어날 수 있었을 것이다. 그런데 리로이는 원래 머리를 쓸 줄 모르는 애고, 겁쟁이 기질까지 있었다.

그날 밤, 나는 저녁밥도 못 얻어먹고 침대로 향해야 했다. 어차피 밥을 먹을 수가 없었기 때문에 상관이 없었다. 입이 퉁퉁 부르트고 아파서 말도 할 수 없었다. 모두가 나의 못된 짓거리로 각색된 캐리의 얘기만 들었고, 난 입을 열어 반박하기도 힘들었다. 캐리는 나를 온 식구들 앞에서 창피 줄 수 있을 거라고 생각한 모양인데, 나는 방으로 척척 걸어 들어가면서 고개를 빳빳이 쳐들고 그녀를 쳐다보았을 뿐이다. 어떻게 해도 날 이길 순 없을걸. 전부 다 나를 미워하게 만들어보라지, 내가 콧방귀라도 뀔 것 같아? 절대 아니거든. 나는 침대로 기어 들어갔지만 너무 몸이 쑤셔서 잠을 잘 수 없었고, 그날 밤늦게 엄마와 아빠가 고래고래 소리 지르며 싸우는 소리를 듣게 됐다. 아빠가 언성을 높인 건 평생 그때뿐이었으며, 나머지 식구들도 그 소리를 다 들었을 것이다. "캐리, 쟤는 크게 될 애야. 쟤 영리한 거 봐. 쟤 똑똑한 건 우리가 몽땅 달려든대도 못 이겨. 세 살 때 아무도 안 도와줬는데 완전히 혼자서 글을 깨쳤어. 머리만큼은 인정해줘야지. 좋은 애야, 너무 활발하고 장난꾸러기라서 그렇지, 그뿐이라고."

"머리가 얼마나 좋건 내 알 바 아냐, 순리에 맞게 행동해야지. 여자애가 시도 때도 없이 남자애들이랑 싸돌아다니는 게 맞는 거냐고. 나무에 기어 올라가고, 차를 뜯어보질 않나, 심지어 애들한테 명령을 내리고 애들은 또 걔 말을 들어. 걔도 남편은 있어야 되는데, 그런 데 필요한 건 하나도 안 배우려고 한다고. 걔처럼 똑똑해 봤자지, 남편이 없으면 여자가 이 세상을 어떻게 살아. 당신도 알다시피 여자는 학교에 보낼 수가 없어. 남자애들이 가야지. 걔네들은 나중에 밥벌이를 하잖아. 당신은 걔 머리를 너무 높이 쳐주지만."

"몰리는 대학에 갈 거야."

"얼씨구."

"내 딸은 대학 간다."

"당신 딸? 당신 딸이라고. 웃기지 마. 그렇게 말하는 건 처음 듣네. 걘 루비 드롤린저의 사생아야. 어디서 뭘 보고 갑자기 딸, 딸거리는 거야?"

"나는 걔 진짜 아버지나 마찬가지고, 그러니까 걘 내 딸이지. 나는 걔를 지켜줄 거야."

"진짜 아버지. 당신이 진짜 아버지라는 얘기를 할 자격이나 있어? 당신이 진짜 아버지였으면 내게도 친딸이 있었을 거고 그 애는 당신이 그렇게 싸고도는 살쾡이 같은 년은 아니었겠지. 셰릴 스피걸글라스 같은 꼬마 숙녀면 몰라도. 제 딸이라니 역겨워."

"자기는 지금 너무 화가 나 있어. 지금 당신이 무슨 말이 하는지도 모르는 것 같아. 몰리는 당신 딸이야. 친딸이나 마찬가지라고. 아이에게는 부모가 있어야 하고, 당신은 쟤 엄마야."

"난 쟤 엄마 아니야, 엄마는 무슨 엄마!" 캐리가 소리 질렀다. "내 배로 낳은 자식도 아니잖아. 애 여럿 낳아본 플로렌스 언니 말로는 다르대. 언닌 알겠지. 진짜 엄마가 된 느낌이 어떤 건지. 나는 절대 모를 거래. 당신이 뭘 알아? 남자들은 모르지. 남자들은 아무것도 몰라."

"엄마든 아빠든, 그 다르다는 게 뭐겠어, 여보. 아이에 대해서 어떻게 느끼냐지, 직접 낳았는지 아닌지는 상관없잖아. 몰리는 내 딸이야. 우리 둘이 이 세상 살면서 누려본 적이 없는 기회를 얘가 얻는 걸 나 죽기 전에 꼭 보고 싶어. 얘가 우리처럼 산동네에 처박혀서, 드레스 하나 못 사 입고 외식도 못 할 정도로 돈도 못 벌고 살면 좋겠어? 당신은 얘가 당신처럼 살았으면 좋겠어? 한 달에 한 번 남는 돈으로 영화 보러 가는 것 말고는 설거지하고 요리하느라 외출도 못 하는 그런 인생? 총명한 애잖아, 여보, 그러니까 그냥 두자고! 쟤는 대도시로 나가 큰 인물이 될 애야. 꿈과 야망이 있고 아주 영민한 애라고. 아무도 쟤 못 막아. 저 애를 자랑스럽게 생각해봐. 몰리는 자랑스러운 당신 딸이야."

"속 뒤집어지게 왜 그래. 뭔가는 되겠지. 몰리가 어떻게든 필라델피아 같은 큰 도시로 나가서 나머지 식구들보다 저가 잘났다고 생각하는 거, 꼴 보기 싫어. 지금도 건방진데 당신이 더 띄워주잖아. 큰 도시로 대학 가고 나면 당신이 살아 있는지도 잊어버릴걸. 당신이 감사 인사라도 받을 것 같아? 쟤는 진짜 자기밖에 생각 안 하는 애야. 저 짐승 새끼 같은 게 날 지하 창고에 가뒀어. 당신은 나처럼 하루종일 쟤랑 집에 있으면서 쟤 하는 짓 못 봐서 그래. 통제 불능이라고 내가 얘기하잖아. 그리고 제까짓 게 머리 좋아 봤자 어디까지 가겠어? 배경이 있는데. 우리가 으리으리한 데서 잘해줄 수 있는 사람들도 아니고. 쟤는 우리를 창피하게 생각할걸. 그리고 쟨 태생부터가 후레자식이야. 딸 가지고 헛꿈 꾸지 마." 그녀가 '딸'이라는 말을 너무 이를 갈며 내뱉는 바람에 나는 몸서리를 쳤다.

"캐리, 난 이미 결심했어. 당신이 좋아하든 말든, 몰리에겐 기회가 있어. 얘는 공부시킬 거야. 받아들여. 애 옆에 끼고 집에 가둬놓으려고 하지 마. 이 동네 어디라도 다 뛰어다니게 내버려두고, 세릴 스피걸글라스를 쥐어 패든 말든 그냥 둬. 어차피 나도 개가 마음에 안 들었어."

"한마디만 하자, 칼 볼트. 저 아이가 우리 집 지붕 밑으로 들어오기 전까지 우린 한 번도 싸운 적이 없었지. 그리고 당신이 내가 애를 낳게 해줄 수 있었다면 이런 싸움 할 일도 없었을 거야. 그렇지만 당신은 매독에 걸렸어. 당신이 그 병에 걸렸다고. 당신은 어떤 애의 아버지도 될 자격이 없어. 내가 애를 낳을 수 있었다면 모든 게 달랐을 거야. 이건 다 당신이 저지른 일이고 난 절대 잊지 않을 거야."

"내 결심은 바뀌지 않아." 상처받은 기색이 역력한 칼의 목소리에는 힘이 없었다.

"어디 한번 두고 보자고……" 캐리는 얼버무렸다. 누가 듣건 말건 한마디를 덧붙이고 싶었던 것이다.

리오타

리오타 비. 비즐랜드는 육 학년 때 내 옆자리에 앉은 아이였다. 뒷자리는 리로이였다. 리오타는 내가 본 가장 아름다운 소녀였다. 키가 크고 날씬했으며 피부는 크림 같고 눈동자는 진한 초록이었다. 조용하고 수줍음이 많은 리오타를 웃기는 데 나는 육 학년 시절의 대부분을 할애했다. 미스 포터 선생님은 교실 맨 앞자리에 앉아서 쇼를 하고 있는 나를 그리 달가워하지 않았지만, 너그럽고 성숙한 영혼의 소유자로서 내게 복도에 서 있는 벌을 한 번 내린 게 다였다. 그 벌도 소용은 없었다. 왜냐하면 포터 선생님이 고개를 돌릴 때마다 나는 춤을 추려고 문 쪽으로 달려갔기 때문이다. 나는 리로이에게 손가락 욕도 했다. 하필 내가 가운뎃손가락을 올리고 있던 참에 포터 선생님이 칠판에서 고개를 돌렸다. "몰리, 그렇게 쇼 하는 걸 좋아하는 너를 올해 크리스마스 연극의 스타로 만들어줘야겠다." 리로이는 그 연극이 설마 〈해양괴물The Creature from the Black Lagoon, 1954〉이냐고 물었다. 당연히 모두 비명을 질렀다. 포터 선생님은 예수님의 탄생에 관한 연극에서 내가 성모 마리아 역을 맡을 거라고 했다.

셰릴 스피걸글라스는 벌떡 일어나 말했다. "하지만 포터 선생님, 성모 마리아는 어린 주 예수님의 어머니이셨고, 세상에서 제일 완벽한 여성이셨어요. 착한 애가 연기하는 게 맞는데 몰리는 아니에요. 어제도 오드리 머리카락에 풍선껌을 붙인 애라고요." 분명히 성모 마리아 역을 노린 항의였다. 포터 선생님은 사람이 착한지 나쁜지뿐만 아니라 연극적 재능을 고려해야 한다고 했다. 그렇기도 하겠지만, 내가 성모 마리아를 연기하면 마리아님의 선함이 내게도 조금 물들지 모른다.

리오타는 베들레헴의 여인들 중 한 명으로, 개 역시 연극에 참여했다. 그리고 셰릴은 요셉이었다. 포터 선생님은 이 배역이 셰릴에게 큰 도전이 될 것이라고 했다. 셰릴은 의상도 담당하기로 했는데, 아마 걔 아버지가 기부를 할 예정이어서인 듯했다. 어쨌든 그 애는 프로그램에 두 번이나 이름자가 크게 박혔다.

리로이는 동방박사 중 하나였는데, 꼭 말괄량이 루루*의 늘어진 곱슬머리 같은 긴 수염을 달았다. 우리는 대사를 암기하고 연기 연습을 하기 위해서 방과 후에 매일 다 같이 남았다. 포터 선생님은 과연 옳았는데, 나는 모든 걸 완벽하게 해내는 데 온 정신이 팔려서 말썽을 부리거나 다른 생각을 할 틈이 없었다. 리오타 생각만 빼고. 나는 여자가 여자랑 결혼할 수 있는지 궁금해지기 시작했다. 리오타와 결혼해서 영원히 그 애의 초록 눈동자만 보면서 살고 싶다는 확신이 생겼기 때문이다. 하지만 집안일을 안 해도 되어야 그 애와 결혼할 요량이었다. 그것만큼은 확실했다. 그런데 만약 리오타도 집안일을 하고 싶어 하지 않는다면, 어쩌면 내가 할 수도 있을 것 같았다. 리오타를 위해선 뭐든지 할 수 있어.

리로이는 내가 한낱 마을 주민인 애한테 너무 많은 관심을 쏟자 화를 내기 시작했다. 자기는 무려 동방박사였으니까. 그 애에게 얼 스탬백한테서 슬쩍해서 갖고 다니던 여자 알몸이 새겨진 주머니칼을 주자, 그 애는 화를 냈던 사실조차 곧바로 잊어버렸다.

성탄 야외극 공연은 성대한 행사였다. 어머니들은 모두

---

*   Little Lulu, 1950~1960년대에 유명했던 미국 만화 주인공 소녀. 국내판 영상 제목으로 표기

참석했으며, 그중에는 이 공연이 중요해서 일을 하루 쉬고 오는 이도 있었다. 셰릴의 아버지는 맨 앞줄의 명예석에 앉아 있었다. 캐리와 플로렌스는 성모 마리아인 나와 리로이를 보려는 기대로 나타났다. 리로이와 나는 참을 수 없을 만큼 들떴다. 우리는 화장을 하고 볼연지와 빨간 립스틱도 발라야 했다. 분장은 너무 재미있어서, 리로이도 원래 남자애들은 이런 걸 좋아하면 안 되지만 자기는 좋다고 고백했다. 나는 걱정 말라고 했다. 걔가 수염을 달았고, 수염이 있으면 모두 걔가 남자인 걸 아니까 립스틱을 바르고 싶으면 발라도 된다고 말이다. 그 애는 내 논리가 맞는 것 같다고 했고, 우리는 나중에 더 크면 바로 도망가서 유명한 배우가 되기로 결의했다. 그러면 항상 예쁜 옷을 입을 수 있고, 감자잎벌레 따위 잡지 않아도 되며, 내킬 때마다 립스틱을 바를 수 있을 테니까. 우리는 이 공연에서 아주 훌륭하게 연기해 우리의 명성이 극장을 운영하는 사람들의 귀에까지 들어가게 하자고 맹세했다.

셰릴은 우리의 계획을 엿듣고 비웃었다. "어디 한번 너희들 하고 싶은 대로 마음껏 해봐. 사람들은 다 나밖에 안 쳐다볼걸, 왜냐하면 내가 이 공연 전체에서 제일 아름다운 파란색 가운을 입을 거니까."

"아무도 너인지 모를걸, 요셉 역할 맡은 널 사람들이 못 알아볼 테니까. 흥!" 리로이가 고소해하는 표정을 지었다.

"그러니까 사람들이 나를 주목하겠지. 왜냐하면 내가 요셉 역을 끝내주게 연기할 테니까. 누가 성모 마리아를 거들떠나 보겠어. 말구유 옆에 앉아서 아기 예수만 흔들어 댈 텐데. 대사도 몇 줄 없잖아. 성모 마리아는 멍청이도 다 할 수 있어. 머리에 후광만 쓰면 되니까. 요셉 역할 하려면 진정한 재능이 필요해, 특히 여자가 연기할 때는 말야."

무대 뒤에서 포터 선생님이 급히 불러서 우리의 대화는 끝을 보지 못했다. "쉿, 애들아, 이제 곧 막이 오를 거란다. 몰리, 셰릴, 자기 자리에 서."

막이 오르자 관객으로 온 어머니들 사이에서 기대에 차 소곤거리는 소리가 들려왔다. 떠버리 플로렌스의 목소리가 속삭임을 뚫고 들려왔다. "저기 쟤 너무 사랑스럽지 않아요?"

그랬다, 나는 사랑스럽기 그지없는 모습이었다. 내가 지을 수 있는 가장 자애로운 표정으로 아기 예수를 바라보는 동안, 내 적대자인 셰릴은 오른손으로 지팡이를 짚고 왼손으로는 내 어깨를 짚는 척 손톱을 세워 살을 파고들었다. 축음기 위에서 음반이 돌아가며 〈노엘〉이 흐르기 시작했다. 동방박사들이 아주 근엄하게 등장하고, 리로이가 커다란 황금 상자를 들고 다가와 나에게 바쳤다. "감사합니다, 오, 왕이시여, 멀리까지도 오셨나이다." 내가 말했다. 그러자 셰릴 그 쥐 같은 계집애가 "참으로 멀리서 오셨나이다" 하고 목청껏 소리를 높이는 것이었다. 그 애한테 그런 대사는 없었다. 그 애는 종교적으로 들리는 아무 말이나 닥치는 대로 하기 시작했다. 수염을 단 리로이는 켁켁거리고, 나는 요람을 너무 세게 흔들다 아기 예수 인형을 바닥에 떨어뜨렸다. 당하고 있지만은 않겠다고 결심했다. 나는 인형 위로 몸을 숙여 최대한 부드럽게 말하기 시작했다. "오, 사랑스러운 아가, 다치지 않았기를 바란단다. 엄마가 너를 다시 침대에 눕혀줄게." 이러니 리로이는 혼란스러워 죽을 지경이 됐고 자기도 뭔가 말을 꺼내려고 했지만, 셰릴이 그 말을 끊어버렸다. "걱정 말아요, 마리아, 아기들은 원래 요람 밖으로 잘 떨어지지 않소." 욕심쟁이한테는 그걸로 성에 차지 않았나 보다. 이어서 그 애는 낯선 땅에서 목수로 산다는 게 얼마나 힘든 일인지, 내가 아기를 낳기까지 얼마나 먼 여행을 해야 했는지 설명했다. 그 애는 계속해서 떠들어대고 또 떠들어댔다. 이야기가 줄줄 끊이지 않는 걸 보니 주일학교에 다닌 시간이 진가를 발휘하는 듯했다. 더 이상 참을 수가 없어서 나는 그 애가 세리들에 관한 이야기를 하던 중에 불쑥 내뱉었다. "요셉, 닥쳐요. 안 그러면 아기가 깬다고요." 무대 옆의 포터 선생님은 이미 놀라 얼어 있었고 목동들은 선생님 뒤쪽에서 나오려고 기다리며 어쩔 줄 몰랐다. 내가 요셉에게 닥치라고 하자마자, 포터 선생님은 목동들을 무대로 밀어 넣었다. "우리는 멀리서 별을 보았다네, 그리고 새로 탄생하신 왕자님을 찬양하러 왔다네." 로버트 프래더가 떨리는 목소리로 노래했다. 바로 그때 다른 목동이던 배리 올드리지가 무대 위에서 그대로 오줌을 싸버리고 완전히 겁에 질렸다. 요셉은 기회를 놓치지 않고 고압적인 목소리로 말했다. "아기 주 예수님 앞에서 오줌을 싸선 안 돼. 언덕으로 돌아가." 나는 그 말에 화가 났다. "쟤가 어디서 오줌 싸든 쟤 맘이야. 여기는 마구간이잖아, 안 그래?" 요셉은 최대한 몸을 뻗어 배리를 무대 밖으로 쫓아내려고 지팡이를 써서 밀기 시작했다. 나는 의자에서 튀어나와 지팡이를 그 애의 손에서 낚아챘다. 그 애는 지팡이를 도로 붙잡았다. "가서 앉아. 너는 아기를 돌보고 있어야지. 그러고도 네가 엄마니?"

"네가 그 푸짐한 입술 좀 다물고 이 연극 제대로 할 때까지는 못 앉겠는걸."

우리는 서로 씨름하며 밀어댔다. 마침내 나 때문에 균형을 잃은 그 애는 제 가운을 밟고 미끄러졌고, 넘어지려는 그 애를 나는 확 밀었다. 셰릴이 무대에서 떨어져 관객석으로 날아갔다. 포터 선생님이 무대로 쑥 나와서 내 손을 잡고 침착한 목소리로 말했다. "신사 숙녀 여러분, 이 시기에 꼭 맞는 노래를 모두 함께 불러볼까요?" 피아노에 앉아 있던 마틴 선생님이 〈참 반가운 신도여〉를 기다렸다는 듯이 연주하기 시작했다.

셰릴은 저 아래 접이식 의자들 사이에서 눈이 퉁퉁 붓도록 울고 있었다. 포터 선생님이 나를 무대에서 끌어냈다. 나는 이미 노래를 시작했는데 말이다. 나는 혼날 줄 알았다.

"자, 몰리, 셰릴이 자기 차례를 어기고 떠든 건 잘못한 일이지만 그렇다고 무대에서 밀치면 안 되지." 그러더니 선생님은 나를 한 대도 때리지 않고 그냥 보내주었다. 리로이도 나만큼 놀랐다. "선생님께서 화를 안 내셔서 다행이긴 한데, 캐리 이모랑 플로렌스 할머니가 뭐라고 할지는 두고 봐야겠다."

리로이의 말마따나 캐리는 분노로 간을 뱉어 낼 지경이었고, 나는 꼬박 일주일간 집에 있으면서 내내 집안일만 해야 했다. 설거지, 다림질, 빨래, 요리까지. 그러다 보니 리오타 비. 비즐랜드가 집안일을 안 하겠다거나 적어도 반으로 나눠서 하겠다고 하지 않으면 결혼은 포기해야겠다는 생각까지 들었다. 나는 리오타가 어떻게 하겠다고 할지 확인할 방법을 찾아야 했다.

그 주 내내 나는 리오타에게 어떻게 청혼할지 궁리했다. 그 애 앞에서 죽어가면서 마지막 말로 부탁을 남겨볼까도 생각했다. 만약 그 애가 좋다고 하면, 나는 기적적으로 되살아날 것이었다. 색종이에 편지를 써서 하얀 비둘기를 통해 전해줄 수도 있다. 배리 올드리지네 말을 타고 리오타네 집으로 찾아가 영화 속에서처럼 노래를 불러주면 그 애가 내 뒤에 타고, 우리 둘이 석양 속으로 말을 탄 채 사라지는 건 어떨까. 하나같이 별로라서 단도직입적으로 물어보기로 결심했다.

다음 월요일, 학교가 끝나고 리로이, 리오타, 나는 집으로 함께 걸어가고 있었다. 나는 리로이에게 십 센트를 주며 허셔너 아주머니네 가게로 먼저 가서 아이스크림을 사 먹으라고 했다. 항상 먹는 게 우선이었던 리로이는 군말 없이 가버렸다.

"리오타, 너 결혼하는 거 생각해봤어?"

"응, 나는 결혼해서 아이를 여섯 명 낳을 거야. 우리 엄마처럼 앞치마를 입어야지. 단 남편은 잘생겨야 해."

"누구랑 결혼할 건데?"

"아직 모르지."

"나는 어때? 나는 잘생기진 않았지만 예쁘잖아."

"여자들끼리는 결혼 못 해."

"누가 그래?"

"그게 규칙이야."

"참 바보 같은 규칙이다. 어쨌든 넌 누구보다도 나를 제일 좋아하지 않아? 나는 네가 이 세상에서 제일 좋아."

"나도 네가 제일 좋아. 그래도 여자들끼리는 결혼이 안 될 것 같은데."

"이것 봐, 우리가 결혼하고 싶으면 결혼할 수 있는 거야. 다른 사람들이 하는 말은 상관없고. 게다가 나는 리로 이랑 나중에 도망가서 유명한 배우가 되기로 했어. 우리는 돈도 많이 벌 거고, 옷도 많을 거고, 하고 싶은 건 다 할 수 있게 될 거야. 유명해지면 아무도 막 이래라저래라 못해. 이 동네에서 앞치마나 입고 앉아 있는 것보다 훨씬 괜찮지 않아?"

"응."

"좋아. 그럼 영화에 나오는 것처럼 뽀뽀하자. 그러면 우린 약혼한 게 되는 거야."

우리는 서로 껴안고 키스를 하기 시작했다. 배 속에서 이상한 느낌이 들었다.

"너도 배 속에서 이상한 느낌이 들어?"

"쪼끔."

"다시 해보자."

우리는 다시 키스를 시작했고, 내 속은 더 안 좋아졌다.
그 일이 있은 후, 리오타와 나는 방과 후에 매일 둘이서만
다녔다. 우리는 어째서인지 모두가 보는 앞에서 키스하고
다니면 안 된다는 정도는 알고 있었고, 그래서 숲에 가서
야 집으로 가야 할 때까지 키스를 했다. 이제 리로이는 혼
자 다녔다. 내가 개와 같이 집에 가고 싶어 하지 않았기
때문이다. 그러던 어느 날 리로이가 우리를 쫓아서 숲까지
와 의기양양한 경찰처럼 우리를 덮쳤다.

"키스. 여기서 너네 둘이 키스하는 거 다 봤어. 온 세상
에 다 얘기해야지."

"아이고, 그래. 리로이 덴먼. 말해서 뭐 하게? 그 큰 주둥
이로 떠벌리기 전에 한번 해봐야 하지 않을까? 아마 너도
학교 끝나고 여기로 오고 싶어질걸."

리로이는 혹해서 눈을 빛냈다. 과연 뭐든 놓치고 싶어
하지 않는 녀석이니까. 하지만 그 애는 주저했다. "나는 여
자애들한테 키스하는 거 별론데."

"그러면 소들한테 키스해보든가, 리로이. 다른 데 어디
다 키스할래? 이거 되게 좋은 거야. 이 재미있는 걸 안 하
겠다니. 안 하면 네 손핸데."

그 애의 마음이 약해지기 시작했다. "너랑 키스하려면
눈 감아야 해?"

"당연하지. 눈 뜨고 키스하면 사팔뜨기 된대."

"안 감고 싶은데."

"그러든가, 멍청아. 눈 뜨고 해봐라. 네가 사팔뜨기가 되든 말든 내 알 바 아니고. 네가 제대로 하고 싶어 하지 않는 것도 내 문제는 아니니까."

"누구한테 먼저 하지?"

"아무나, 네가 하고 싶은 사람."

"너한테 먼저 할래. 너랑 더 잘 아니까." 리로이는 입술을 오므리더니 플로렌스가 자기 전에 해주는 입맞춤을 내게 했다.

"리로이, 그거 아니야. 너 입을 완전 엉망으로 쓰네. 그렇게 오므려 붙이지 마."

리오타는 웃으며 긴 팔을 뻗어 리로이를 당기더니 진한 키스를 해주었다. 리로이는 감을 잡기 시작했다.

"우릴 봐." 리오타가 한마디 했다. 우리끼리 키스를 마친 다음 나는 리로이에게 키스를 해주었다. 그 애는 조금 나아졌지만 여전히 뻣뻣했다.

"속에서 무슨 느낌 안 드니."

"배고픈 느낌, 왜?"

"이상한 느낌 전혀 안 들어?" 리오타가 물었다.

"안 드는데."

"남자애들은 다른가 보다." 그녀가 말했다.

그 후로 방과 후에 우리는 셋이 같이 다녔다. 리로이가 끼는 건 괜찮았지만 그 애의 키스는 끝까지 어설펐다. 리오타에게 키스하다 보면 그걸로 충분하지 않다는 생각이 들 때가 있었지만, 다음 단계가 무엇인지 잘 몰랐다. 그렇다 보니 알게 될 때까지 키스로 만족해야 했다. 섹스라든가 강아지들처럼 붙어먹는 것도 알고는 있었지만, 내가 그런 식으로 붙어먹고 싶진 않았다. 너무 혼란스러웠다. 리오타는 다양한 걸 시도했다. 한번은 그 애가 내 위에 엎드려서 키스를 했는데, 이거야말로 맞는 방향이라는 걸 바로 알 수 있었다. 리로이가 그 위로 올라 타 내 폐가 찌부러질 뻔했지만. 나는 리로이가 없을 때 다시 해봐야겠다고 생각했다.

리로이는 우리가 키스를 한다는 것 그리고 나중에 함께 유명해지자는 계획에 관해 아무에게도 말하지 않을 것을 내게 확실히 약속했다. 이 또한 어쩔 수 없이 따라야 하는 규칙이며, 어른들이 알게 되면 우리 셋이 연기하러 도망가지 못하게 하리라고 생각한 것이다. 어른들이 우리 셋이 뭉쳐 도망가지 못하게 하긴 했다. 그러나 그게 우리가 숲에서 키스를 했기 때문은 아니었다.

오븐을 켜놓고 가스난로가 돌아가고 있던 이월의 어느

추운 밤, 어른들이 전부 다 모여서 우리를 부엌으로 불러들였다. 어른들은 학기가 끝나자마자 플로리다로 이사 갈 거라고 이야기했다. 일 년 내내 날씨가 따뜻할 것이고 나무에서 바로 오렌지를 따다 먹을 수도 있다고 했다. 물론 나는 믿지 않았다. 일 년 내내 따뜻할 수는 없는 법이다. '또 뻥이겠지' 하고 생각했지만 아무 말도 하지 않았다. 캐리는 우리가 바다에서 수영을 할 수 있고 일자리도 구하기 쉬워 모두에게 이득이니, 이사를 하면 우리에게도 좋을 거라고 확신에 차서 얘기했다. 그러고 나서 어른들은 우리를 모두 잠자리로 보냈다. 플로리다로 가는 것이 그렇게 싫지는 않았다. 나를 꾀려고 거짓말을 할 필요는 없었다. 나는 그저 리오타를 떠나고 싶지 않았을 뿐이었다.

다음 날 나는 리오타에게 이 소식을 전했고, 그 애 또한 나만큼이나 이 소식을 달가워하지 않았지만 우리가 할 수 있는 건 아무것도 없는 것 같았다. 우리는 편지를 쓰자고도, 마지막 날까지 계속 숲에서 만나자고도 약속했다.

그해에는 봄이 늦게 왔고, 도로는 진흙투성이었다. 캐리와 플로렌스는 벌써 집 전체를 훑어서 버릴 것은 버리고 매일 쓰지는 않는 물건들은 싸놓았다. 오월 즈음 되자 이사 갈 준비가 다 되어 주방용품 몇 개, 우리가 입고 있는 옷, 거실의 가구 몇 점만 남았다. 매일 조금씩 기분이 나

빠졌다. 숲에서 키스를 하면 더 나빠졌다. 급기야 리로이
까지 불편한 감정을 느끼기 시작했는데, 그 애야 리오타
나 키스에 신경 쓰지 않았지만 나는 달랐다. 떠나야 한다
면 키스보다는 많은 걸 알고 떠나야 할 것 같았달까. 리오
타의 결론도 나와 크게 다르지 않았다. 학기가 끝나기 일
주일 전, 리오타는 나에게 자기와 하룻밤 같이 잘 수 있느
냐고 물었다. 그 애는 혼자 쓰는 침실이 있어서 동생과 같
이 잘 필요가 없었고, 리오타네 어머니도 허락을 했다. 이
번만큼은 내 뜻대로 일이 풀렸다. 리로이에게 하룻밤 같이
자자고 물을 일은 없었다. 캐리가 나를 리로이 방에서 못
자게 한다면, 리오타네에서 리로이가 자게 둘 사람은 아
무도 없을 테니까. 리로이는 별로 상관하지 않았다. 리로
이에게 잠은 그저 잠일 뿐이었다.

　나는 종이봉투에 칫솔, 잠옷, 빗을 챙겨 넣고 비즐랜드
씨네 집으로 걸어갔다. 지붕에 텔레비전 안테나가 있는 그
집은 멀리서도 잘 보였다. 우리는 늦게까지 안 자고 밀턴
벌 쇼를 봤다. 그 남자는 계속 얼굴에 파이를 맞았고 모두
들 그게 웃긴 모양이었다. 나는 별로 웃기지 않았다. 파이
는 서로 던지는 대신 먹어야지. 화가 난 거라면 차라리 서
로 두드려 패는 게 낫지 않나? 하나도 말이 안 됐다. 다만
보는 재미는 있었다. 밀턴 벌이 인정하든 말든 난 그랬다.

쇼가 끝나고 우리는 침대에 들어가 이불을 덮었다. 어른들은 텔레비전을 계속 보고 있었기 때문에 리오타네 어머니가 불을 꺼주고 문도 닫아주셨다. 우리한테는 잘된 일이었다. 문이 닫히자마자 우리는 키스하기 시작했다. 키스를 몇 시간은 한 것 같았지만 키스하는 것 말고는 아무 생각도 안 했기 때문에 실제로 얼마나 했는지는 잘 모르겠다. 리오타네 부모님이 텔레비전을 끄고 자러 가는 소리도 들리긴 했다. 그때 리오타가 번갈아가며 위에 올라가 보자고 했다. 그렇게 했더니 속이 심하게 울렁거렸다.

"몰리, 우리 잠옷 벗고 해보자."

"알겠어, 그런데 아침 되기 전에 다시 입는 거 까먹으면 안 돼." 잠옷 없이 하니까 훨씬 좋았다. 그 애의 서늘한 피부를 온몸으로 느낄 수 있었다. 정말로 아주 많이 좋았다. 리오타는 입을 벌리고서 키스하기 시작했다. 이제는 바닥으로 속이 다 쏟아질 것 같았다. 너무 좋아. 난 여기 비즐랜드 씨네 집에서 위가 입 밖으로 나와 죽어 있는 채로 발견될 것이다. "리오타, 나 속이 정말 훨씬 아픈데, 좋기도 해."

"나도 그래."

우리는 계속해나갔다. 배가 아파서 죽게 된다면, 우리는 같이 죽기로 굳게 약속했다. 그 애가 내 온몸을 더듬기 시작하자 정말 내가 죽어간다는 생각이 들었다. 리오타는 대담했다. 리오타는 어딜 만지든 거침이 없었고, 어디서 배웠는지는 모르겠지만 자기가 무엇을 향해 가는지도 알고 있었다. 그리고 나도 곧이어 알게 되었다.

다음 날 아침, 우리 둘은 여느 육 학년 소녀들과 다를 바 없는 모습으로 학교에 갔다. 나는 분수 문제를 풀다 말고 잠이 들었다. 리로이가 나를 푹 찌르고 킬킬거렸다. 리오타가 꿈을 꾸는 듯한 그 두 눈으로 나를 바라보자 온 몸이 다시 욱신거렸다. 플로리다로 이사 갈 수 없어, 그렇 겐 못 해.

하지만 우리는 갔다. 구식 도지 트럭과 1940년식 패커 드에 모든 짐을 싣던 날, 리오타는 나를 보러 왔다. 그 애와 나는 캐리가 마지막 물건들을 치우는 동안 붙어 돌아다녔다. 그러다 차에 타라고 나를 부르는 소리가 들려왔다. 나는 그 애의 목에 팔을 두르고 키스를 한 뒤 차로 달려갔다. 그 후 우리의 편지는 몇 번쯤 오가다 종내 끊기고 말았다. 나는 1968년까지 다시는 리오타를 보지 못했다.

플로리다로

우리는 낡은 캠핑카를 타고 해안을 따라 남부의 평야를 천천히 통과하고 있었다. 아빠와 엡 이모부는 우리를 위해 길을 좀 우회해 리치먼드에 들렀다. 거기서 우리는 1800년대에 그 근처로 헤엄쳐 내려왔다는 박제된 바다표범을 봤다. 거기에는 박제된 인디언도 있었는데, 그걸 보니 속이 메슥거렸다. 리로이와 테드와 나는 모두 남북전쟁 때의 군복을 가장 좋아했다. 소매 끝까지 내려오는 금실 자수가 놓여 있는 남부 연합군 군복이 제일 예뻤다. 리로이는 유명한 배우가 되지 못한다면 금실로 수놓인 소매를 입고 다닐 수 있는 군인이 되고 싶다고 속마음을 털어놓았다. 그것도 괜찮지만 그러면 립스틱을 바를 수 없고 명령을 따라야 할 거라고 내가 얘기해줬다.

여정은 끝이 없었고 우리는 차에 갇혀 돌기 일보 직전이었다. 그나마 엄마가 발명한 차 번호판 게임이 도움이 됐다. 가장 먼저 백 점을 따내는 사람이 이기는 게임이었다. 지금 지나가고 있는 주 번호판을 발견하면 일 점 득점이었다. 그 주를 제외한 다른 남부 주들은 이 점씩이었다. 북부 주들은 오 점, 중서부 쪽은 십 점씩이었다. 서부 주들은 이십 점, 캘리포니아 주 번호판은 삼십 점짜리였다. 우리가 캘리포니아 주 번호판을 볼 일은 전혀 없으리라는 건 알고 있었다. 거기엔 잘나가는 영화배우들만 산다는데 그런 사람들이 이런 황무지를 운전하며 돌아다닐 까닭이 있겠어?

조지아 애선스에서 우리는 배를 채우고 화장실에 다녀오기 위해 차를 세웠다. 리로이, 테드, 나는 차에서 튀어나와 몇 년 묵은 기름 냄새가 나는 조그만 식당으로 달려들어 갔다. 나는 남자애들이 쓰고 있는 화장실 문을 재빨리 지나쳐 그 옆문으로 들어갔다. 볼일을 마치고 막 나오는 나의 팔을 캐리가 붙들었다.

"넌 왜 이렇게 개념이 없니. 너 한 번만 더 그랬다가 한 대 맞아, 알아들어? 저기는 유색인용이고 네가 들어갈 데가 아냐." 모르는 사람들 앞에서 캐리와 다툴 생각은 없어서, 나는 차에 돌아와 아빠에게 이게 다 무슨 얘기냐고 물어봤다. 캐리가 칼을 보며 말했다. "이거 봐, 내 말은 안 듣는다니까. 재는 당신 말만 들어."

"남부는 저 위의 요크하곤 분위기가 좀 달라. 여기선 백인들이 유색인들하고 섞이지 않아. 그리고 그 사람들과 얽혀서도 안 돼. 물론 말해야 할 때는 예의를 갖춰야 되지만. 엄마는 네가 나중에 나쁜 일 안 당하게 하려고 그러는 거야."

"아빠, 저 위 요크에서랑 다른 게 없는데. 거기도 화장실 문 위에 '유색인용'이라는 표시판만 없을 뿐이잖아요."

"조그만 게 입만 살아가지고, 주둥이 다물어." 캐리가 경고했다.

"아니, 입 안 다물어. 표시판 빼고 다른 게 없다니까. 다르지도 않은 걸 다른 척하고 앉아 있긴 싫어." 리로이는 싸움이 날까 무서워 내 소매를 잡아당겼다. 나는 그 애의 옆구리를 퍽 쳤다. "아빠, 내가 왜 입 다물고 있어야 돼?"

"네 말도 일리는 있지, 그런데 여기 사람들은 북부 사람들보다 유색인들한테 시비를 많이 걸어. 그거 말고는 네 말이 맞아. 아빠도 뭐가 다른지 모르겠어." 캐리는 우리 둘 다 돌았다면서 침울한 표정으로 창밖을 내다봤다.

"내 진짜 가족이 누군지 모르니까, 어쩌면 나 유색인일지도 몰라. 그 화장실에 들어가도 괜찮을 수도 있어."

"세상에! 하다 하다 이제는 깜둥이가 되겠다고." 캐리가 폭발했다.

칼이 웃음을 터뜨렸고, 그의 금니에 햇빛이 반사돼 창문에 비쳤다. "그러면 티가 나지, 몰리. 누가 확실히 알겠냐마는 넌 그냥 평범한 백인이야."

"얘가 우리보다 까맣긴 해요, 칼 이모부." 리로이가 지껄이기 시작했다.

"얘 눈은 갈색이야. 우리 중엔 갈색 눈인 사람이 없는데."

"갈색 눈에다 까무잡잡한 얼굴은 아주 많아요. 이탈리아 쪽하고 스페인 쪽 사람들이 그렇지."

"몰리, 너 그러면 남미 쪽일 수도 있겠다." 리로이가 의견을 내놓았다.

"난 내가 누군지 진짜 안 궁금하거든. 그리고 좀 다르게 생긴 걸로 사람들을 피하진 않을 거야."

캐리는 분노에 가득 차 홱 뒤돌아보며 내뱉었다. "너 그런 질 나쁜 사람들이랑 어울리는 거 내 눈에 띄기만 해봐, 모가지를 비틀어버릴 테니까, 이년아. 어디 한번 해봐, 어디까지 가나 보자."

"여보, 애들이 그런 걸 어떻게 알겠어. 이렇게까지 화를 낼 건 없잖아. 엄마는 너 곤란해질까 봐 그러는 거다, 몰리. 그냥 넘어가자."

플로리다에 도착한 처음에는 우리 모두 신이 났지만 들

뜬 기분이 그리 오래가진 않았다. 달리고 달리는데도 여전히 플로리다였다. 플로렌스는 남부 끝은 일자리도 많고 돈벌이도 많기 때문에 동해안을 따라 내려가는 중이라고 했다. 우리는 마침내 포트로더데일에 도착했다. 아빠가 마이애미는 유대인 천지니, 일단 여기에 정착해보자고 했다. 나는 사람들이 전부 바지 속에 손을 집어넣고 걸어 다니는 도시가 있다는 걸 믿을 수 없었지만, 물어보지는 않았다. 포트로더데일은 운하와 야자수로 수놓인 아름다운 곳이어서 모두가 매우 좋아했다. 아빠는 일주일도 안 돼서 시 북동쪽 정육점에 일자리를 얻었다. 그러고 일주일 뒤에는 엡 이모부가 가정집에 비늘살 창문을 설치하는 일을 구했고, 그 회사에서 그를 웨스트팜비치로 보내고 싶어 했다. 회사의 제안을 수락한 그는 리로이, 테드와 함께 록사해치로 올라가 트레일러에 자리를 잡았다. 오천 평짜리 수풀땅에 설치된 그 트레일러는 살찐 은색 애벌레가 웅크린 모습이었다. 우리는 트레일러 신세를 면했지만 플로리다 동해안 철도 옆, 끊임없이 윙윙대는 전기 발전소 뒤에 있는 집을 구했다. 윙윙거리는 소리가 들리지 않는 시간은 기차가 지나갈 때뿐이었다.

일요일마다 우리가 록사해치로 올라가거나 리로이와 테드, 엡 이모부가 우리를 보러 내려왔다. 리로이는 이십이 구경 라이플총을 장만하고는 자기가 잘나가는 놈이라고 생각했다. 테드는 이번에도 학교가 끝나면 주유소에서 일을 했으며, 나는 달리 할 것도 없고 이십이 구경 라이플은 엄마가 허락하지 않으니 주로 홀리데이 공원에서 어슬렁거렸다.

그해 구월에 나는 해군 항공 중학교에 입학했다. 그 학교는 이차 대전이 끝나고 남겨진 해군기지 건물을 쓰는 임시 학교였다. 선생들 역시 그때 남은 사람들이었다. 지겨워 미칠 지경이었다. 그곳에서 새 친구들을 사귀기 전에 어떤 아이들이 다니는지 알아보려고 나는 혼자 다녔다. 해군 항공 중학교에는 부잣집 애들이 꽤 많았다. 입은 옷과 말투를 보면 알 수 있었다. 이때쯤에는 나도 영어 수업을 들을 만큼 들어서 걔네들이 문법에 맞게 말한다는 것 정도는 알 수 있었다. 그 애들은 수준 낮은 레드넥* 애들이랑은 거리를 뒀다. 나는 아무하고도 어울리지 않았다. 내가 부자가 아닌 건 알았지만, 그렇다고 가난한 레드넥 여자애들이 하고 다니는 것처럼 옷깃에 조그만 플라스틱 옷핀을 꽂고 다니지 않았다. 남자애들이 여자애들보다 심했다. 그 애들은 기름에 전 머리를 길게 기르고 피범벅 눈알이 그려진 청 재킷을 입고 다녔다. 허세에 찌들어서 청

* 미국 남부의 보수적 성향을 보이는 가난한 백인들을 비하하는 말

재킷에 검은 모터사이클 부츠를 신은 아이들은 차림새에 걸맞게 입만 열면 욕이었다.

전에 살던 홀로에서는 모두 똑같았다. 셰릴 스피걸글라스가 약간 더 잘살았을지는 모르지만, 형편 차이가 크게 느껴지지 않았다. 여기서는 양쪽 사이에 분명한 선이 그어져 있었고, 나는 절대로 기름을 떡칠한 머리에 날 힐끔대며 상스러운 말만 하는 남자애들과 같은 쪽에 있고 싶지 않았다. 그렇지만 돈이 없었다. 이 새로운 상황에서 어떻게 하고 다녀야 좋을지 고민하느라 칠 학년 전체를 고스란히 바쳤고, 결국 방법을 찾아냈다.

우선 나는 성적이 좋았고 이 점은 애들한테 중요했다. 좋은 성적 없이는 대학에 갈 수 없다. 중학교에서조차 부잣집 애들은 대학 얘기를 했다. 공부만 잘한다면, 나도 장학금을 받고 대학에 갈 수 있었다. 집에서 쓰는 말투는 버려야 했다. 생각은 문법에 맞지 않게 멋대로 하더라도 입으로는 그렇게 말하지 않는 법을 빠르게 익혔다. 그다음이 옷 문제였다. 좋은 옷들을 사 입을 돈이 없었다. 이듬해 가을, 엄마가 내 옷을 장만해주려고 나를 싸구려 옷 가게인 러너 숍으로 데려갔을 때, 나는 그녀에게 이런 데서 파는 이 달러짜리 블라우스는 입고 싶지 않다고 했다. 엄마는 예상 외로 화내지 않았다. 오히려 내가 외모에 관심을 보인다는 사실을 마음에 들어 하는 것 같았다. 내가 여성스러워질 거라는 희망이 생겼던 모양이다. 그녀는 좀 더 괜찮은 데서 좋은 옷 몇 벌 정도는 사도 된다고 허락해주었다. 학교 애들은 내가 똑같은 옷들을 자주 입는다는 것을 알아채겠지만, 최소한 괜찮은 것들이니까. 내가 파티를 열어서 인기를 얻을 방법은 없다는 것쯤 알고 있었다. 대체 뭘 할 수 있겠어, 다 같이 모여서 발전소 윙윙거리는 소리에 맞춰 춤이라도 추리? 어쨌든 그 싸가지 없는 애들을 집에 데려올 생각은 딱히 없었다. 나는 학교에서 제일 웃긴 사람이 되기로 결심했다. 사람들은 웃음을 주는 사람을 좋아하게 되어 있다. 나는 선생님들조차 웃겼다. 성공이었다.

　팔 학년이 끝나갈 때가 되어서야 리로이와 나는 우리가 함께 도망가 유명한 배우가 될 일은 없다는 걸 깨닫기 시작했다. 어느 일요일, 익소라꽃이 만개하고 모든 것이 발간 빛에 물들어 있던 날, 우리는 록사해치로 올라갔다. 리로이와 나는 올드파워라인 로드의 운하로 내려가 낚시를 하고 있었다. 리로이는 더 이상 뚱땡이가 아니었다. 그는 오리 궁둥이 모양으로 빗어 넘기는 소위 덕테일 스타일로 머리를 길러서, 피범벅 눈알이 그려진 청 재킷까지 굽이치는 금발을 늘어뜨렸다.

"야, 너 올해 낙제했다는 거 진짜야?"

"어. 우리 꼰대는 날 팬다고 벼르고 있는데, 그런다고 내가 신경 쓸 것 같냐. 학교는 멍청한 데야. 배울 게 없어. 난 돈 벌어서 크레이그 거랑 같은 보너빌 트라이엄프 모터바이크를 사고 싶어."

"나도. 내 건 캔디애플레드 색으로 새빨갛게 칠해야지."

"넌 안 돼. 여자가 무슨 모터바이크야."

"염병하지 마, 리로이. 내가 갖고 싶으면 탱크라도 사서 안 된다고 말하는 인간들 밀어버릴 거야."

리로이가 무스 잔뜩 바른 머리를 갸우뚱하며 나를 보았다. "나 말이야, 네가 퀴어라고 생각해."

"네가 뭔 소릴 하는지 잘 모르겠지만, 그래서 뭐 어쩌라고."

"그러니까, 네가 자연스럽지는 않다 이 말이야. 이제 머리 모양도 고민하기 시작하고, 여자들이 해야 하는 것들을 할 때가 됐잖아."

"언제부터 네가 나한테 이래라저래라 했냐, 이 뚱땡이 새끼야? 난 지금도 널 밟아버릴 수 있다고." 리로이는 몇 발자국 물러났다. 내 말이 맞다는 걸 본인도 알았고, 특히 우리가 있는 곳이 가시풀밭 근처여서 싸울 생각이 없었던 것이다. "왜 갑자기 내가 숙녀가 되는 데 관심이 많아졌냐?"

"나도 몰라. 난 널 있는 그대로 좋아하긴 하지만, 좀 혼란스러워서. 네가 너 하고 싶은 대로 모터바이크 타고 돌아다니고 그러면 나는? 어쩌라고? 그러니까 네가 나랑 똑같이 하고 다니면 난 어떡해?"

"젠장, 대체 내가 뭘 하고 다니든 너랑 무슨 상관인데? 넌 너 하고 싶은 거하고 난 나 하고 싶은 거 하면 되는 거지."

"나는 내가 뭘 원하는지 모르나 봐." 그 애의 목소리가 흔들렸다. "게다가 난 겁쟁이고 넌 아니잖아. 너라면 진짜로 새빨간 트라이엄프를 타고 다니면서 사람들이 쳐다보면 엿이나 먹으라고 하겠지. 난 무시당하고 싶지 않아." 리로이가 울기 시작했다. 난 그 애를 끌어다가 정오의 햇살을 받으며 악취를 풍기는 운하 둑 위에 나란히 앉았다.

"야, 너 뭐야? 너 내 머리랑 모터바이크 말고 다른 거 더 있지. 말해봐. 나 입 무거운 거 알잖아."

"뭐가 뭔지 모르겠어. 일단 학교에 패거리가 있어. 죄다 거친 애들이라 세게 나가지 않으면 내가 두들겨 맞고 학교 애들 전체한테서 비웃음을 살 거야. 담배도 피워야 하고, 욕도 해야 하고, 차도 분해할 줄 알아야 해. 차 뜯어보는 건 재미있지만 담배랑 욕은 별로 하고 싶지 않단 말이야. 그래도 해야 해. 안 하면 퀴어라고 부른다고."

"퀴어라는 게 진짜 그 남자 좆 빠는 퀴어 말하는 거야?"

"그래, 그리고 조엘 센터스라고 불쌍한 후레자식, 아니

미안, 불쌍한 녀석이 하나 있어. 조엘은 마르고 키가 큰 앤데, 학교를 좋아해. 매일 예습 복습도 해 오고 영어 시간을 제일 좋아해. 영어 말이야. 애들이 걔한테 어떻게 하는지 네가 한번 봐야 해. 난 절대 그런 취급은 받고 싶지 않다고."

"그런 골 빈 애들이 어떻게 생각하든 무슨 상관이야? 아무튼 넌 걔네들이랑 적당히 어울리다가, 고등학교 졸업하자마자 나랑 같이 큰 도시로 빨리 올라가버리면 돼. 그다음에는 우리 하고 싶은 거 다 할 수 있어. 사 년밖에 안 남았어."

"나한텐 백 년이나 마찬가지야. 난 지금 당장이 문제고, 이대로 가다간 사 년 안에 고등학교 졸업 못 해. 틀림없이 몇 번 더 낙제할 거야."

"그럼 내가 졸업할 때까지만 기다렸다가 떠나면 되지. 불가능하진 않아."

"불가능해. 넌 나랑 달라. 넌 성적도 좋고, 우리랑 수준이 다른 사람들하고 있을 때 어떻게 대해야 하는지도 알잖아. 난 그런 거 못 해."

"너도 배울 수 있어. 네가 귀가 안 들리길 해, 멍청하길 해, 눈이 안 보여."

"그래, 그러면 걔들은 분명히 날 퀴어라고 부르겠지."

"리로이, 아까부터 너 계속 퀴어가 어쩌고저쩌고하고 있어. 처음엔 나보고 퀴어라고 했다가, 이젠 다른 사람들이 널 퀴어라고 생각할까 봐 엄청 걱정하잖아. 너 그냥 보통 사람처럼 보여. 뭐가 그렇게 걱정이야?"

"너 죽어도 얘기하면 안 돼. 약속할 거지?"

"응."

"그게 말인데, 테드가 일하는 잭스걸프 주유소에 내가 몇 주 전에 갔거든? 크레이그란 나이 많은 형이 거길 다녀. 아마 스물다섯 살 정도고 웨이트를 하는데, 너도 그 형 근육 한번 봐야 돼. 그 형, 팜비치에서 제일 크고 멋있는 트라이엄프를 갖고 있어. 맨날 나를 태워주기도 하고. 내가 보기엔 전혀 퀴어처럼 안 생겼어. 근육도 그렇고, 목소리도 낮으니까. 그 형이랑 나, 친해지고 있어. 학교 남자애들은 내가 그 모터바이크에 탄 거 보면 심하게 질투하더라고? 개네가 거의 죽으려고 그래. 그러다가 한번은 둘이 나가서 밤에 술을 마셨어. 취하진 않았고 딱 기분 좋을 정도로 마셨거든. 벨블레이드 근처 수풀 속에 있었는데 글쎄, 크레이그가 내 가랑이에 손을 대더라고. 무서워 죽겠는데, 기분이 좋은 거야. 형이 내 거를 빨아줬는데 진짜, 너무 좋았어. 그래서 지금 무서워. 정말 무서워. 나 퀴어인가봐. 젠장, 우리 꼰대가 알면 테드랑 둘이서 분명 날 죽여버릴 거야."

"나 말고 말한 사람 있어?"

"내가 미쳤냐? 내가 세상에서 이 얘기 할 수 있는 사람은 너밖에 없어. 너도 퀴어일 수도 있다고 생각하니까. 난 다 기억나. 우리 같이 예전에 리오타 비즐랜드한테 키스했잖아."

"그러고 나서 크레이그 다시 만난 적 있어?"

"그 일 있고 며칠 동안 주유소에 안 갔어. 얼굴을 볼 수가 없더라고. 그랬는데 학교에서 집에 왔더니, 형이 모터바이크를 타고 트레일러를 찾아온 거야. 집에 아무도 없어서 형이랑 잠깐 얘기했는데, 나한테 걱정하지 말래. 자기는 아무한테도 얘기 안 할 거래. 그랬다가는 미성년자 추행죄로 교도소에 갈 거라면서. 그다음에 나한테 사랑한다고 말하면서 키스를 하려는 거야. 내가 퀴어일 수는 있어도 남자랑은 키스 안 해. 근데 거기 빨아주는 건 또 그냥 뒀어. 젠장, 도대체 뭘 어떻게 해야 할지 모르겠어."

"좋으면 계속해. 숨기면 되는 거야. 리로이, 네가 뭘 하든 간에 남들이 상관할 바 아니야."

"그래, 맞아. 나도 그렇게 생각했어. 다만 누가 알아내서 크레이그를 교도소에 처넣거나 날 막 패려고 하면 어쩌나 무서울 뿐이야. 학교 남자애들은 항상 퀴어들을 가만두질 않거든. 뒈지게 맞긴 싫어, 정말."

"리로이, 여자랑 해본 적 있어?"

"응, 블루독에 있는 금발 창녀랑 하룻밤 자본 적은 있어. 다들 그 여자랑 한 번씩은 했지. 그렇게 좋진 않았던 것 같아. 괜찮은 정도지 막 좋지는 않았어. 너도 좀 해봤어?"

"저언혀. 여자들은 좀 더 힘들어. 그랬다간 완전 망할 거야, 그렇잖아. 엄마랑 플로렌스랑 날 수녀원에 집어넣을 걸. 그리고 망할 학교 전체가 날 완전히 조져버릴 거야. 그래도 아주 몰래, 기회가 생기면 할 거야. 음, 진짜 문제는 그 남자애 입단속 하는 거야. 얘네들은 여자랑 잤다 하면 빌어먹을 온 세상에 다 떠들고 다니려고 하잖아. 혀 뽑힌 애를 찾든지 해야지."

"임신은 걱정 안 돼?"

"내가 그렇게 바보냐."

"너 내가 퀴어라고 생각해?"

"나는 네가 그냥 '리로이 덴먼'이라고 생각해. 네가 뭘 하든 난 쥐뿔도 상관 안 해. 넌 여전히 리로이야. 크레이그가 널 좋아해주는 것도 그렇고, 그 커다란 바이크 타고 날아다니면 좋은 일 아냐? 그 사람 좋은 사람 같아. 그리고 그 사람이랑 하는 게 닳고 닳은 창녀랑 떡치는 것보다는 낫지. 네가 죽든 말든 그 창녀가 개뿔이나 신경 쓰겠냐. 내 말은 리로이, 그래도 그 사람은 널 생각해주잖아. 지금 그게 의미 있는 거 아냐?"

"그래, 근데 뭔가 이상한 느낌이 들어. 가끔 라디오에서 나오는 노래를 들으면 크레이그에 대한 내 감정 같다는 생각이 들어. 빨아주는 것보다 그게 훨씬 무서워. 세상에, 내가 정말 그 형을 사랑하는 거면 진짜 어떡하지? 너 누구를 사랑해본 적 있어?"

"리오타를 사랑했던 것 같긴 한데, 너무 오래전 일이라."

"그거 봐, 너 내가 퀴어라고 했잖아."

"꺼져. 왜 넌 모든 것에 이름을 붙이려고 그래? 주둥이 한 대 맞기 전에 헛소리 그만 좀 해."

"퀴어란 게 그런 거야. 너처럼 생각하는 사람은 별로 없어. 그러니까 나한테 했던 말을 다른 사람들한테 하면 무슨 소리를 들을지 각오하는 게 좋을걸."

"내가 알아서 할 거니까 걱정을 마세요. 난 닥치고 있을 생각 없어." 리로이는 우리가 처음 대화를 시작했을 때보다 별반 상태가 나아 보이지 않았다. 그 애가 낚싯대를 만지작거렸다. "더 할 말 있어?"

"아니."

"그럼 왜 그렇게 긴장하고 난리야?"

그 애가 자세를 바꾸더니 우물쭈물 말했다. "있잖아 너, 아무한테도 얘기 안 한다 그랬지? 난 여태까지 만난 여자애들 중에 네가 제일 좋아. 그게 그러니까, 나도 좀 해봐야 알 것 같아서. 알잖아. 나랑 한 거 아무한테도 말 안 할게. 약속해. 하자, 제발."

한다는 것 자체가 충격적인 생각은 아니었지만, 친구인 리로이랑 그런다는 생각은 해본 적이 없어서 충격이었다. "그런데 리로이, 난 너한테, 음, 로맨틱한 감정이 없는 것 같은데."

"그건 상관없어. 우린 서로 제일 친한 친구고, 질척한 사이보단 그게 나아."

"어떻게 안 들키고 할 건데?"

"공터 뒤에 창고로 갈 거야. 거기를 들락날락하는 사람은 테드밖에 없는데, 형은 지금 일 나가고 없거든. 가자."

"알았어. 완전 최악은 아니겠지, 설마." 우리는 들키지 않게 트레일러 뒤로 돌아 팰머토야자 덤불을 헤치고 창고까지 갔다. 창고 바닥에는 속이 반쯤 빠져버린 오래된 일 인용 매트리스가 있었다. 우리는 매트리스에 뱀이나 벌레가 없는지 살폈다. 그리고 나니 리로이가 거시기를 확 끄집어내고 내 위로 뛰어올랐다.

"리로이 이 새끼야. 옷이나 좀 벗지?"

"전에는 벗은 적이 없는데."

"그러셔? 네가 실오라기 하나라도 걸치고 있으면 안 해.

난 내가 뭘 하는지 보고 싶다고."

"알았어, 알았어, 벗을게." 그 애는 양말을 잡아당겨 벗고 바지를 잡고 꾸물거리면서 전반적으로 시간을 아주 오래 끌었다. 난 한 이 초 만에 다 벗어젖혔다.

"몰리, 난 야한 사진에서 본 거 말고 여자가 옷 벗고 있는 거 보는 거 처음이야. 너 몸 예쁘다. 배에 잔근육 있는 것 좀 봐. 네가 나보다 복근이 좋네. 그런데 가슴은 별로 안 크구나."

"그럼 가서 가짜 가슴이나 가져와서 갖고 놀든지."

"상관없어. 어차피 나도 엄청 큰 거는 징그럽다고 생각하는데, 다른 남자애들은 큰 가슴에 환장하더라. 이 지퍼 좀 내려줄래?"라고 말하는 리로이는 바지 지퍼를 못 내리고 있었다.

나는 지퍼를 붙들고 씨름한 끝에 청바지를 벗겨냈다. 그 애가 팬티는 벗지 않으려고 버티길래 내가 손수 확 끌어 내려주었다. 리로이는 조그만 소리로 비명을 질렀다.

"바보짓 그만하고 이리 와서 누워봐."

그 애는 내 옆으로 파고들더니 가만히 몇 분간 누워 있었다. 그리고 내게 침을 잔뜩 묻히며 키스했다. 끝까지 키스를 어떻게 하는지는 감을 못 잡는 듯했지만, 어떻게든 발기는 됐다. 그다음에는 내 위에 올라오더니 일을 시작하려고 했다.

"리로이, 좀 있어봐. 키스 한 번으로 다 끝나는 게 아냐."

"너 섹스 안 해봤다면서. 그런데 왜 나한테 이래라저래라야? 그래도 난 경험이 있어." 리오타 얘기는 해봤자인 듯싶어 난 대꾸했다. "그래, 네가 알아서 해봐." 리로이가 헉헉댔다. 내가 본 책에서는 하나같이 처음 할 때 아프다고 했는데, 하나도 아프지가 않았다. 솔직히 말해 속에서 리로이가 희미하게 좋게 느껴지기는 했지만, 천년 전 일 같은데도 리오타와는 비슷하지조차 않았다. 눈을 감으면 내 입술에 닿은 그 애의 입술을 여전히 느낄 수 있었다. 지금까지도 나를 떨리게 하는.

리로이가 떨어져 나갔다. 황홀감에 취한 채. "그 늙은 창녀보다 훨씬 좋아."

나는 한쪽 팔꿈치를 괴고 옆으로 누워 뺨에 솜털 같은 수염이 나고 등에 벌써부터 잔근육이 붙기 시작한 리로이를 바라보았다. '글쎄, 리로이, 그 창녀랑 한 것보다 훨씬 좋았을 수는 있겠지. 그런데 네가 리오타 발뒤꿈치도 못 따라가잖아' 하고 나는 생각했다. 그래, 내가 퀴어한지도 모르지. 그렇지만 사람들은 왜 이 좋은 걸 그렇게나 싫어할까? 내가 퀴어인 게 다른 사람한테 피해 주는 것도 아닌데, 뭐 그렇게 끔찍한 일이라는 걸까? 말이 안 된다. 하지만 나는 리로이 놈이랑 딱 한 번 잔 것만 갖고 판단하지 않을 거다. 우리는 훨씬 더 많이 해봐야 한다. 나는 이삼십 명 정도의 남자와 이삼십 명 정도의 여자와 자보고 난 다음에 결정할 것이다. 과연 내가 스무 명이나 꾀어서 잘 수 있을까? 아, 어차피 그리 중요한 것도 아니야.

"닳고 닳은 매춘부보다 낫다고 해주니 참 영광입니다."

내가 웃으며 리로이를 다시 매트리스 위로 밀어버렸다. 그 애는 내가 저를 때리려는 줄 알고 빌기 시작했다. "닥쳐, 멍청한 놈아. 안 때려." 나는 그 애에게 키스하며 거시기를 움켜쥐었다. 그 애는 완전히 충격에 빠졌다. "너 그러면 안 돼."

"안 된다니, 무슨 소리야?"

"남자랑 여자랑 섹스할 때는 눈을 감는 거야. 날 그렇게 잡고 하면 안 돼."

"어처구니가 없네. 남들이 하라는 대로 하다가 너만 좆되는 거야. 난 내가 하고 싶은 대로 다 할 건데? 난 너 갖고 놀고 싶으니까, 이렇게 할 거야. 그냥 입 닥치고 누워 있어봐. 어쨌든 재밌잖아." 그 애는 저항하기 시작했지만, 내가 때릴 것처럼 손을 치켜 들자 양처럼 순하게 누웠다.

우리가 트레일러로 되돌아가려고 할 때에는 가시풀과 도마뱀, 바퀴벌레로 뒤덮인 들판 위로 해가 지고 있었다. "아무 말도 하지 마, 몰리, 너 약속했다."

"한마디도 안 할 거야. 아무튼 네가 내 비밀을 알고 있는데 무슨 걱정이야. 내가 네 얘기하면 나도 완전 망해. 그러니까 걱정 마. 나중에 언제 또 하자. 그리고 크레이그 걱정도 하지 마. 듣고 있어, 리로이? 그냥 마음 가는 대로 좀 해."

리로이는 고마운 듯 쳐다보며 나를 껴안았다. 우리는 저녁 식사 시간에 맞게 트레일러에 도착했다. 앞치마를 두른 플로렌스가 조그만 식탁에 음식을 갖다놓느라 바쁘게 왔다 갔다 하고 있었다. 동부 콩이 담긴 접시 너머로 그녀가 물었다. "둘이 하루 종일 운하에 가 있었어? 거기서 뭣 좀 잡았니?"

"그냥 이상한queer 물고기 몇 마리요." 내가 답했다.

리로이가 닭 날개를 먹다 목에 걸려 컥컥거렸고, 플로렌스는 우리에게 "우유 좀 더 줄까?" 하고 물었다.

친구들

말할 것도 없이 리로이는 팔 학년 때 낙제해 여름방학
에도 학교를 다녀야 했는데 그러고 나서도 구 학년에서
두 번이나 유급되었다. 삼 년이 넘는 동안 우리의 만남은
뜸해져갔다. 너무 많은 방과 후 활동을 하게 된 내가 일요
일까지도 바쁜 경우가 많았기 때문이다. 리로이가 점점 여
느 레드넥들과 다름없이 굴게 된 것도 한몫했다. 리로이는
우리가 때때로 그걸 한다는 이유만으로 자신이 나를 소
유했다고 생각하기에 이르렀다. 결정적으로 틀어진 건, 그
애가 산 메탈릭 적갈색 보너빌 트라이엄프 모터바이크를
내가 더 잘 탔을 때였다. 그는 폭발해서 나더러 다이크*라

* 다이크는 남성적으로 행동하는 레즈비언을 의미했지만, 현재는 일반적으
   로 레즈비언을 뜻한다

107

며 꺼지라고 했다. 크레이그는 한 해 전에 팜비치를 떠나 버렸고 자기는 그런 건 절대 안 하고 있다고 맹세를 하면서 당연히 자기는 이성애자라고 우기는 것이었다. 그런 데다 학교에 여자 친구를 두고 둘이 언제나 그짓 중이었으니 꼴도 보기 싫을 수밖에. 그 애한테 나는 "개새끼야, 점화 포인트 고장 났으니까 수리점에나 가봐" 하고 말해주었다. 그는 불알이라도 떨어진 것처럼 굴었고 나는 그대로 획 돌아서서 자리를 박차고 나갔다.

리로이가 머저리같이 구는 것만 빼면 모든 게 순조로웠다. 사교 클럽 주니어레츠, 앵커, 시나윅스 세 곳에서 한꺼번에 가입을 권유받았다. 내가 정말 잘나가는 사람이라는 생각이 들었다. 나는 앵커에 가입하기로 했다. 제일 친한 친구들인 캐럴린 심프슨과 코니 펜이 거기 있었기 때문이다. 또한 앵커는 휠 클럽의 자매 조직이기도 했는데 휠의 부회장인 클라크 파이퍼와 나는 사귀는 사이였다. 당시에는 이 모든 게 엄청난 성취로 느껴졌다.

캐럴린은 우리 학교에서 착한 척을 제일 잘하는 애였다. 같이 있는 시간의 구십 퍼센트가 역겹게 느껴지기는 했어도 나만큼이나 영화를 좋아하는 애였기 때문에 시내에서 상영되는 영화란 영화는 다 보고 장면 장면 따져보는 게 우리의 공통점이었다. 나는 여전히 대통령이 되는 꿈을 포기하지는 않았지만, 위대한 영화감독이 될 수 있지 않을까도 생각했다. 캐럴린은 새파란 눈동자에 검은 머리, 키는 백칠십 센티미터 정도였다. 그 애는 내가 하는 모든 말에 웃었는데, 하긴 그때는 다들 그랬다. 그러기는 했어도 그 애는 아직 학생 예배 위원이어서 나와 같이할 수 있는 것이 별로 없었다. 게다가 치어리더였던 그 애는 체육관 뒤편에서 언제까지고 초저음의 목소리를 내기 위해 집중 훈련을 해야 했다. 포트로더데일 고등학교의 플라잉엘 응원단은 저음의 목소리를 자랑스럽게 여겼다. 나는 그 애들이 성대를 늘이기 위해 남성호르몬을 맞는 거라고 생각했다. 응원단이 합창을 하는 소리에 반대편 옥외 관람석에 앉아 있는 수천 명의 상대 팀 응원이 묻혀 들리지 않을 정도였다.

코니 펜은 완전히 다른 종류의 아이였다. 접영 선수처럼 살짝 덩치가 있는 코니는 육중한 체격으로 사람들의 이목을 끌었지만 게을러서 몸을 절대 움직이지 않았다. 죽어도 수영 선수는 하지 않을 애였다. 단순히 많이 먹는 애였다. 또렷하고 따뜻한 갈색 눈동자와 거기에 어울리는 갈색 머리도 멋있었지만 코니의 최고 장점은 그 애가 완전히 불경스럽다는 점이었다. 우리는 서로를 위해 태어난 것처럼 죽이 잘 맞았다. 내가 육체적으로는 캐럴린에게 끌렸다는 점, 그리고 코니가 지나친 이성애자였다는 점만 제외하면. 그 애는 입에 모터라도 달린 것처럼 항상 불경한 것들에 대해 떠들어댔다.

우리 셋은 상급 라틴어 수업을 같이 들었다. 십일 학년 때 우리는 《아이네이스》를 번역하는 과제에 전념했다. 아이네이스는 일차원적인 지루한 인물이었다. 우리는 베르길리우스가 어떻게 이런 걸 책으로까지 냈는지 전혀 이해할 수 없었고, 주인공이 지루한 바람에 우리는 어떻게든 무더위 속의 라틴어 수업에 활기를 불어넣으려고 애썼다. 미스 로벅 선생님은 우리의 이런 의지를 북돋아줄 뿐이었다. 로벅 선생님은 조지아 출신이었고, 선생님의 라틴어는 조지아 라틴어였다. 언제나 "알레아 약타 에스트_{alea jacta est}"라기보다는 "올 어 야 초토 에스트"라 들렸다. 우리는 《아이네이스》에서로부터 살아남은 선배들에게 선생님이 항상 아이네아스가 디도—코니는 물론 디도를 "딜도"라고 불렀다.—를 떠나는 대목에서 울음을 터뜨린다는 소문을 들었다. 그래서 코니와 나는 그날 라틴어 선생님을 확실히 우리 편으로 만들어서 남은 고등학교 생활을 편하게 보내기로 했다. 우리는 손수건에 양파를 숨겨 왔다. 디도가 떠나가는 트로이인을 창문으로 내다보는 대목이 되자 로벅 선생님의 목소리가 떨리기 시작했다. 그리고 디도가 자살에 이르기까지 베르길리우스가 시적 긴장을 고조

함에 따라 로벅 선생님은 수도꼭지를 튼 것처럼 줄줄 울기 시작했다. 학생들은 전부 당황한 나머지 책과 번역본에서 고개를 들지 않으려고 노력했지만, 코니와 나는 훌쩍거리기 시작했고 우리의 뺨을 타고 눈물이 보란 듯이 흘러내렸다. 캐럴린은 놀라서 우리를 쳐다봤고, 나는 그 애에게 양파를 슬쩍 보여주었다. 장로교도로서 그녀의 도덕성에는 거슬렸겠지만, 그 애는 웃음을 참지 못했다. 곧 반 전체가 웃음으로 들썩거리기 시작했으나 이는 카르타고 여왕의 역경에 눈물을 흘리는 나와 코니를 더욱 빛내 줄 뿐이었다. 로벅 선생님은 우리를 무한한 애정의 눈빛으로 바라보고 우렁찬 목소리로 "학생 여러분, 여러분들 대다수는 부끄럽게도, 부끄럽게도 감수성이 없네요. 훌륭한 문학과 위대한 비극은 여러분이 도저히 이해할 수 없는 경지에 있나 봅니다"라고 하셨다. 선생님은 수업을 마치고 코니와 나를 따로 불렀다. "너희들은 진정한 고전 문학도들이구나." 선생님은 눈물이 그렁그렁한 채 우리의 등을 토닥여주고 교실 밖으로 우리를 배웅해주셨다. 코니와 나는 그 후로 떼려야 뗄 수 없는 사이가 되었다. 우리는 계속해서 계책들을 꾸며냈고, 이내 전교생 이천 명이 우리의 말 한마디, 행동과 표정 하나하나까지 주목하기 시작했다. 권력의 힘은 엄청났다.

우리가 이루어낸 최고의 성취는 늦은 밤 학교로 돌아
가―우리 둘 다 학생회 임원이어서 모든 열쇠를 가지고
있었다.―죽어서 상해가는 생선을 중앙 자습실의 거대한
환풍기에 넣어놓은 일이었다. 학교 청소부들이 환풍기를
청소하느라 하루 수업 전체가 고스란히 취소되었다. 수
주일이 지나도록 중앙 자습실 주변 교실에서는 여전히 희
미하게 썩은 생선 냄새가 났다. 우리 덕택에 모두가 수업
을 쨌기 때문에 이른 사람은 아무도 없었다.

그러다 우리는 학생 사회를 넘어서 학교 측에까지 우리
의 권력을 확대할 한 가지 작은 정보를 입수했다. 나는 통
치라는 것이 실로 어떻게 작동하는지를 배우게 됐다.

토요일 밤, 코니, 캐럴린, 나는 각자 남자 친구와 데이트
를 하는 대신 우리끼리 영화관에 갔다 술을 마시고 취해
보자고 결의를 했다. 캐럴린이 그런 결심을 하는 데에는
용기가 필요했지만 그녀는 마침내, 데이트에 나갔다가 술
에 취해 처녀성을 잃는 위험을 감수하기보다는 여자끼리
마시면서 조절하는 법을 터득하는 게 낫겠다는 반박 불가
능한 자기만의 논리에 따라 합류하기로 했다.

영화는 저 아래 게이트웨이에서 상영했고, 우리는 일곱
시 삼십 분 영화를 보러 가서 맨 앞줄에 앉았다. 지루한
영화였는데 코니가 적절한 타이밍에 제멋대로 지어낸 대

사를 쳐서 영화를 손쓸 수 없는 지경으로 망쳐놓았다. 예를 들면 폴 뉴먼이 도서관에서 상사의 부인을 만난 장면에서 "안녕하세요, 아무개 부인, 만나서 반갑네요. 우리 섹스나 하죠?"라고 말을 걸는 식이었다. 쭈그렁 영감태기의 부인이 폴 뉴먼과 관계를 하려고 그의 침실로 들어가는 장면이 있었다. 코니는 뉴먼의 몸을 보고 경기를 일으키며 좋아했고 나는 그 여자의 몸을 보고 경기를 일으켰다. 코니는 옆에서 계속 나를 쿡쿡 찔렀다. "저 몸 좀 봐. 저 몸 좀 봐."

나는 대답했다. "그래, 너무 길고 늘씬하고 부드러워."

"너 무슨 소리야?"

"응?"

"뉴먼의 몸은 길고 늘씬하고 부드럽지 않아, 바보냐?"

"아."

폴 뉴먼이 부인을 거절하자, 그가 그녀의 슬립을 벗기는 것을 보고 싶어 안달이 나 있던 나는 대단히 우울해지고 말았다. 그 순간 나는 캐럴린 심프슨이 검정 슬립을 입은 그 부인과 조금 닮았다는 사실을 깨달았다. 둘 다 어쨌든 키가 컸다. 캐럴린이 갑자기 달라 보이기 시작했고 속에서는 예전의 그 경고 신호가 발동하기 시작했다. 그동안은 학교생활이 바빠 그런 것들을 생각할 겨를이 없었다. 망할, 이런 꼴같잖은 영화를 보고 속이 꼬이다니. 다시는 검정 슬립을 못 쳐다보겠어. 그 길고 긴 영화가 끝나고 우리가 제이드 해변으로 가는 길에도 나는 같은 생각에 푹 빠져 있었다.

제이드 해변은 폼파노와 로더데일바이더시 중간쯤에 위치한 순찰이 없는 모래사장이었다. 그곳은 그 짓을 할 수 있기로 유명한 곳이었고 우리는 몸뚱어리들을 넘어서 모래 언덕 뒤편까지 갔다. 코니는 아빠의 바에서 훔쳐온 보드카 한 병을 꺼냈다. 우리는 성찬식을 흉내 내 병을 차례로 돌렸다.

캐럴린은 기침을 했다. "목이 타는 것 같아. 미리 말 좀 해주지."

"익숙해질 거야." 코니가 나섰다. "여기, 나 줘. 우리 아빠가 이걸 이틀에 한 병씩 마시는 거 알아? 마셔도 냄새가 안 나서 그렇게 마시는 거야. 분명 지금쯤 아빠 위는 완전 아작 났을걸."

"너희 아빠는 왜 그렇게 술을 많이 마셔, 코니?" 순진해 빠진 캐럴린이 물었다.

"당연히 힘드니까 마시겠지, 멍청아. 아니면 사람들이 술을 왜 마시겠냐? 우리 집 늙은이들은 자기들끼리 맨날 싸워. 내 생각엔 둘 다 딴 사람이랑 자고 다니는 것 같아.

둘 다 밑에 기름칠하려면 술이 필요한 거지. 알잖아, 중년이 되면 시들시들해지고, 꿈도 포기하게 되고, 현실에 안주하게 되는 등등. 그러니까 우리 영감탱이도 술을 마시는 거야."

"코니, 부모님에 대해서 그런 식으로 말하지 마." 캐럴린이 야단쳤다.

"사실은 사실이지." 코니가 힘주어 말했다.

"이하동문." 나는 트림했다.

"너희 부모님도 술 마시고 싸우시니, 몰리?" 그래도 캐럴린은 계속했다.

"우리 부모님? 아니, 우리 부모님은 다 죽어가네요. 그래서 자빠지기도 힘드시단다." 코니는 배를 잡고 웃었고 캐럴린은 애써 웃음을 참았다.

"이거 〈젊은이들은 알고 싶다〉 방송 같아. 네가 시작했잖아, 캐럴린, 얼른 너희 가족들에 대해 자세히 실토해봐." 내가 말했다.

"우리 엄마 작년에 재혼하셔서 둘이 아직도 사랑에 빠져 있어. 그리고 그거 알아?"

"뭘?" 우리 둘이 동시에 물었다.

"침실에서 두 분이 그거 하시는 거 들려." 캐럴린은 이 흥미진진한 소식을 털어놓으며 눈을 빛냈다.

"너 해본 적은 있어, 캐럴린?" 나는 진짜 궁금해서 물었다.

"아니, 난 결혼할 때까지는 아무하고도 안 잘 거야."

"염병." 코니가 보드카를 모래 위에 뱉었다. "그렇게 고리타분하게 살아서 뭐 하려고."

캐럴린은 상처받으면서도 궁금해하는 것 같았다. 여태까지 그 애에게 섹스를 부추긴 사람은 없었다. "그게, 만지고 그런 적은 있지만 결혼 전에 끝까지 가는 건 죄잖아."

"그래, 내가 쓰레기네." 코니가 거들먹거렸다.

"캐럴린, 너 좀 빅토리아 시대 사람처럼 군다. 내 말은, 그거 이렇게 대단하게 생각할 일도 아니야, 알겠어?"

이 작은 공격에 그녀는 나를 쳐다보더니 쏘아붙였다. "그럼 너네 둘은 한 적 있어?"

코니와 나는 눈을 마주치고 심호흡을 한 뒤 눈치를 보았다. 시작은 코니가 했다. "세상사 살다 보면 사람과 사람 간에 관계를 맺게 될 때가 있는데, 그래, 사랑하는 내 친구 캐럴린, 나 한 적 있어." 그녀는 과장해서 손을 흔들어 보이며 말을 마친 다음 양이 줄어가는 보드카 병을 움켜쥐었다.

"코니, 안 돼." 캐럴린이 기막혀하면서도 즐거워하는 표정으로 한숨을 쉬었다.

"코니, 돼." 코니가 장난스레 화답했다.

"사실만을 말씀해주십시오, 선생님." 내가 형사를 연기하는 배우 잭 웨브를 흉내 내며 말했다.

"이 얘기 절대 못 믿을걸. 샘 브림 있잖아, 걔 얘기 들을 준비됐어? 샘 브림. 와, 그날 밤 아주 죽여주셨지, 얘기해줄게. 우리가 그 추운 밤 중에 결혼 안 하고도 들어가서 섹스할 수 있는 모텔을 찾으면서 밤새 차를 타고 돌아다녔거든. 내가 생전 써본 적도 없는 페서리*를 차고서, 그것도 열여섯 살이라고 의사를 세 명이나 찾아다니면서 받아낸 거라니까. 짜증 나더라, 얘들아, 진짜로 짜증 났어. 그러고 나서 모텔 방에 들어갔어. 깔끔한 방인데 산호색으로 도배가 돼 있더라고. 그거만으로도 그날 밤을 망치기엔 충분했지. 그리고 둘이 들어갔는데 샘이 완전히 매너 있는 척을 하는 거야. 술을 따라주고는 수다를 좀 떨었지. 웬 수다냐고요. 나는 너무 긴장해서 미칠 것 같은데, 알잖아, 처음 자보는 거고, 그런 거 있잖아, 그런데 이 인간은 수다를 떨고 싶어 하는 거야…… 다리는《에스콰이어》에 나오는 해서웨이 광고**처럼 꼬고 앉아서. 그래서 일단 술

---

* pessary, 원문은 diaphragm으로, 살정제와 함께 사용되는 피임 기구로, 탄성이 있는 물질로 만들어 자궁 입구를 덮어씌울 수 있게 만든 원형 막을 가리킨다

** 1951년 미국의 유명 광고인 데이비드 오길비가 유행시킨 해서웨이 셔츠 브랜드 광고

은 다 마셨어. 럼이랑 콜라랑. 윽, 그러고 나니까 키스해야겠다고 생각했나 봐. 그래서 한 삼십 분을 옷 입은 채로 비비적거리고 굴러다니면서 키스를 하다가 내 옷을 벗기려고 하더라. 애들아 명심해, 절대로 걔들이 너희 옷 벗기게 냅두면 안 돼. 그러다가는 단추도 다 뜯어지고 지퍼도 고장 나고 무슨 벼룩시장 방금 갔다 온 사람처럼 된다니까. 그렇게 레슬링 한판 뜨고 그걸 하려고 누웠는데, 거기서 샘 그 인간이 갑자기 생각난 것처럼 나한테 '안전장치' 했냐고 묻는 거야. '안전장치'라니, 걔는 나를 뭐라고 생각한 걸까? 방범용 경보기라도 설치된 싸구려 잡화점? 그래서 내가 '했어'랬더니 지 할 거 계속하더라고. 괜찮긴 했어. 하지만 왜 사람들이 첫 경험으로 노래를 짓고 그것 때문에 자살하고 그러는지 모르겠어. 정말로."

캐럴린은 너무 놀라서 눈이 튀어나오기 직전에 턱이 빠져 모래에 질질 끌릴 것처럼 입을 다물지 못했다. "아, 그건 아름다운 경험이어야 되는데. 인간이 경험할 수 있는 가장 친밀한 경험이어야 한다고. 영광스러운 순간을 나누며 육체적으로 합일되는 그런……."

"캐럴린, 조용히 해." 내가 말했다.

코니는 병에서 또 한 모금을 꿀꺽했다. "다 마셔버리자, 애들아. 하나도 안 남을 때까지 한 방울씩 다. 그나저나 아프기는 뒈지게 아프더라."

"재미있네, 나는 하나도 안 아팠는데." 내가 말했다. "아마 나는 이 학년 때 자전거 타다가 그런 건지, 뭐 때문인지는 모르겠지만 진작에 처녀막이 터졌나 봐."

"너, 너도." 캐럴린이 버벅거렸다.

"캐럴린, 나는 팔 학년 때부터 지겹도록 똑같은 자지 하나랑 하다 말다 했어."

코니가 나를 확 떠밀어 우리 둘이 하이에나들처럼 모래 위를 구르며 웃어대는 동안 캐럴린은 성스러운 충격에 빠져 가만히 앉아 있었다.

"나 말고도 처녀가 아닌 솔직한 친구가 있다는 걸 알게 돼서 너무 좋다. 진짜 웃기는 건 주디 트라우트야. 타이타닉 호 빼고 뭐하고든 다 자고 다니면서, 흰색 레이스는 항상 걸치고 다니잖아. 토할 것 같다니까." 코니의 목소리가 날카로운 반감을 드러냈다. 그 애는 위선을 싫어했고, 1961년의 포트로더데일 고등학교는 미국의 위선 그 자체였다.

"우리 앵커 클럽에 주디 트라우트?"

"캐럴린, 술 한 잔 더 하는 게 어떻겠어, 그러면 정신 좀 차릴 것 같은데. 너 지금 완전 멍해 보여." 내가 덧붙였다. "학생 예배 위원 하더니 뇌가 막혔나 봐." 이 공격에 그 애는 상처를 받은 듯했고, 나는 거기에서 모종의 잔인한 쾌감을 얻었다. 솔직히 나는 캐럴린이 그렇게 곱고 긴 몸을 가지고 가만히 앉아 자기만 고결한 척 굴고 있는 데 화가 나기 시작했다.

"술 한 병 다 마셨다. 이 사막에서 술을 만들어낼 수 있는 사람은 없겠지?" 코니는 구슬픈 얼굴을 하고 병을 쳐다보았다.

"제이드 해변에야 군함도 띄울 수 있을 만큼 술이 많긴 한데, 행복해서 정신없는 커플들이 안 볼 때 좀 훔치면 되지."

"그렇게까지는 할 필요 없어. 몰리, 이제 가자."

캐럴린이 일어나려다가 넘어졌다. 그녀는 술에 취해 망치로 얻어맞은 것처럼 휘청거렸다. 그녀는 내 어깨에 팔을 걸치고 부축이 필요하다며 낄낄거렸다. 그 애는 완전히 취했고, 그때 나는 그 애의 손이 내 가슴 쪽으로 계속 떨어져 닿아도 그냥 무시하기로 했다. 나 또한 술에 전혀 취하지 않았다고는 할 수 없었다.

"우리, 누가 운전하지?" 코니가 물었다.

"캐럴린은 당연히 탈락이고. 내가 할 수 있어. 나 괜찮아, 약간 취했지만 괜찮아."

"좋아." 코니가 한숨을 내쉬었다. "왜냐하면 나는 창밖 좀 보면서 폴 뉴먼 어깨랑 눈빛 생각하면서 좀 취해 있고 싫어서. 넌 안 설레니? 샘 브림 대신 그 사람이었어야 했는데. 너무 싫다."

나는 누가 지금 날 설레게 하는지 자발적으로 알려줄 생각이 전혀 없었다. "누구하고든 했으면 됐지. 처음부터 최고일 수는 없잖아, 안 그래?" 나는 운전석으로 들어가 그 애의 빌어먹을 차에 시동을 어떻게 거는지 알아내려 애썼다. 폴 뉴먼, 검정 슬립을 입은 여인, 내 가슴에 닿았던 캐럴린의 손도 잊기 위해 애썼다.

우리는 플로리다 에이원에이 고속도로를 타고 내려갔고, 캐럴린은 뒷좌석에 뻗어 있었다. "제발 토만 안 했으면 좋겠다." 코니가 투덜거렸다.

"나도. 세상에서 토가 제일 싫어. 피가 훨씬 낫지."

첫 번째 신호등에서 나는 낯익은 1960년식 파란 쉐보레 벨에어 옆에 멈춰 섰다. "야, 코니, 저 차 비어스 선생님 차 같아."

"비어스 교장 선생님 맞아. 야, 옆에 누가 앉았나 좀 봐, 저 여자 어깨를 껴안고 있어! 실버 선생님이잖아."

"뭐라고!" 조금 더 자세히 볼 수 있게 차를 대자, 우리의 추앙받는 교장 선생님과 존경받는 여학생처의 처장 선생님이 보였다. 코니가 앞 좌석에서 몸을 숙여 숨기 전에 나는 경적을 울리고 손을 흔들었다.

"볼트, 무슨 짓거리야? 퇴학당하고 싶어?"

"기다려봐. 내가 하는 거 잘 봐. 나한테 고마워하게 될 거야."

"너 취했어, 너 정말 취했다고."

"전혀."

비어스 선생님과 실버 선생님은 우리를 알아보고 극도로 끔찍한 표정을 지었다. 신호등이 바뀌자 그는 전속력으로 차를 몰아 사라졌다.

"대단한 월요일이 되겠다."

코니는 내가 보고 있는 방향을 우두커니 바라보았다. "우릴 봤어, 그건 확실해. 이제 선생님들 얼굴을 어떻게 봐. 큰소리칠 걸 쳐야지."

"생각 좀 해봐라. 얼굴 볼 일 걱정해야 하는 건 우리가 아니라 선생님들이지. 걸음마 하는 갓난쟁이들이 딸린 유부남, 유부녀가 자기들이지 우리야? 우리는 그냥 술 좀 마시러 나온 고등학교 학생회 임원들일 뿐이야."

그녀는 곱씹어보느라 손으로 입술을 만지작거렸다. "네 말이 맞아. 와, 우리 지금 대박 친 거야. 캐럴린한테 말할까?"

"맙소사, 안 돼. 우리 경험 듣고 엄청 충격받는 것 같았단 말이야. 쟤의 왕자님인 비어스 선생님이 바람이나 피우는 두꺼비라는 걸 알면 타격이 클 거야."

"그럼 아무한테도 말하지 말자. 우리만의 작은 비밀로 하는 거야." 코니가 웃었다.

캐럴린네 도착해서 우리는 그 애를 몰래 들여보내야 했다. 그 애의 부모님이 독실한 기독교 신자라 애가 취해서 들어가면 얼굴이 새파랗게 질릴 수도 있기 때문이었다. 하지만 우리는 그 애의 못된 여동생 뱁스를 깨워버렸다. 우리는 그 작은 천사를 조용히 시키기 위해서 돈까지 줘야 했다. 그들이 한 핏줄이라니 믿들 힘들었다.

이번에는 코니가 운전대를 잡아 나를 철길 옆의 흉물스러운 플라밍고 분홍색 집까지 바래다주었다. 나는 까치발을 하고 차에서 내린 다음 코니에게 작게 잘 자라고 인사했다.

우리는 약속한 대로 수업 전 학교 식당에서 만나 토요일 밤의 기억을 확인하고, 비밀 서약도 다시 했다. 아니나 다를까 조회 중에 스피커에서 이런 안내가 흘러나왔다. "몰리 볼트, 코니 펜 학생은 조회 시간이 끝나고 교장실로 와주기 바랍니다." 우리는 불안에 떨며 눈을 마주쳤다. 그리고 정신을 가다듬고 자신감 있는 태도로 교장실이 있는 본관 건물로 들어갔다.

내가 실버 선생님과 면담하는 동안 코니는 비어스 선생님과 있었다. 실버 선생님은 마흔다섯 살 정도 됐고 파란

색으로 머리를 염색한 것 빼고는 괜찮아 보였다. 그녀는 나를 어색하게 맞이하고 자리에 앉으라고 했다.

"몰리, 너는 포트로더데일 고등학교에서 가장 뛰어난 학생들 중 하나야. 지금까지 항상 전 과목 에이를 받고 리더십이 아주 뛰어나다는 것도 증명됐지. 게다가 너는 우리 학교 여자 운동선수 중에서도 최고야. 아마 내년에도 너는 많은 상을 받게 될 거고, 장학금도 기대하겠지. 내가 알기로 너희 집이 경제적으로, 음, 그런 장학금들이 너한테 필요하다는 것을 알고 있단다."

"네, 선생님."

"네가 원한다면, 내가 네 대학교 추천서를 하나 써주고 싶구나. 전액 장학금을 받을 수 있도록 노력해볼게."

"정말 감사합니다, 실버 선생님. 선생님께서 추천서를 써주신다고 하니 영광입니다."

"전공은 정했니?"

"법학이랑 영화 중에서 고민하고 있는데, 영화 학교들은 뉴욕이나 캘리포니아에만 있어서 너무 멀더라고요."

"그래, 잘 생각해보고 같이 방법을 찾아보자. 배서나 브린모어 같은 대학도 고민해보렴. 지역 균형 선발 전형이 있는 대학들이야. 너는 학생부 기록이 골고루 좋으니까 대입 시험 점수만 높다면 네 성적으로 충분해. 물론 너라면 그 점수야 잘 받겠지."

"한번 생각해보겠다고 약속드릴게요. 세븐 시스터스*
학교들에는 관심이 없었는데요, 진지하게 고려해본 적 자
체가 없긴 하니까요."

잠시 어색한 정적이 흘렀다. 실버 선생님은 놀고 있는
압지틀로 쓸데없이 여기저기 책상 패드를 눌러대고 있었
다. "몰리, 너 내년에 학생회장 선거 나가는 거 생각해본
적 있니?"

"생각은 해봤지만, 게리 보걸이 이미 따놓은 당상 같아
서요. 어쨌든 여자들은 뽑히기 어려운 편이니까요."

"그래, 대체로 여자들이 세상 살기가 어렵지."

갑자기 그녀가 진이 빠지고, 늙고, 지쳐 나가떨어진 사
람처럼 보였다. 실버 선생님, 선생님을 고발하지 않을게요.
제길, 제기랄, 선생님이 너무 불행해 보여요. "잘 궁리해보
면 게리 보걸을 이길 만한 방안이 떠오를 수도 있겠죠. 그
런데 선생님께서도 아시다시피 학생회에서 선거 운동 비
용 예산에 제한을 걸지는 않고, 걔는 잘사니까요."

그녀는 눈을 깜빡이더니 입가에 미소를 띠었다. "예산에
제한을 두거나, 아니면 네가 선거 운동 비용을 지원받게

---

* 당시 미국 명문 여대 일곱 곳을 가리킨다. 배서 대와 브린 모어 대학도 여
   기에 포함된다

해줄게. 내가 그 부분은 약속할 수 있단다."

"그러면 좋겠네요, 실버 선생님. 그러면 더 공평해질 거예요." 다시 정적이 흘렀고, 나는 불쑥 내뱉었다. "실버 선생님, 절 매수하려고 하지 않으셔도 돼요. 무슨 일이 있어도 지난 토요일에 있었던 일은 아무한테도 말하지 않겠습니다. 선생님을 너무 곤란하게 해드려 죄송하네요."

그녀는 안도와 놀라움이 교차한 표정이었다. "고맙다."

나는 선생님 방에서 나와 트로피 장식장 옆에서 코니가 빨리 나오기를 기다렸다. 오 분 후 그 애는 동글동글한 얼굴 가득 미소를 띠고 나왔다. "너는 지금 1962년도 교지 편집장을 보고 있어." 그 애는 아주 기뻐했다.

"그리고 너는 내년도 학생회장을 보고 있어."

"오, 대박." 코니는 고개를 끄덕이더니 낮은 목소리로 말을 이었다. "내가 교장실에 들어갔더니 그 불쌍한 자식이 바들바들 떨고 있더라. 실버 선생님은 어땠어?"

"똑같았어. 선생님한테 조용히 있겠다고 했어. 걱정하지 말라고. 너는 뭐라고 했냐?"

"같은 얘긴데 돌려 말했지. 이 학교, 우리가 접수한 것 같은데?"

나는 대답했다. "그래. 완전히 접수했지."

아빠

고등학교 졸업반으로 올라가기 전 여름방학 때, 나는 테니스 코트에서 일했다. 코니는 멕시코에 있었고 캐럴린은 개신교 연합 캠프 인솔 교사를 하러 메인 주에 갔다. 리로이는 구 학년을 마치고 겨우 십 학년을 다니게 됐다. 그 애가 모터바이크를 타고 몇 번인가 내려왔지만, 우리는 그걸 하지 않았다. 그쪽으로는 그 애와 끝난 거나 마찬가지였다. 특히 그 모터바이크 때문에 싸운 뒤로는. 가끔 리로이가 불쌍했다. 그 아이는 무리를 따르며 막연하게 자신이 불행하다고 느끼고 있는 한 마리 어리석은 짐승과도 같았다. 리로이는 내가 압도적인 표차를 기록하며 학생회 회장으로 선출됐다는 사실을 알고 굉장히 감탄했다. 그러나 우리의 대화는 소재가 금방 바닥 나 모터바이크, 차,

영화 얘기로 되돌아오곤 했다. 한번은 그 애가 한심한 목소리로 털어놓았다. "있잖아, 너한테는 아무렇지 않게 얘기할 수 있는데, 다른 여자애들한테는 무슨 말을 해야 할지 모르겠어. 내 차에 그 애들을 태워서 영화관에 같이 갔다가, 섹스하고, 집까지 태워서 바래다주는 게 전부야. 결혼하면 어떻게 될까? 아니, 결혼하면 사람들은 무슨 얘기를 하고 살까?"

"애들 얘기하겠지."

"서로 공통점이 그것밖에 없나 보네."

시간이 갈수록 점점 나와 리로이가 공유하는 것이라곤 아이스크림과 건포도 박스가 다인 어린 시절, 그리고 구멍이 숭숭 뚫린 매트리스밖에 없음이 분명해졌다. 그러나 그때는 어차피 내가 아무와도 별 공통점이 없다고 생각했다. 나는 엄마도, 아빠도, 근본도, 형제자매라 불리는 생물학적 닮은꼴도 없었다. 미래를 생각해봐도 스테이션왜건* 한 대와 파스텔색 냉장고가 딸린 이층집이나 터울이 고른 금발의 아이들이 바글바글한 가정은 내가 바라는 게 아니었다. 나는 《매콜》 같은 잡지 속으로 걸어 들어가 모범 주부가 되는 것도 바라지 않았다. 심지어 남편도, 아

---

* 차체 상부 뒤쪽이 길게 나와 있어 좌석 뒤편에 짐을 실을 공간이 있는 종류의 차를 가리킨다

니 아예 남자 자체가 필요 없었다. 나는 내 길을 가고 싶었다. 내 꿈은 그게 다였다. 나만의 길을 가는 것. 그 길을 가다가 사랑에 빠질 때도 있겠지. 사랑, 하지만 보지에 쇠사슬을 두르고 두뇌회로에선 합선이 일어나는, 영원을 맹세하는 따위의 사랑이나 한눈에 반해 짧게 반짝 불타고 끝나는 사랑은 아니다. 그럴 바에야 혼자인 쪽이 낫다.

캐리와 플로렌스는 내가 학생회 회장으로 선출된 것에 기막혀했다. 캐리는 내가 졸업 무도회에서 여왕으로 뽑히기를 열렬히 바라고 있었고, 한 사람이 학생회장과 무도회 여왕을 동시에 할 수 없다는 걸 알고 있었다. 그녀는 내가 타고난 성을 거스른 인간이라고 했다. 플로렌스는 캐리만큼 펄쩍 뛰지는 않았지만, 그래도 아주 이상한 일로 생각했다. 그녀의 이론은, 정치란 원래 더러운 것이라 남자들에게 맡겨두어야 한다는 것이었다. 나는 최대한 집에 있지 않으려고 했다. 하긴 이미 내 발로 걸을 수 있을 때부터 쭉 그랬다. 내가 집에 있을 때마다 싸움이 났다. 어느날 밤, 내가 머리를 짧게 자르는 문제로 심한 말싸움을 했고, 나는 집 밖으로 뛰쳐나와 차에 타려고 했다. 캐리가 문밖으로 달려 나와 꽥꽥 소리 질렀다. "너 그 차 가지고 나가기만 해봐, 아빠가 쓸 거야!" 그래서 난 차에서 내리면서 일부러 힘껏 문을 쾅 닫았다. 칼이 밖으로 나와 나더러 어디에 가고 싶냐고 물었다.

"가고 싶은 데 없어. 그냥 드라이브 좀 하고 싶었어. 하르피이아이*처럼 정다운 이웃 악녀들한테서 벗어날 수만 있다면."

"그럼 나랑 드라이브하면 되겠네."

아빠는 선라이즈 대로로 차를 몰더니 해변에서 좌회전을 했다. 버치 주립 공원 근처에서 조용한 곳을 찾아 우리는 차에서 내렸다. 아빠는 녹색 벤치에 앉아서 바다를 바라보았다.

"바다는 정말 아름다워. 바다 건너편에 다른 나라들이 있고, 내가 지금 여기 앉아 있는 것처럼 거기서도 앉아서 바다를 보고 있는 사람이 있다는 게 믿기지 않아."

"응." 나는 아직도 화가 나 있었다.

"난 바다 없이는 못 살 것 같다. 펜실베이니아에서 그렇게 오래 살았다니. 거기로 다시 갈 순 없을 거야."

"그래. 나도 바다가 정말 좋긴 하지만, 언제까지고 바다 근처에서 살지는 모르겠어. 아무튼 난 플로리다는 별로야."

"플로리다는 나이 든 사람들을 위한 곳 같아. 애들은 어쨌거나 자기가 자란 데서 계속 살고 싶어 하진 않으니까, 너도 아마 다른 데로 가겠지."

* 신화 속 괴물을 들어 얘기한 반어적 표현

"난 기회가 있는 데로 가고 싶어. 여기서는 기회가 없어. 그리고 난 우리가 아는 모든 사람들한테서 벗어나고 싶어. 다들 날 막고만 있잖아."

"너와 엄마는 물과 기름 같아. 엄마한테는 그냥 '네' 하고 넘어가면 될 일인데 꼭 벌컥 화를 내더라. 넌 자존심이 문제야, 자존심. 엄마한테 져주는 척이라도 하면 이렇게 많이 싸우지 않을 텐데."

"엄마는 틀렸어. 내가 져주면 엄마 잘못을 옳은 걸로 인정하게 되는 거잖아."

"네 엄마는 고집이 세. 그렇지만 항상 틀렸다고는 못 하겠다."

"엄마가 틀렸다고요. 아무튼 내 인생에 간섭하려고 할 땐 틀렸어요. 엄마는 엄마 맘대로 해야 직성이 풀리니까. 나한테 이래라저래라 할 수 있는 사람은 아무도 없어. 아무도. 게다가 틀렸잖아요."

"잘 모르겠다. 난 말이야, 맞든 틀리든 싸우는 건 싫어. 직장에선 상사한테 '네'라고 하고, 집에서는 캐리한테 '응'이라고 하고, 부모님 생전에도 부모님께 '네, 네' 하고 살았어. 난 그냥 넘어가."

"아빠, 나는 그렇게 못 해."

"알아. 우리 딸은 그것 때문에 고생 좀 할 거다. 울기도 하고, 속상하기도 하고 그러겠지. 싸운다고 나서는 사람이 너 혼자일 테니까. 사람들은 거의 다 나 같은 겁쟁이들이야. 그리고 그런 사람들한테 같이 싸우자고 하면, 그 사람들은 등을 돌릴 거야. 네가 원래 싸우려고 했던 적만큼 고약하게 굴겠지. 넌 혼자가 돼버릴 거야."

"지금도 혼자야. 저 집에서 난 얹혀사는 애고, 전부터 언제나 그 이상은 아니었어. 내 요만한 몸뚱어리 말고는 내 곁에 아무도 없는걸."

아빠는 깜짝 놀란 표정으로 말했다. "내가 있잖아. 난 너의 아빠야. 내가 곁에 있을 때는 혼자가 아니지."

"에이 아빠, 아빠는 항상 내 곁에 없잖아." 아빠가 너무 상처를 받은 모습이어서 나는 혀를 깨물고 싶었다.

"요새 일 끝나고 집에 돌아오면 너무 피곤해서 그래. 너어릴 때는 내가 집에 돌아오면 네가 자고 있었지. 네가 좀 크니 다른 애들이랑 밖에 있고. 요즘은 도무지 내가 기운을 낼 수가 없는 것 같아. 어떤 때는 일하다가, 끝나고 집에서 밥 먹고 학교에 차 몰고 가서 네가 학교를 이끄는 모습을 좀 봐야겠다고 생각을 해. 그런데 일단 앉아서 신문을 보다 보면 잠들어버린단 말이지. 내가 우리 딸 곁에 별로 있어주지를 못했네. 너무 늙었나 봐. 미안해, 우리 딸."

"나도 미안해, 아빠." 나는 멀리 검은 파도를 쳐다보면서 아빠의 얼굴을 보지 않으려고 애썼다.

"몰리, 난 네가 학교생활 잘해온 게 정말 자랑스럽다. 역시 넌 진짜 특별한 아이야. 계속 하다 보면 넌 언젠가 대단한 사람이 될 거야. 앞으로도 계속 너를 위해서 싸워나가라. 젠장, 캐리하고도 싸우는데 다른 사람들하고 싸우는 건 식은 죽 먹기지." 아빠가 픽 웃더니 이어 말했다. "학교는 어디로 가고 뭘 할 건지는 생각해봤어?"

"아니 아직. 학교는 모르겠어. 돈 많은 녀석들이 가는 재수없는 세븐 시스터스 중에 하나를 갈 수도 있고, 대도시에 있는 학교에 갈 수도 있어. 제일 좋은 조건을 제시하는 데로 가겠지. 그렇지만 뭘 하고 싶은지는 정했어. 법학, 아니면 영화감독 되는 거. 내가 관심 있는 건 그 둘뿐이야."

"넌 변호사가 되면 잘할 거야. 말로 널 이길 사람은 없을 테니까. 누구든 너한텐 한주먹거리도 안 되겠지. 그런데 감독 일은 잘 모르겠네. 할리우드에 가야 하지 않아? 거긴 소문이 안 좋던데."

"모르겠어. 거기 스튜디오들이 망해가고 있대. 내가 아는 건 그 정도야. 신생 회사 같은 데는 들어갈 구멍이 있을 것 같기도 한데. 그렇지만 일단은 기술을 배워야 돼. 여자 감독은 없으니까, 당연히 싸울 일이 있을 거고, 법은 뭐, 나도 내가 해볼 만하다는 거 알아. 하지만 졸린 배심원들 앞에서 떠드느니 영화를 만들겠어."

"그럼 영화를 만들어. 인생은 한 번뿐이니까 하고 싶은 걸 해."

"나도 그렇게 생각해."

"그럼 결혼은?"

"안 할 거야. 절대로."

"그럴 줄 알았어. 앞치마 걸친 모습도 영 안 어울릴 거고, 우리끼리 하는 얘기지만, 네가 다른 사람한테, 특히 남편한테 꿀려 사는 꼴은 죽어도 못 보겠다."

"그럼, 절대 그렇게 안 될 테니까 걱정하지 마. 그리고 공짜 우유를 마실 수 있는데 뭐 하러 젖소까지 사? 진짜로 내가 하고 싶으면 난 나가서 아무 때나 할 수 있어."

아빠가 웃었다. "사람들은 섹스에 대해서 한심하게들 굴지. 그렇지만 아빠가 이 나이 먹고서 조언 하나 해주자면…… 마음껏 하되 조용히 하라는 거야." 그의 목소리에 이상한 슬픔이 묻어났다. 그가 잠시 말을 멈추고 몸을 숙여 모래 위에 동그라미를 그렸다. "몰리, 난 별 대단한 것도 못 해보고 벌써 인생이 거의 다 갔어. 내 나이가 쉰일곱이다. 쉰일곱. 도무지 적응이 안 돼. 가끔 내가 아직 열여섯 살인 것 같은데. 웃기지 않니? 너한테 나는 한물간 꼰대 같겠지만, 난 내가 늙었다는 게 영 믿기지가 않는다." 그는 "들어봐" 하며 목소리에 힘을 줬다. "네가 하고 싶은 게 뭐든 계속해라. 세상 사람들, 다 꺼지라 그래. 다 늙은 날 봐. 나는 젠장 아무것도 한 게 없는데 이제는 뭘 하기에도 늙어버렸어. 이제 꿈도 다 죽었고 저 집 살 때 받은 대출만도 갚으려면 십 년이나 남았지. 평생을 일했는데 보여줄 거라곤 기찻길 바로 옆에, 네모난 집들이랑 붙어 있는 저 네모난 분홍색 집 한 채뿐이라니. 염병. 다 폭파해버리고 전속력으로 전진해, 인마. 다른 사람 말 절대 듣지 말고 너 자신만 믿어."

"아빠 또 전쟁 영화 보고 그런 얘기 한다." 나는 그를 와락 안고서 까칠하게 자란 짧짤한 잿빛 수염 위로 입을 맞췄다.

칠월 중순은 더웠다. 그때 난 여학생 정부*의 주지사로 선출돼 의기양양하게 돌아왔다. 캐리와 플로렌스는 나와 더는 못 살겠다고 꿍얼거렸다. 칼은 직장에서 딸이 언젠가 진짜 주지사가 될 것 같다는 말을 만나는 사람에게마다 했다. 내가 탤러해시에서 돌아온 지 얼마 지나지 않은 날 밤이었다. 칼과 나는 텔레비전으로 드라마 〈피터 건〉**

* Girls' State, 플로리다 주에서 주재하는 학생 정부 여름 프로그램
** 1958~1961년 방영된 유명 티브이 시리즈로 도입 음악이 유명하다. 피터 건은 남성 주인공인 탐정의 이름

을 봤다. 우리는 누가 범인일지 맞히는 내기를 했고, 그 드라마가 재방송이었기에 칼이 이겼다. 그는 방송이 끝나고 나서야 그 방송을 봤었다고 얘기했고, 웃으면서 침실로 들어갔다.

나는 바깥에서 들려오는 야자수잎 바스락거리는 소리와 함께 열한 시쯤 잠들었다. 야자수잎이 마치 비가 내리는 듯한 편안한 소리를 냈다. 깊이 잠들어 있던 나는 갑자기 누군가 얼굴을 할퀴는 바람에 깨어났다. 손톱이 내 목을 긁었다. 내려진 베니션 블라인드 사이로 깜빡이며 들어오는 으스스한 빨간 불빛을 제외하면, 내 방은 완전히 깜깜했다. 침대 위로, 나를 할퀴는 사람을 뒤에서 잡아당기는 다른 형체도 보였다. 점차 시야가 또렷해지자, 이상한 소리를 내며 나를 공격하고 있는 사람이 캐리라는 걸 깨달았다.

날 죽일 거야. 완전히 미쳐서 내 목을 조르려고 하고 있어. 그런데 그녀는 가슴이 터져라 울부짖기 시작했다. "일어나, 일어나. 칼이 죽었어. 일어나라 몰리, 네 아빠가 죽었어." 내게서 캐리를 떼어내느라 애를 쓰던 플로렌스가, 캐리 말이 맞다고 했다. "거실에 칼이 있으니까 사람들이 신고 가기 전에 보려면 나가봐라. 구급차랑 의사도 와 있으니까 당장 가봐." 나는 얼른 가운을 걸치고 플라밍고가 그

려진 큰 거울이 있는 거실로 뛰어갔다. 문 앞 거울 아래에
아빠의 시체가 있었다. 그의 눈은 정면으로 내 눈을 올려
다보고 있었고 얼굴이 완전히 시퍼랬다.

"왜 이렇게 시퍼레요?"

의사가 대답해주었다. "심장마비다. 갑자기 왔어. 네 엄
마한테 심장마비 같다고 말할 시간은 있었나 본데, 그러
다 훅 가버린 거야."

구급 대원들이 들어와서 가운만 걸친 나를 호기심 어린
눈빛으로 쳐다보았다. 나의 아버지가 죽었다는 사실이 그
인간들의 태도를 바꿀 수는 없었다. 그들에게 난 목욕 가
운을 걸친 또 하나의 십육 년 된 엉덩이에 지나지 않았다.
의사는 내게 캐리가 완전히 정신이 나갔으니 진정제를 먹
이라고 했다. 우리는 캐리에게 진정제를 잔뜩 먹였으나 그
녀는 밤새도록 수도 없이 깨서 "오늘이 무슨 요일이야?
칼 어딨어?" 하면서 울었다. 그러다가 고양이를 부르듯 아
빠를 부르기 시작했다. "칼, 오, 칼, 이리 와봐……" 다시
잠을 자긴 글렀으므로, 플로렌스와 나는 밤을 홀딱 새우
고 장례식 절차를 상의했다. 플로렌스는 내가 무너지거나
울기를 기다리며 눈에 불을 켜고 나를 관찰했다. 내가 울
었다면, 그녀는 내게 엄마를 위해서라도 마음을 다잡으라
고 얘기했을 것이다. 내가 끝내 울지 않자, 그녀는 나보고

매정하다고, 생부가 아닌 칼을 진정으로 사랑하지 않는다
고 비난했다. 나는 입양아고, 입양된 아이들은 부모를 진
심으로 대하지 않는다고 욕했다. 나는 아무 말도 하지 않
았다. 나는 그 여자에게 더는 할 말이 없었다. 젠장, 마음
대로 생각하라지. 저런 인간들, 난 저런 인간들이 어떻게
생각하든 눈곱만큼도 신경 안 써.

장례식은 일요일로 잡혔다. 우리가 칼의 옷을 챙겨 지며
장례식장에 갔더니 시신이 거기 없었다. 우리는 시내의 모
든 장례식장에 전화를 걸어 그의 시신을 추적했고, 볼트
장례식장에서 그를 찾았다. 아빠의 성이 '볼트'여서 구급
차 운전기사가 착각해 거기로 싣고 갔다는 것이다. 자기
네들 실수는 아랑곳없이 그들은 우리에게 비용을 두 배로
청구했다.

장례식이 끝나고 우리는 공동묘지로 가기 위해 크고 하
얀 콘티넨털에 탔고, 엄마는 "어쩜, 이렇게 비싼 차에 타보
기는 처음이네. 링컨 콘티넨털쯤 타려면 누가 죽어줘야 하
나 봐"라고 말할 만큼 유머 감각도 회복했다. 플로렌스는
낄낄거리는 그녀를 슬픔이 지나쳐 미쳐버렸다는 듯이 쳐
다보았다. 나는 그 농담이 꽤 웃겼다. 우리가 수없이 싸웠
다고는 해도 엄마가 쇼에 속아 넘어가는 사람이 아니라는
사실은 인정해야 했다. 자신을 둘러싼 세상 대부분이 가

138

난한 사람들의 희생을 바탕으로 벌이는 부자들의 쇼라는 것이 그녀의 생각이었다.

아빠의 죽음과 함께 우리의 분홍 집에는 외로움이 자리 잡았다. 캐리는 개학 직전까지 거의 매일 울었다. 한동안 나는 캐리를 위로하기 위해 곁에 있어주려고 했지만, 싸우게만 될 뿐이었다. 우리는 장례식 일로 싸웠고, 장례식장에서 내가 울고불고하지 않았다고 싸웠고, 내가 사무실이 아니라 테니스 코트에서 일한다고 싸웠다. 나는 집에 있는 걸 포기하고 언제나 밖에 나와 있었다. 그러고 나자 우리는 슬픔에 겨운 그녀를 내가 집에 놔둔 일로 또 싸웠다.

개학하고 이 주 뒤, 나는 다섯 시쯤 집에 돌아와 나중에 있을 회의에 다시 가려고 옷을 갈아입었다. 플로렌스는 엄마를 집구석에서 끌어내는 데 성공해 새로 생긴 브리트 백화점을 구경시키러 데리고 나간 참이었다. 샛노란 부엌에 앉아 버지니아 울프의 《올랜도》를 읽으며 웃어젖히고 있다가, 시계를 봤더니 다섯 시 반이었다. 나는 벌떡 일어나 커피포트에 물을 올렸다. 비늘살 창문으로 밖을 내다보다가 이 집에 아빠가 돌아올 일은 다시 없다는 걸 깨달았을 때, 깨끗한 물 속으로 녹슨 듯한 진한 적갈색이 소용돌이치며 퍼지고 있었다. 일을 마치고 돌아올 아빠에게 새로 커피를 내려주려고 물을 올린 내가 너무 바보 같았고 쓸쓸했다. 나는 앉아서 다시 《올랜도》를 읽으려고 했지만, 책에 집중할 수가 없었다. 나는 일어나 또 엄마의 침실로 갔다. 아빠는 회색 리놀륨 상판이 달린 커다랗고 오래된 갈색 서랍장 한 칸을 썼다. 그 작고 얇은 서랍에는 오래된 자개 손잡이 주머니칼 한 줌, 1930년대풍의 빨간빛과 은빛으로 된 손바닥만 한 담뱃갑, 아테나 여신의 머리가 조각된 닳아빠진 타원형의 붉은 줄무늬 마노 반지가 소중히 간직돼 있었다. 한 사람의 온 삶이 사라졌다. 멋지고, 웃음이 넘쳤던 한 인생이 남긴 것은 한 줌의 낡은 잡동사니뿐, 그나마 좋은 물건들도 아니었다.

간이 차고 안으로 1952년도식 플리머스가 털털거리며 들어왔고, 두 사람이 차에서 내리며 서로 안 도와줘도 된다고 툴툴거리는 소리가 들렸다. 나는 부엌으로 다시 뛰어 들어가 책을 펼쳤다. 플로렌스는 대번에 내가 눈이 빨갛고 콧물을 훌쩍거리는 꼴을 알아보았다.

"너 왜 그래?" 그녀가 냉큼 따졌다.

"그냥 이 책이 슬퍼서 그래."

캐리는 내가 하는 짓이라곤 슬픈 책 읽는 것밖에 없다고, 그러다 눈 나빠진다면서 코웃음 쳤다. "넌 항상 책에 코를 처박고 있지. 책벌레야, 넌 어떻게 애기 때부터 지금까지 눈 빠지게 그러고 있냐. 내 말을 안 듣지. 그래, 절대 안 듣지. 다 널 위해서 그렇게 책 많이 읽지 말라고 하는 건데. 그리고 그렇게 책을 주야장천으로 읽고 있으면 눈에만 안 좋냐, 네 정신머리에도 안 좋아. 점점 나쁜 물이 든다고. 내가 여기 서서 너한테 얘기하는 바로 지금도 네 건강을 망치고 있는 거야. 몰리, 내 말 듣고 있냐!"

"네, 엄마."

그녀는 "감사합니다"가 필기체로 쓰인 크고 하얀 가방을 열어 쌩쌩한 플라스틱 조화 한 다발을 보여줬다. "네 아빠 무덤에 놓을 거다. 진짜보다 오래갈 거야. 사람들이 차 타고 지나갈 때 예뻐 보이겠지."

"예쁘네. 미안하지만 나 다시 학교에 가봐야 돼."

문밖으로 나오는데 플로렌스가 엄마에게 하는 말이 들렸다. "니 딸내미 저거 미쳤어. 지 애비 죽었을 때는 울지도 않더니, 빌어먹을 책이나 읽고 울고 앉았잖아."

비행

    고등학교 시절의 마지막 한 해는 승리의 나날이었다. 코니와 나는 수업에 가고 싶지 않으면 교실에 들어갈 필요가 전혀 없었다. 비어스 선생님은 즉석에서 우리의 결석 신청서를 승인해주었다. 우리가 겸손하게 참석한 수업은 미세스 고드프리 선생님의 고급 영어뿐이었다. 너무 훌륭한 선생님이라 우리는 초서를 읽기 위해 중세 영어를 배우는 것도 마다하지 않았다. 캐럴린도 그 수업을 들었다. 우리 셋은 맨 앞줄에 앉아 서로 가장 높은 점수를 받으려고 끝까지 경쟁했다.

    캐럴린은 학교 응원단장이었고, 점심시간에는 보통 파란 술이 달린 단복에 하얀 장화를 신고 급식실에 나타났다. 코니와 나는 응원 같은 일에 코웃음을 쳤지만 캐럴린은 바로 그 때문에 학내 분위기를 주도하는 인물이었다. 우리 셋은 또한 서로 친한 남자애들 셋과 사귀었다. 각자 남자 친구와 함께 있는 모습을 보여야 할 때마다 우리는 엄격한 고등학교 사회가 요구하는 대로 그들에게 뻔한 애정 표현을 해주었다. 그러나 사실 우리 셋 중 누구도 그 남자애들한테 털끝만큼도 신경 쓰지 않았다. 마치 학교 공식 행사에 갈 때는 브래지어를 차야 하는 것처럼 편의상 사귀어두는 것이었다. 캐럴린은 래리가 자꾸 자자고 보채는 바람에 신경 줄이 바이올린 현보다 팽팽해져서는 예민하게 굴었다. 래리가 매주 토요일 밤 열두 시 이십 분만 되면 제 가슴을 만진다며 그 애가 징징대는 것을 들어주는 데 신물이 난 나와 코니는 얼른 해버리고 좀 넘어가라고 했다. 게다가 코니와 나는 아무 부작용 없이 남자 친구와 하고 있었다. 누가 그 사실을 알아서는 안 되는 거야 당연했지만, 다들 그렇게 했다. 이 모든 공공연한 이성애가 나는 재미있었다. 만일 그 애들이 모두 알게만 된다면. 우리의 남자 친구들은 우리가 저들과 자주니까 자기네가 하나님의 은총이라도 되는 양 거들먹거렸지만, 실은 속내가 불쌍할 정도로 들여다보이는 그들의 오만을 우리가 용서해줬을 뿐이다.

이번에도 캐럴린은 예의 그 가차 없는 자기만의 논리에

따라서, 우리 팀이 스트래너핸 고등학교와의 미식축구 경기에서 이기면 래리와 하겠다고 결심했다. 우리 팀은 상대편을 발라버렸다. 경기장에서 걸어 나오던 캐럴린의 얼굴은 목이 터져라 소리를 지르느라 앵두처럼 발갛게 빛나던 평소의 모습은 간데없고 재를 뿌린 것처럼 해쓱한 흰빛이었다. 코니와 나는 캐럴린을 찾아가 응원을 해줬다. 그런 다음 셋이서 다시 각자의 데이트 상대를 만나러 탈의실로 갔다. 남자애들은 하나같이 프린스턴식 머리에 위전 로퍼, 골드컵 양말을 신고 있었다. 볼에 심한 상처를 입고 나온 클라크는 자기를 불쌍하게 여겨주길 바랐다. 나는 그 애를 미식축구의 영웅이라고 불러주었는데, 그가 터치다운을 두 번이나 했으니 틀린 말은 아니었다. 코니의 남자 친구 더글러스가 거구를 끌고 나오자—라이트태클을 맡는 선수는 덩치가 커지는 경향이 있다.—코니도 그 애를 미식축구의 영웅이라고 불러주었다. 래리는 캐럴린을 보겠다고 급히 나오다가 문에 발이 걸렸다. 그 애가 영화 속 에롤 플린을 재연하듯 캐럴린을 부서져라 끌어안고 입 맞춘 다음 번쩍 들어 자기 차 스팅레이 컨버터블에 태우느라, 캐럴린에게는 그 애를 미식축구의 영웅이라고 불러줄 시간이 없었다. 긴장해서 우리에게 손을 흔드는 캐럴린에게 우리도 다 같이 손을 흔들어주었다. 그 후 우리 넷은 더글러스의 차에 올라타 울피스로 가서 바나나와 핫퍼지 선디를 곁들이며 태클이 빗나갔다느니 블로킹이 좋았다느니 끝없이 떠들었다.

다음 날 아침 아홉 시 즈음이었을까, 전화벨이 울렸다. 캐럴린이었다. "나 지금 너랑 얘기 좀 해야겠어. 잠 깼니?"

"네 전화에 대답하고 있는 걸 보니 깬 것 같기는 해."

"그리로 갈 테니까 우리 포럼에서 아침 먹자, 알았지?"

"알았어."

십오 분쯤 지나 캐럴린이 평소보다 창백한 모습으로 나타났다. 나는 차 앞자리에 미끄러져 들어가 앉아서 물어보았다. "우리 포트로더데일 고등학교의 새로운 창녀분께선 기분이 어떠신가요?"

그 애는 오만상을 찡그렸다. "나 괜찮거든. 그런데 내가 제대로 했는지 확인 좀 하게 너한테 몇 가지 물어봐야겠어."

어미 닭에게 버림받은 것처럼 보이는 계란들이 담긴 접시를 앞에 두고 그녀가 입을 열었다. "그건 원래 그렇게 항상 지저분해? 있잖아, 내가 일어나니까 뭔가 막 내 다리를 타고 흘러내리더라. 래리가 그게 정액이라고 하던데, 너무 역겨워서 토할 뻔했다니까."

"익숙해질 거야."

"웩. 그리고 또 하나. 이거 하는 동안 난 뭘 하고 있어야 해, 계속 누워 있어? 그러니까, 정말 뭐 해? 남자들은 위에서 땀 흘리고 끙끙거리는데, 전혀 내가 생각했던 게 아니야."

"내가 말했듯이 익숙해져. 그건 아주아주 신비로운 그런 일이 아니야. 넌 그런 걸 기대한 것 같지만. 내가 전문가도 뭣도 아니긴 하지만, 사람마다 다 다른 거야. 래리가 세상에서 제일 잘하는 남자는 아닌가 보지. 그러니까 걔랑 한 번 한 거 가지고 판단하진 마. 어쨌든 남자들은 나이 먹을수록 기술이 좋아진다니까. 우리가 애네를 서투른 나이 대에 만난 거지, 내 생각엔 그래."

"의학책에는 그렇게 안 나와 있어. 책에서 남자들은 열여덟 살이 전성기이고 우리는 서른다섯 살이 전성기랬어. 그게 나이 대 때문이라고? 말도 안 돼. 너랑 코니한테는 내가 너무 난리 치는 것 같겠다."

"아냐, 네가 심각하게 생각하는 것뿐이야, 그게 다야."

"그렇지만 심각한 일이잖아."

"아니야. 엄청나게 한심한 게임이야, 임신하지 않는 이상 아무 의미도 없어. 만약 임신하게 되면, 망하는 거고."

"알았어. 야, 우리 금요일에 술 마시러 갈까?"

"물론. 코니는?"

"걔 이번 주 주말에 무슨 언론 학회 때문에 마이애미에 가야 된다던데."

"알겠어, 그럼 우리 둘만 가는 걸로 하자."

금요일 밤 우리는 홀리데이 공원에 있는 놀이터에 갔다. 그곳은 늦은 밤이 되면 인적이 없어졌고, 경찰들은 놀이터까지 와서 들쑤시기에는 딴짓을 하거나 자위나 하느라 바빴다. 나는 술을 그다지 좋아하지 않아서 분위기만 맞추려고 몇 모금 마셨는데, 캐럴린은 완전히 취해버렸다. 철봉을 잡고 미끄러져 내려오는가 하면 그네를 타고 뺑뺑이를 한 바퀴씩 돌 때마다 걸치고 있던 여러 가지 옷붙이를 한 겹씩 벗어 던졌다. 속옷만 남았을 때 그 애는 갑자기 곧장 파란색 붙박이 세트기로 달려가더니 열려 있는 꼬리 쪽을 통해 기체 안으로 기어 들어갔다. 그 애는 거기 눌러앉아 비행기 소리를 내면서 좀체 조종질을 멈추려 하지 않았다. 나는 그 애 뒤를 쫓아 기어 들어갔다. 공간이 너무 작고 좁아서 그 애 옆에 누워야 했다.

"캐럴린, 너 졸업하고 공군 들어가야겠다. 음향 효과가 아주 완벽해."

"쉬이이익." 그러더니 그 애가 갑자기 한쪽 팔꿈치를 받쳐 몸을 기대고 수줍은 척하는 목소리로 물었다. "클라크는 너한테 어떻게 키스해?"

"입술에 하지 어디다 하냐? 뭔 말이야, 키스를 어떻게 하냐니? 질문 한번 멍청하다."

"래리가 어떻게 키스하는지 알려줄까?"

내가 정신 차리고 대답하기도 전에 그 애가 나를 부여잡고 리오타 이래 가장 진한 키스를 내 얼굴에 퍼부었다.

"래리가 이렇게 키스하진 않을 거 같은데." 그녀가 웃더니 내게 다시 키스했다. "캐럴린, 너 지금 뭐 하는진 알아?"

"응, 너 키스 가르쳐주고 있잖아."

"너무 황송하지만, 우리 그만하는 게 좋겠다." 멈춰야 해. 여기서 키스를 한 번만 더 하면, 네가 예상한 것보다 더 많은 걸 감수해야 할 텐데, 아가씨. 아니면 너, 예상하고 있는 걸까?

"하." 그녀는 내게 또 한 번의 키스를 했다. 이번에는 온몸을 내게 밀착했다. 나는 더 이상 참을 수 없었다. 그녀의 옆구리를 쓰다듬다가 가슴까지 손을 쓸어 올리며 나는 그녀의 키스에 맹렬히 화답했다. 그녀는 예민한 내 귀를 살짝 깨문다든가 하는 몇 가지 그녀만의 새로운 방식을 추가해 내 이런 움직임을 부추겼다. 이쯤 되자 나는 홀리데이 공원 놀이터 한복판에 있는 낡은 파란 제트기 꼬리 안이라는 점이 걱정되기 시작했다. 캐럴린은 그런 걱정도 안 되는지 남은 옷들마저 벗어 던졌다. 그리고 내 옷도 벗기면서 조종석 쪽으로 던져놓았다. 나는 잠시 걱정했다 금세 잊어버렸다. 캐럴린 심프슨과 사랑을 나누는 것 외에 어떤 생각도 할 수 없었다. 포트로더데일 고등학교 응원단장이자 이 년차 예배 위원, 그리고 졸업 무도회에서 당연히 여왕이 될 여자. 남은 밤, 우리는 그 비행기를 타고 미지의 세계로 가고 있었다. 나는 우리의 비행이 음속을 돌파했음을 알았다. 결국 하늘은 밝아지기 시작했고 공기도 차가워졌다. 이제 가야 할 시각이라는 생각이 들었다.

"여기서 나가자."

"나가기 싫어. 이 안에서 한 십 년은 네 가슴 만지고 놀고 싶은데."

"얼른 가자." 나는 손을 뻗어 그 애의 속옷과 내 옷가지를 챙겼다. 그리고 뒤로 기어 비행기 밖으로 나온 다음 이슬에 젖은 그녀의 버뮤다 반바지, 빌리저 블라우스, 다 해진 하얀 운동화를 챙겨 들었다. 바들바들 떨면서 우리는 차로 달려갔다.

"배고파?" 내가 물었다.

"네가 고파."

"캐럴린, 오글거려서 죽을 것 같아. 우리 에그앤유 가서 맛있는 거 먹자."

나는 내가 소모한 열량을 생각해 아침 식사 이 인분을 주문했고 캐럴린은 베이컨과 계란을 먹었다.

"몰리, 너 말 안 할 거지? 그러니까 우리 정말 큰일 날 수도 있잖아."

"응, 말 안 할 거긴 하지만 난 거짓말하는 거 진짜 싫어하거든. 근데 누가 그런 걸 물어볼 일은 아마 거의 없을걸. 그러니 별일 없겠지."

"나도 거짓말하는 거 싫어해, 그런데 사람들이 우리 보고 레즈비언이라고 할 거 아냐."

"맞지 않아?"

"아니, 우린 그냥 서로를 사랑하고, 그게 다야. 레즈비언은 남자 같고 못생겼어. 우린 안 그렇잖아.'"

"우리도 남자같이 생긴 건 아니지만, 여자끼리 사랑을 나누는 걸 보통 레즈비언, 동성애라는 이름으로 분류하잖아. 그러니까 그 단어 듣고 움찔거리지 않는 법부터 배워야 할 것 같다."

"너는 전에도 이런 적 있어?"

"육 학년 때. 근데 그건 칠백 년 전쯤 얘기고. 너는?"

"이번 여름 캠프에서. 처음에는 무서워서 죽는 줄 알았는데, 걔가 너무 끝내줬어. 걔도 인솔 교사였는데, 레즈비언일 거라고 상상도 못 했어, 진짜. 둘이서 계속 같이 다니다가 하루는 밤에 걔가 나한테 키스를 했고, 그것도 했어. 그때는 그 생각밖에 안 나더라. 너무 좋았거든."

"걔랑 연락해?"

"그럼. 우리 대학도 같은 데 가려고 하는걸. 몰리, 너는 한 사람 이상을 동시에 사랑하는 게 가능하다고 생각해? 있잖아, 나는 너도 사랑하고 수전도 사랑해."

"그럴 수 있을 것 같아. 질투는 안 나네. 네가 궁금한 건 이거지?"

"뭐, 약간. 너한테 할 말 또 있어. 여자랑 하는 게 래리랑 하는 것보다 훨씬 좋아. 그러니까 비교가 안 될 정도야, 무슨 말인지 알겠어?"

"알지." 우리는 웃음을 터뜨렸다. 그리고 아침 여섯 시, 핫퍼지 선디를 두 개 주문했다.

캐럴린은 나를 급식실에서 기다리기 시작했고, 내게 온갖 관심을 쏟기 시작했다. 그녀는 래리나 코니에게 신경 쓰는 걸 잊었다. 래리는 주말에 섹스만 할 수 있으면 신경 쓰지 않았으나 코니는 그보다 예민했다. 그래서 나는 코니와 시간을 더 보내려고 했고, 캐럴린은 그것 때문에 화가 났다. 셋이 같이 있는 시간에 점점 긴장감이 감돌았고, 난 두 마리 개 사이에 놓인 뼈다귀라도 된 기분이 들기 시작했다. 영문학 수업의 〈맥베스〉 연극 발표 때 우리는 세 마녀 역을 맡았다. 리허설 중 나는 캐럴린에게 이 상황에 대한 내 생각과 그녀가 진정해야 하는 이유를 설명하려고 노력했다. 그녀가 버럭 소리 질렀다. "너 코니랑 자니?"

골판지로 만든 바위의 다른 편에 앉아 있던 코니가 머리를 불쑥 내밀며 말했다. "뭐라고?"

이제 끝이다. 이제 난 어떡하지? "캐럴린, 멍청한 소리 그만해. 안 자, 나 코니랑 자진 않는데, 얘 사랑해. 얘 나랑 제일 친한 친구고, 너도 거기에 적응해야지." 캐럴린이 울기 시작했다.

코니는 놀라서 나를 바라보았고 나는 어깨를 으쓱해 보였다. "몰리, 왜 쟤가 우리 둘이 잘 거라고 생각해? 무슨 일이야?"

"코니." 말문이 막혔다. 빌어먹을, 지금 대체 무슨 소리를 해야 하지? "코니, 거짓말하려고 해봤자 소용없겠지. 캐럴린이랑 나랑 그동안 같이 잤어. 끝. 질투가 났나 봐. 모르겠어." 나는 캐럴린을 향해 몸을 돌렸다. "대체 뭐가 그렇게 질투가 나는데, 수전이랑 만나는 건 너지, 내가 아니잖아. 어이가 없다고."

캐럴린은 코를 훌쩍이며 대답을 하려고 했지만, 코니가 충격에서 헤어 나와 선수를 쳤다. "나 내가 이해한 게 맞는지 확인 좀 하자. 너 캐럴린이랑 섹스를 한다고?"

"그래. 나 캐럴린이랑 하고, 캐럴린도 나랑 해. 나는 클라크랑 하고, 캐럴린은 래리랑 해. 원형 침대만 있으면 집단 섹스도 할 수 있겠네. 젠장!"

"남자 애들은 알아?"

"당연히 모르지. 너밖에 몰라. 이게 알려지면 어떻게 될지는 너도 알겠지."

"그래, 모든 사람들이 너희를 퀴어라고 하겠지. 내 생각에도 그런 것 같네."

"코니!" 캐럴린이 비명을 질렀다. "우리는 퀴어가 아니야. 어떻게 그런 말을 할 수 있어? 내가 얼마나 여성스러운데 어떻게 나더러 퀴어래? 어쩌면 몰리는 그럴 수도 있지, 테니스도 치고 공 던지기도 클라크만큼 잘하니까. 하지만 나는 아니지."

캐럴린은 속내를 줄줄 꺼내고 있었다. 나는 그녀가 궁지에 몰렸다고 저런 수를 둘 줄 몰랐던 척했지만, 사실 속으로는 알고 있었다. 우아한 혐오의 냄새가 코를 훅 휘감았다. 그녀의 여성스러운 머리통을 깨버리고 싶었다.

"몰리가 테니스 치는 게 그거랑 무슨 상관인데?" 코니가 점점 혼란스러워했다.

"알잖아, 레즈비언들은 남자 같고 운동을 잘하잖아. 내 말은 몰리가 예쁘긴 한데, 웬만한 학교 남자애들보다 운동을 잘하는 데다가 여자처럼 행동하지도 않잖아? 나는 전혀 안 그러고. 난 그저 몰리를 사랑할 뿐이야. 그렇다고 내가 퀴어가 되지는 않아."

캐럴린의 얼굴을 마주한 코니의 목소리에 조용한 분노
가 깃들었다. "아하, 나는 칠 킬로그램 정도 과체중이라 보
통 덩치가 크다고들 하는 걸로 아는데. 게다가 내가 진짜
여성스러운 모습으로 속삭이거나 까르륵거린 적이 있는
지 기억이 안 난다. 그러니 어서 나도 다이크라고 불러보
지그래? 네 멍청한 논리대로라면 그렇잖아?"

캐럴린은 진짜로 놀랐다. "아, 난 너한테 그러는 게 아
냐. 넌 그냥 솔직한 성격인 거지. 어쨌든 너 게으르잖아,
그러니까 살이 찐 거고. 죽어도 운동선수는 못 되는 사람.
넌 전문직 여성 타입이지."

"캐럴린, 너 정말 역겨워." 나는 너덜너덜한 마녀 망토를
집어 던지고 강당 문으로 향했다.

"몰리!" 캐럴린이 소리 질렀다.

코니는 분장을 벗고 나를 따라왔다. "어디 가는 거야?"

"몰라, 저 안에 있는 청소년 미스 아메리카랑 같이 못 있
겠어."

"나 차 가져왔어, 우리 공원으로 가자."

우리는 홀리데이 공원으로 가서 파란 제트기의 조종석
에 자리를 잡았다. 나는 코니에게 그 제트기에서 있었던
일에 대해서 거리낌 없이 모두 털어놓았다.

"네가 퀴어인 것 같아?"

"아이고, 너도 그러네. 이제 가슴팍에 '퀴어'라고 예쁘게 쓴 이름표라도 달고 다닐까. 아니면 이마에 주홍색 엘 자라도 새길까. 왜 모두들 항상 사람을 틀에 욱여넣고 못 나오게 하려고 하지? 나도 나를 모르는데. 다형 무슨 도착증인지 뭔지. 망할. 난 내가 백인이 맞는지도 몰라. 난 나야. 그게 내 전부고 내가 되고 싶은 것도 그게 전부야. 내가 꼭 뭐가 되어야 돼?" 코니는 제 손만 내려다보더니며 눈살을 찌푸렸다. "말 좀 해봐, 코니, 넌 어떻게 생각해?"

"아니야. 네가 꼭 뭐가 될 필요는 없어. 퀴어냐고 물어봐서 미안해. 그래도 이건 너무 충격적이야. 이런 건 집에서 가르쳐주는 것도 아니잖아. 내가 고리타분한 사람인가 봐, 아니면 두려운지도 몰라. 너든 다른 누구든 이름표를 달고 분류당해야 한다는 뜻은 아니었고, 네가 누구랑 잤는지가 왜 그렇게 빌어먹게 중요한지도 이해가 안 가고, 내가 왜 이 문제를 이렇게 심각하게 받아들이는지도 모르겠어. 나는 여태까지 내가 진보적인 사람이라고, 가시풀밭에서 싹트기 시작한 지성인이라고 생각했어. 지금 보니 나도 머저리 애들이랑 똑같은 편견덩어리였어. 장황한 말들로 그걸 덮어놨을 뿐이었지." 그녀가 숨을 들이쉬더니 말을 이어나갔다. "네가 캐럴린이랑 잔다고 했을 때 하늘이 무너지는 기분이었어. 내가, 포트로더데일 고등학교 풍자의 여왕인 내가 말이야. 난 그냥 '미스 가짜 지성인'이었던 거지." 내가 뭔가 말하려 했지만, 그녀는 계속 말했다. "나 아직 말 안 끝났어, 몰리. 나 계속 네 친구로 남을 수 있을지 모르겠어. 너를 볼 때마다 그 생각이 날 것 같고, 나는 불안할 거고, 네가 나를 강간하거나 하진 않을까 생각할 것 같아."

이젠 내가 충격받을 차례였다. "완전 미쳤네. 내가 어떤 인간이라고 생각하는 거야, 눈에 보이는 여자마다 쫓아다니며 헐떡댈 것 같아? 내가 무슨 호르몬 과다인 유인원처럼 널 덮칠 일은 없다고, 젠장!"

"나도 알아. 알긴 아는데, 그런 생각이 든다고. 네 문제가 아니라 내 문제야. 미안해, 내가 정말 미안해." 그녀가 조종석 밖으로 넘어서 내려갔다. "가자, 집에 데려다줄게."

"됐어. 안 멀어. 걸어가고 싶어."

그녀는 올려다보지도 않고 말했다. "그래."

그날 밤, 캐럴린이 전화를 걸어와서 사천 가지의 달콤한 사과를 내 귀에 쏟아부었다. 나는 닥치라고, 걔가 뭐라고 생각하든 쥐뿔도 상관없다고 대답했다. 졸업 무도회에서 왕관을 받으면 제 똥구멍에나 처넣으라지.

학교는 우리 삼총사의 절교로 시끌시끌했지만, 셋 중 아무도 말을 하지 않아서 소문이 제멋대로 만들어지기 시작했다. 가장 많이 퍼진 소문은 미시 바턴의 가설로, 코니가 클라크와 자고 싶어 했고 나는 그걸 못 참았다는 이야기였다. 그 애는 캐럴린의 행동을 우리 둘 사이에서 곤란해하는 것으로 해석했다. 내가 다시 유머 감각을 되찾았을 때, 그런 소문이 꽤 웃기다고 생각했지만 한편으로 허탈했다. 사람들은 너무 멍청하다. 빨간 셀로판지로 똥을 포장해서 팔아도 살 사람들이다.

나는 화려한 학생회장 집무실 안에서 점점 고립되고 있었다. 학생회상이 된 영광의 순간은 잠시뿐이었고, 곧 피곤하고 하찮은 게임이 되었다. 나는 다시 감자밭으로 돌아가 위전 로퍼와 올드 메인 트로터스 신발의 차이를 모르는 아이들과 소란을 피우고 싶었다. 그러나 그 아이들은 모두 자라서 두꺼운 눈 화장에 아롱거리는 분홍색으로 손톱을 칠하고, 55년식 오토 사단 기어 새빨간 메탈릭 쉐보레를 타고 다니는 남자를 두고 서로의 눈을 할퀴어대고 있다. 돌아갈 곳이 없다. 아무 데도 없다. 대학은 고등학교와 비슷하거나 더할 것이다. 하지만 난 가야 한다. 학위를 따지 못하면 그 흔한 비서가 될 것이다. 그건 사양이다. 학위를 꼭 따고 대도시로 가야 한다. 버텨야 한다. 그건 아빠가 내게 언젠가 해줬던 말이다, 버텨야 해. 아빠한테 얘기할 수 있다면 좋을 텐데. 휴, 제정신인 누군가한테 말 좀 할 수 있다면 좋겠다.

졸업식 일주일 전, 어느 화려한 사건 하나가 학교를 흔들었다. 누군가 여자 샤워실에 숨어 들어가 샤워기를 빼서 그 안에 안료를 넣어둔 것이다. 일 교시 체육 수업을 들은 육십 명의 여학생들 중 처음 샤워실에 들어간 스무 명 정도가 빨간색, 노란색, 초록색 혹은 파란색이 되어 나왔다. 그 염색약은 물로 씻어지지 않았다. 졸업장을 나눠주던 토요일 밤, 축 처진 캐럴린은 영화 속에 나오는 결핵 걸린 인디언 꼴이었고 코니는 완전히 푸르딩딩해진 게 내게 약간의 즐거움을 선사했다.

내가 졸업장을 받을 차례가 되자 나의 지지자들로부터 기립 박수가 터져 나왔고 비어스 선생님은 나를 잠시 안아주었다. 소리가 잦아들자 그는 윙윙거리는 마이크에 대고 말했다. "여기 이십 년 후 우리 주지사가 될 분이 서 있네요." 모두가 또 한 번 환호했다. 비어스 선생님은 너스레를 떠는 걸까, 어쩌면 선생님이 아빠만큼이나 친절한지도 모르겠다는 생각이 들었다. 칼도 똑같은 소리를 일터에서 모두에게 하곤 했었으니까.

대학

플로리다 주 게인즈빌은 남부의 변기통이었다. 플로리다 북중부에 위치한 그곳에는 왜소한 소나무, 수염틸란드시아, 그리고 핏덩이처럼 엉겨 붙은 벽돌로 지어진 공공건물들이 있었다. 플로리다 대학교는 그곳에 있었다. 내가 그 대학에 간 유일한 이유는 내게 전액 장학금과 식비, 기숙사를 지원했기 때문이다. 듀크 대와 배서 대, 래드클리프 대는 지원이 더 적었고, 돈이 없던 나는 경제적 상황을 고려해 플로리다로 결정했다. 캐리와 플로렌스는 나를 그레이하운드 고속버스에 태웠다. 하워드 존슨 여관 뒤에서 출발하는 그 버스는 플로리다 도처의 다른 하워드 존슨 여관들 뒤에 정차했다. 열두 시간의 버스 여행 끝에 도착한 나는 그 음울한 도시를 처음으로 바라보았다. 여학생 정부 스티커를 자랑스럽게 붙인 여행 가방 하나를 꼭 쥐고서 나는 기숙사로 걸어갔다.

학교는 나를 캠퍼스에서 돼지 소굴이라고 부르는 기숙사인 브로워드 관에 배정했다. 그렇지만 그곳이 무료였기 때문에 나는 참았다. 첫째 날에 나는 잭슨빌에서 온 의학 전문 대학원 준비 과정생인 룸메이트 페이 레이더를 만났다. 내가 지원 서류에 법학 전문 대학원 준비 과정생이라고 적어 냈으므로, 행정처에서는 우리가 궁합이 잘 맞을 거라고 생각했던 모양이다. 잘 맞기는 했다. 그러나 학구적인 면에서가 아니었다. 페이와 나는 우리의 공통된 취미가 분열 조장이라는 걸 발견했고, 곧바로 기숙사 경비원들에게 뇌물을 주는 체계를 만들어, 기숙사가 우리의 처녀성을 밤공기로부터 지키기 위해 문을 걸어 잠그고 난 뒤에도 지하실 창문을 통해 건물 안팎을 드나들 수 있었다. 페이는 자기 어머니가 1941년에 카이 오메가*회원이었기 때문에 거기 입회했으며, 나는 델타 델타 델타에 가입했는데, 이는 학교와 마찬가지로 모든 비용을 부담하겠다며 가입 기간이 시작되기도 전에 은밀히 가입을 권유했기 때문이다. 페이 말로는, 여학생회에 가입하는 건 어머니를 기쁘게

---

*　Chi Omega, 그리스 알파벳을 따 이름 붙인 미국 대학교 내 여학생 사교 동아리

해드리기 위해서고, 그의 어머니에게는 잭슨빌의 동창회 활동이 삶의 유일한 낙이었다. 나의 경우는 학내 활동에 필요해서 가입했다. 이렇게 하면 내 선거 비용은 여학생회와 그 여학생회가 속한 학내 정당, 즉 '대학당'에서 공동 충당할 수 있게 되니까. 나는 일 학년 대표에 후보로 나가 선출됐다. 내 선거 운동 본부장은 페이였고, 이것을 델타 델타 델타에서는 정치적으로 뛰어난 수였다고 평가했다. 우리 클럽과 함께 학내의 나머지 열한 곳 여학생회를 좌지우지하는 카이 오메가와의 연대에 도움이 되었기 때문이다. 페이와 나는 이 모든 것에 진지하게 반응하는 '자매들'의 태도를 비웃으며 시간이 남을 때마다 술을 사러 군의 경계를 같이 넘나들었고, 기숙사로 가지고 온 술은 물을 조금 타서 값을 붙여 팔았다.

우리는 둘 다 지루한 농대생과 우중충한 경영대생, 트렌치코트를 입고 왼쪽 겨드랑이 밑에 미술사책을 끼고 돌아다니는 여자애들을 싫어했다. 페이는 솔직히 말해 의사가 되는 것에 별 관심 없지만, 둥근 옷깃에 배지를 달고 떠드는 여자애들이랑 인문학 수업에 들어가느니 자살하겠다고 했다. 그 애의 아버지는 공부 열심히 하라며 190에스엘형 벤츠를 뽑아주었고, 격주로 꼬박꼬박 고액 수표를 부쳐줬다. 페이는 씀씀이가 무척 컸는데, 돈이 귀한 줄 몰라서 그랬을 것이다. 이유가 뭐든, 나는 그래서 그 애를 사랑했다. 그 애는 내 단출한 옷가지를 한번 보더니, 나를 시내에서 제일 좋은 옷 가게에 끌고 가 삼백 달러나 썼다. 내 자존심을 세워주기 위해서 그 애는 하루걸러 한 번씩 똑같은 셔츠를 입는 룸메이트와 다니는 꼴을 보이기 싫어서라고 선언했다. 페이에게 나는 신기한 존재였을 것이다. 그 아이는 내 야망의 깊이를 가늠할 수 없었다. 하기는 걔는 가난을 알지 못했으니까.

학칙에는 물론 어긋나는 일이었지만, 페이는 옷장에 칵테일용 리큐어, 올리브, 그리고 크림치즈를 넣어둔 아주 작은 아이스박스를 숨겨놓았다. 술은 신발 상자에 숨겼다. 나는 시월 중순이 될 때까지 페이가 뒤늦게 사춘기를 겪으며 알코올중독자가 돼가고 있다는 걸 몰랐다. 나는 그에게 왜 술을 그렇게 많이 마시냐고 물었으나 그가 자기한테 훈계하지 말라고 해서 관뒀다. 페이의 성적이 떨어지기 시작했고, 결석도 점점 잦아졌다. 내가 성적을 잘 받기 위해 공부를 많이 하지 않아도 되는 사람인 게 다행이었다. 페이는 본인만이 아니라 다른 사람이 공부하는 꼴도 두고 보지 못했다. 매일 밤 아홉 시, 우리가 그때까지도 기숙사에 있는 날이면, 페이는 복도에 뛰쳐나가 커다란 카우벨*을 북채로 치면서, "공부해, 공부, 이 학교의 노예

들아!"라고 고함을 지르고 다녔다. 그러고는 방에 돌아와
또 한 잔을 마시는 것이었다.

신입 회원 페이가 라이시 총장을 위한 만찬에 나타나
"어이, 총장, 좀 어때?"라며 들이대는 지경에 이르자 카이
오메가에서 걱정하기 시작했다. 그를 바른길로 인도하고
자 하는 노력의 일환으로 카이 오메가는 페이에게 선배인
캐시와 일주일에 한 번씩 한 시간 동안 마음속 이야기를
나누라고 했다. 페이는 이것이 대중심리학에 불과하며 이
제 막 생겨나는 자신의 직업의식을 모욕한다고 씩씩거렸
다. 어느 목요일, 한 시간 동안의 이야기를 마치고 페이가
방으로 돌아와 문을 꽝 닫았다.

"볼트, 완전 망했어. 망할, 내가 망쳤다고. 빌어먹을 선배
년한테 내가 임신해서 낙태 수술 받아야 된다고 얘기해버
렸어. 내 눈앞에서 허연 얼굴이 우유 상하듯이 싹 굳더라.
아무한테도 얘기하지 않겠다고 약속했지만, 십중팔구 주
둥이를 털 거야. 우리 엄마 엄청 열 받을 텐데!"

"너 진짜 임신했어?"

"그래, 빌어먹을. 확실해. 토할 것 같지?"

"어디 가면 낙태할 수 있어?"

"의대에 해줄 수 있는 애를 알아. 그런데 오백 달러를 달

*　　소의 목에 다는 종 모양의 금속제 타악기

래. 몸에서 찌꺼기 좀 긁어내는데 오백 달러나 내라는 게 말이 돼?"

"그 사람 믿을 만해?"

"어떻게 알겠어?"

"음, 그럼 언제 하러 갈 건데?"

"내일 밤에. 나 태워다줄 거지? 자기야."

"알았어. 캐시 선배한테 내일 간다는 얘기했어?"

"아니. 그런 말 안 할 만큼은 정신이 있었지. 애초에 왜 말을 꺼냈는지도 모르겠어. 마음속으로 생각하던 게 튀어나왔나 봐. 바보같이."

그다음 날 저녁 아홉 시에 우리는 기숙사를 출발해 차를 타고 서쪽으로 나갔다. 그 의대생의 트레일러 진입로에 차를 세우자 페이가 차에서 내렸다.

"나도 같이 갈게."

"아니, 넌 오지 마. 여기서 기다려."

몇 시간이 걸리는 듯했고, 나는 너무 긴장한 탓에 토했다. 이 모든 게 너무 소름이 끼쳤고 밤의 수염틸란드시아는 마치 나를 잡으려고 뻗은 죽음의 너덜너덜한 손가락처럼 보였다. 내가 짐작하는 거라고는 페이가 저 안의 조리대 같은 데 누워 있고 어떤 남자가 아무도 모르는 짓을 하고 있으리라는 것뿐이었다. 나는 들어가봐야 할지도 모른다고 생각했지만, 중요한 순간에 갑자기 쳐들어가면 남자가 개 몸에 구멍을 내버릴 수도 있지 않은가. 드디어 페이가 비틀거리며 나왔다. 나는 그 애를 도우러 차에서 뛰어나갔다.

"페이, 너 괜찮아?"

"어, 괜찮아. 힘이 좀 없네."

기숙사에 거의 다 와서 나는 차의 불빛을 끄고 쇄석이 깔린 주차장에 차를 세웠다. 우리는 경비원에게 매주 십 달러를 주는 대가로 항상 열려 있는 지하실 창문 쪽으로 천천히 걸어갔다. 창문이 높이 달려 있어서 나는 페이를 들어 안으로 밀어 넣어 주었다. 반대편으로 뛰어내리고 봤더니 개 다리에서 피가 흘러내리고 있었다. "페이, 피나. 너 진짜 의사한테 가야 할 거 같은데."

"아냐. 그 사람이 피가 좀 날 수 있다고 했어. 괜찮아. 얘기하면 계속 생각나니까 그냥 말하지 마." 우리는 방으로 가려고 계단을 네 층 걸어 올라가기 시작했다. 페이는 답답할 만큼 느렸다. "제길, 너무 힘이 없어서 가는 데 한 시간은 걸리겠다."

"내 목에 팔 둘러봐. 내가 너 안고 올라갈게."

"몰리, 너 정말 웃긴다. 나는 육십 킬로가 넘는데 너는 사십오 킬로나 되려나 몰라."

"나 힘 정말 세. 자, 지금은 누가 몸무게 더 나가나 따질 때가 아니야. 날 잡아."

페이가 내게 기대자 나는 그를 안아 올렸다. "나의 영웅" 이라며 페이가 웃었다.

페이가 날 필요로 할 경우를 대비해 그 후 이틀 동안 나는 수업을 제끼고 방에 있었다. 페이는 기록적인 속도로 회복했고, 토요일에는 또다시 주말 내내 술독에 빠질 준비가 돼 있었다. "잭슨빌에 가서 흥청망청 놀아야지."

"멍청한 짓 하지 마, 페이. 이번 주말에는 쉬엄쉬엄해."

"그렇게 걱정되면 나 따라와서 보호자 노릇이나 해줘. 우리 집에서 자고 일요일 밤에 돌아오면 되잖아. 응?"

"알았어, 그래도 남자 만나서 너 꿰맨 건지 뭔지 한 거기 터뜨리지 않겠다고 약속해라."

"웃겨, 진짜."

우리는 잭슨빌 대학 근처 바부터 시작했다. 검은 벽에 형광 페인트가 칠해져 있고, 여기저기 커다란 바다거북 등딱지가 있는 곳이었다. 엄청나게 덩치 큰 농구 선수가 우리에게 술을 사주었고, 나에게 계속 춤을 추자고 졸랐다. 내 코가 그 녀석의 배꼽까지밖에 안 닿았고, 나는 까치발로 장시간 춤을 추느라 발바닥에 쥐가 났다. 우린 그곳을 떠나 도심으로 들어갔다. "널 광란의 바로 데려갈 거야. 몰리, 딱 준비해라."

바의 이름은 로제타스였고, 여러 각도에서 젓가락을 층층이 찔러 넣어서 검은 머리채를 라자냐 모양으로 삼십 센티미터는 족히 부풀려 올린 주인의 이름을 따 지은 것이었다. 우리가 들어오자 로제타는 웃으며 신분증을 보여달라고 요구했다. 물론 가짜였지만, 우리는 검문대를 통과해 구석 자리로 갔다. 앉으면서 무대를 흘금 보니 남자들은 남자끼리 짝지어, 여자들도 여자들과 춤을 추고 있었다. 나는 갑자기 광란의 박수갈채를 보내고 싶은 충동을 느꼈지만, 아무도 이해하지 못할 걸 알고 참았다.

"페이, 여긴 어떻게 찾아냈어?"

"내가 좀 놀아봤지, 아가씨."

"너 게이야?"

"아니, 그런데 난 게이 바가 좋더라. 스트레이트 바보다 재미도 있고 운동하는 멍청한 남자애들이 건드리지도 않으니까. 너 생각해서 특별히 데리고 온 거야."

"나 놀래주려고 그랬구나?"

"몰라. 그냥 재밌을 것 같았어."

"그럼 재밌게 놀아야지. 너 진짜 골 때린다. 어떤 춤 출래?"

"볼트, 너 정말 웃긴다. 누가 리드할 건데?"

"네가 해. 네가 나보다 키 크잖아."

"좋아, 내가 부치* 부인butchess 할게."

테라초로 바닥을 깐 무대로 나서자 페이가 계속 미친 듯이 웃어서 우리는 중심을 잡기 힘들었다. 한 발 건너 한 번씩 그 애는 샌들 신은 내 발을 밟아댔다. 그러더니 갑자기 집중해서 프레드 애스테어처럼 나를 한 바퀴 돌리고 프랑스 코티용 춤을 연마한 기량을 뽐냈다. 〈루비 앤 더 로맨틱스〉의 선율이 잦아들면서 우리 자리로 돌아가려는데 플로어 반대편의 젊은 여자 둘이 우리 앞을 가로막았다.

"실례합니다. 혹시 두 분 플로리다 대학 다니고 브로워드 관에 살지 않아요?"

페이가 나서서 그렇다고 했다. 그러자 키가 작은 쪽이 우리더러 자기네 자리에 와서 한잔하지 않겠냐고 물었다. 우리는 그러겠다고 한 뒤, 마시던 잔을 가지러 후다닥 구석의 우리 자리로 갔다.

"몰리, 저 조그만 애가 나한테 작업 걸려고 하면 우리 둘이 사귄다고 해, 알았지?"

"즉석 결혼이야? 그렇다면 내 부인을 위해 무엇이든 하겠소."

"고마워, 사랑해. 나도 너한테 똑같이 해줄게. 우린 아담과 이브 이래로 가장 매력적인 커플이잖아. 아니 비유가

---

*   부치는 대체로 남성처럼 꾸미고 행동하는 레즈비언을 의미한다

168

잘못됐네. 사포*와 누군가 이래로. 자, 가자."

그들의 이름은 유니스와 딕스였다. 그들은 카파 알파 세타 회원이었고, 잭슨빌에 남자 친구가 산다는 핑계를 대고 주말마다 여기 오지만, 실은 애정 넘치는 클럽 선후배들의 호기심 가득한 눈길을 피하기 위함이었다. 키 작은 쪽인 딕스는 페이에게 끊임없이 관심을 표현했다. 페이는 관심을 받을 만했다. 그의 새카만 머리에 도자기 같은 하얀 피부는 연갈색 눈동자를 빛내주었다. 남녀공학에 있는 전형적인 남부 상류층 미인. 나는 바에서 어떻게 행동해야 하는지 잘 몰랐다. 사람들에게 춤을 추자고 해야 하는 건지, 술을 사줘야 하는지, 심지어 뭘 물어볼 수나 있는지도 알 수 없었다. 특히 사람들이 성을 빼고 부르는 분위기에서는 말이다. 유니스는 자신의 전공이 물리 치료이며 딕스의 전공은 영문학이라고 이야기해줬다. 둘은 거의 일 년 반쯤 사귀어왔단다.

"너무 좋겠다" 하며 페이가 늘어뜨린 발음으로 말하는데 나는 하마터면 술을 마시다 사레들릴 뻔했다. 페이는 애정 표현이라면 그게 동성 간이든, 흔해빠진 이성 연애에서든 전혀 감동받지 않았다. 딕스와 유니스는 그 애의 비

---

*   고대 그리스 시대 사 대 시인 가운데 한 명으로, 동성 여성에 대한 사랑의 노래에 대한 많은 시를 남겼다. 여성 동성애를 '사포주의'라고 부르기도 한다

아냥을 전혀 알아차리지 못했고, 페이가 고맙게도 둘의 관계를 인정한다는 의미로 받아들였다. 그 덕분에 우리는 그들의 연애담을 전부 들었다. 수학 강의 시간에 만난 이 야기, 같이 자기까지 걸린 시간 등. 딕스는 한 잔씩 비울 때마다 점점 더 신이 났고, 곧 우리 쪽으로 몸을 기울이더 니 속삭였다. "우리가 제닝 관에서 일반 룸메이트들이랑 살 때 무슨 일 있었는지 너희들은 상상도 못 할걸."

"못 참겠어. 빨리 얘기해줘." 페이가 대답했다.

"있잖아, 우리는 보통 룸메가 야간 수업을 듣는 유니스 방에서 섹스를 했어. 어느 날 밤에 거길 갔거든. 그런데 내 가 유니스한테, 음, 오럴을 해주고 있는데 복도에서 룸메 목소리가 들리는 거야. 세상에, 그때 난 눈이 먼 척을 해야 할지, 똥을 지려야 할지, 걸음아 나 살려라 도망을 갈지 순간 판단이 안 서더라고. 다행히 우리가 문을 잠가놨었 거든, 그래서 내가 일어나려는데 내 치아 교정기가 유니스 거기 털에 걸렸어. 룸메는 소리 지르면서 문 두드리고 있 지, 나는 빼도 박도 못하게 딱 걸릴 자세이지. 살살 할 시 간이 어딨어, 머리를 홱 제쳤지. 유니스가 등골이 오싹할 정도로 비명을 지르니까 룸메가 열쇠로 문을 열려고 철컥 거리면서 누가 유니스를 죽이려고 한다고 소리소리 질렀 어. 나는 옷장으로 뛰어 들어갔고, 룸메인 제인이 문을 열고 들어오고, 그 뒤로 우리 층 애들 절반이 시체를 구경하려고 우르르 따라붙었지. 유니스는 정신없이 땀 흘리면서 이불을 뒤집어쓰고서 앓는 연기를 했어. 실제로 아프기도 했겠지. 제인은 무슨 일인지 궁금해했어. 유니스는 실수로 문을 잠갔고 잠을 잤는데, 갑자기 가위에 눌렸다고 거짓말했어. 문을 열려고 일어나려는 순간 비명이 나왔다고. 그러니까 그 여자애들이 몽땅 유니스를 둘러업고 양호실에 가려는 거야. 유니스가 안 쓸려 가려고 하는 말을 들었어야 해. "아니야, 가끔씩 이럴 때가 있어, 자다 보면 이러다 말고 그래"라는 거야. 유니스가 걔네들을 방에서 싹 내보내느라 얼마나 오랜 시간을 보냈는지 진짜 상상도 못해. 그리고 나는 얘 룸메가 잘 때까지 그 더러운 옷장 속에서 기다렸다고. 그런 다음에 살금살금 나와서 통금을 몇 시간이나 지나서 내 기숙사로 갔는데, 엄청 애먹었지."

우리는 눈치껏 웃어주었고, 나는 딕스가 굉장한 수다쟁이라 다행이라고 생각했다. 그 애가 나한테 뭘 물어보면 대체 무슨 말을 해야 할지 알 수 없었기 때문이다.

유니스가 페이를 보았다. "너희 둘은 얼마나 오래 사귀었어?"

"서로 룸메이트인 걸 알게 된 구월부터."

"학교 들어오기 전에는 서로 몰랐고?" 딕스가 물었다.

"몰랐지. 첫눈에 반했어." 페이가 답했다.

"너희 둘 중 누가 대학 들어오기 전에도 동성애자였던 거야?" 유니스가 우리의 소설 같은 로맨스에 빠져 캐물었다.

이번에는 내가 선수를 쳤다. "페이는 아니고, 나."

페이가 웃음을 참으며 나를 봤다. 내가 자기의 동화에 한술 더 뜨는구나 생각하면서.

"얘 넘어오는 데 얼마나 걸렸어?" 딕스가 캐물었다.

"음, 한 일주일 정도."

"그래, 내가 좀 쉬운 여자야."

우리는 바에서 한 시간을 더 있으면서 어떤 교수 수업은 듣지 말아야 하는지, 누가 동성애자인지 정보를 교환했다. 페이는 다음 날 어머니와 쇼핑을 가기 위해 일찍 일어나야 한다며 정중하게 말하고 빠져나왔다. 집으로 가는 길에 페이는 어느 여학생회에 누가 레즈비언이니 하며 기절할 것처럼 웃고 재미있어했다. 우리는 세인트존 강을 내려다보는 식민지 시대 양식을 흉내 낸 대저택의 진입로에 차를 세웠다. 집 안은 마치 가구점의 유리 진열장 같았다. 페이 어머니는 한 방은 콜로니얼 양식으로 플러시 천을 쓰고, 한 방은 지중해 양식으로, 또 하나는 프랑스 프로방스풍으로 장식했다. 모든 것들의 색을 맞춰놓았고, 물건들에는 아직도 가격표가 붙어 있을 것만 같았다. 페이의 방은 《세븐틴》의 저질 버전이었다. 그의 방에는 이불과 커튼이 똑같이 오렌지색인 침대 한 쌍이 있었다. 두 침대 사이에 검은색 섀그 러그가 시든 듯 깔려 있고, 온갖 향수며 그 밖에 여자로 위장하기 위한 분장 도구들 사이에서 허영이 흘러넘쳤다. 페이는 옷을 벗어 바닥에 내던지고 침대로 뛰어올랐다. "젠장, 하나도 안 취했어. 하나도! 걔네들 웃기지 않았어? 짜증 나는 그리스 문자 동아리연합 티 파티 때 걔네들 또 보겠지. 너무 기대돼 죽겠네."

"그래, 걔네들은 옛날식으로 고지식한 게 귀여웠어."

"그렇더라도 난 사람들이 그렇게 닭살 돋게 구는 건 견딜 수가 없어."

"그건 네가 한 번도 사랑에 빠져본 적이 없어서야. 페이, 넌 심장은 없고 심낭만 있을 뿐인 거지."

"고맙다."

"너 놀리려고 하는 소리야. 나도 걔네들 낭만 떠는 헛소리 하는 거, 특히 탁자 밑에서 발 장난하는 거 못 견디겠더라. 웩. 그런데 이성애자든 동성애자든 다 그 짓이야. 그런 거 밥맛이야. 나는 둘 다 아닌가 봐."

"난 사랑에 빠져도 그렇게 수준 떨어지는 짓거리나 하면서 시간 낭비는 안 할 거야." 페이는 창밖 검은 강물을 보더니 내게 고개를 돌렸다. "여자랑 하는 거 생각해본 적 있어?"

"생각해보다니! 페이, 아까 유니스한테 내가 대학 들어오기 전부터 동성애자라고 했던 말 농담 아니야."

"몰리, 이 새끼야! 우리가 룸메이트로 지낸 지가 얼마나 됐는데 그간 나한테 얘기도 안 해주고."

"물어보지도 않았잖아."

"그런 거 물어볼 생각하는 사람이 어딨어. 너 정말 대단하다. 그럼 파이 델타에 그 미식축구 선수 프랭크 말고 여자들도 만나고 있었구나. 믿기지가 않아, 너 정말 엄청난 애구나."

"아니, 실망시켜서 미안하지만, 그 풀백 선수 프랭크 외엔 아무도 안 만나."

"그러서? 나한테 말 안 했다니 열 받네. 나 낙태할 때도 같이 갔고, 내 얘기 다 하는 동안, 나한테 넌 얘기해준 게 하나도 없잖아. 생각해보니까 넌 원래 네 얘기를 잘 안 하지. 또 무슨 비밀을 숨기고 있는 거야, 마타 하리*Mata Hari?"

"페이, 이건 내가 꽁꽁 숨겨두고 있는 엄청난 비밀이 아니야. 너한테 말할 이유가 없었어. 그리고 여자들이랑 몇

---

* 이십 세기 초 네덜란드 태생으로서 인도네시아의 영향을 강하게 받은 무용으로 유명해진 무용수. 일차 대전 때 이중간첩으로 활동했고, 그것이 적발돼 처형당했다. 사후에도 개인적 배경이나 간첩으로서의 활동에 관한 비밀과 헛소문이 꾸준히 회자된다

번 자본 거 말고도 신경 쓸 일이 많아요."

"너 진짜 대단하다. 남자랑 자는 거야 알았지만 여자라 니…… 정말 놀라운걸?"

"나 잠 좀 자게 닥쳐주면 안 될까?"

페이는 씩씩거리는 소리를 내며 침대에 드러누웠다. 나 는 베개 한쪽이 편평해지게 두드렸다. 빵빵한 베개는 정말 싫다.

"몰리."

"왜, 젠장."

"섹스하자."

"페이, 너 진짜 웃긴다."

"그건 내가 잘하는 말이고 나 지금 진지해. 하자."

"안 돼. 끝."

"왜 안 돼?"

"얘기하자면 길어. 나랑 자고 싶어 한 비非레즈비언 애들 이랑 한 경험은 짜증스러웠거든."

"비레즈비언인데 어떻게 여자랑 자?"

"몰라, 근데 나랑 마지막으로 잔 애는 제 꼬인 머리로 잘만 합리화하더라."

"나 지금 궁금해 죽을 거 같고 너한테 쪽팔리게 거절당 했고, 진짜 현기증 나려고 하니까 빨리 그 비레즈비언들 얘기 꺼내는 게 좋을걸. 말 안 해주면, 소리 지르면서 엄마한테 네가 날 강간하려고 했다고 할 거야."

페이는 소리 없이 비명 지르는 흉내를 냈다. 나는 즉시 고통스러운 내 이야기를 해줬다.

"그건 진짜 너무 심했네. 나라면 그러고 나서 섹스 끊었을 거야."

"끊었어."

"웃기지 마. 이쪽 침대로 와서 나랑 자자. 비레즈비언 안 된다고 약속할게."

"네 유머 감각은 정말이지 대단해."

페이는 침대에서 뛰쳐나와, 내 이불을 홱 걷어내고 선전 포고했다. "네가 나한테 안 오면 내가 너한테 간다. 나 정말 완전 진지해. 옆으로 좀 비켜봐."

그가 내 옆에 풀썩 앉았다. "근데 뭘 어떻게 해야 되지? 해본 적이 없어서."

"페이, 이것은 아름다운 우정의 시작인 것 같군."

"네가 험프리 보가트냐. 몰리, 나 정말 너랑 하고 싶어." 페이는 나를 안더니 내 이마에 키스를 했다. "있잖아, 그러니까 솔직히 궁금해서일 수도 있는데, 다른 한편으로는 빌어먹을 이 세상에서 누구보다도 너랑 있는 게 재밌거든. 아마 어느 누구보다도 널 사랑할 거야. 친구이자 연인인 관계, 이렇게 되어야 맞는 거야. 그 닭살스러운 연애질 말고." 그가 길고 부드럽게 키스했다. 그는 진지했다. 이런 상황에서는 머리를 써서 따지려고 해봤자 소용이 없으므로, 나는 후에 일어날 일에 대한 생각은 접고 그의 목, 그의 어깨, 그리고 다시 그의 입에 키스했다.

남은 학기를 우리는 침대에서 보내며, 수업에 가고 밥을 먹을 때에만 일어났다. 페이는 오로지 나와 함께하기 위해 성적을 유지했고, 술 마시는 것보다 큰 즐거움을 발견했기에 술을 끊었다. 카이 오메가는 페이가 죽어서 천국에 갔다고 생각하기 시작했다. 델타 델타 델타는 내게 최후 통첩을 보내왔다. 우리는 열여덟 살이고, 사랑에 빠져 있었고, 세상이 존재하는 줄 몰랐다. 세상은 우리의 존재를 알았지만.

이월이 되어서야 나는 우리 층 기숙사 사람들이 우리에게 말을 걸지 않는다는 사실을 깨달았다. 우리가 따로 혹은 같이 갈색 복도를 한가롭게 걸어 내려갈 때면 사람들이 하던 대화를 멈췄다. 페이는 그 사람들이 다 만성 후두염에 걸렸다는 결론을 내리고, 본인이 치료해주기로 마음먹었다. 수업 시간이 바뀌는 걸 알리는 보기 흉한 벽돌 종탑에 미키 마우스 클럽 음반을 걸어놓은 것이다. 그리고 나서 기숙사 이웃들에게 오후 세 시 반에 종탑을 통해 우리 학교의 본색이 드러나게 될 거라고 말해두었다. 캠퍼스 전체에 미키 마우스 클럽 음악이 울려 퍼지자마자 옆방에서 도트와 캐런이 페이의 장난이 성공한 데 대해 웃고 떠들 생각으로 우리 방에 뛰어 들어왔다. 그들은 페이가 직설적으로 "너네 왜 우리랑 얘기 안 해?"라고 묻자 우리 방에 뛰어 들어왔을 때처럼 재빨리 발길을 돌려 나가려고 했다.

도트의 얼굴에 공포가 스쳤고, 그녀는 절반의 진실만 얘기했다. "너네들이 항상 방에만 있으니까."

"헛소리하지 마." 페이가 반박했다.

"분명히 다른 이유가 있지." 내가 거들었다.

캐런은 우리가 직설적으로 묻자 무례하다고 느끼고 화가 났는지 우리에게 우아하게도 "너네 너무 붙어 있어서 꼭 레즈비언 같아 보여"라고 내뱉었다.

나는 페이의 하얀 얼굴이 너무 빨개져서 캐런에게 화학책이라도 힘껏 던지는 줄 알았다. 나는 캐런을 정면으로 보며 침착하게 말했다. "우리 레즈비언이야."

캐런은 마치 젖은 행주로 철썩 맞은 것처럼 뒤로 휘청거렸다. "더러워, 너희. 이렇게 여자애들이 많은 곳에 너희는 있을 자격이 없어."

페이는 이제 일어나서 캐런 쪽으로 움직이고 있었고, 용기의 화신 도트는 문가에서 문고리를 더듬거리고 있었다. 페이는 과열돼서 엔진을 세게 가동했다. "왜, 캐런? 내가 너랑 잘까 봐 겁이 나? 내가 한밤중에 몰래 가서 널 덮칠까 봐?" 이 말을 하는 페이는 웃고 있었고 캐런은 얼어붙었다. "캐런, 네가 지구상에 남은 마지막 여자라면, 나는 다시 남자한테 갈 거야. 넌 멍청하고 여드름만 잔뜩 난 백치야." 캐런은 방을 뛰쳐나갔고 페이는 폭소했다. "쟤 얼굴 봤어? 재수없는 년!"

"페이, 이제 우린 끝장이야. 캐런은 당장 학교 상담사한테 가겠지. 우리 진짜 큰일 났어. 아마 퇴학당할 거라고."

"그러라고 해. 이렇게 형편없는 학교에서 누가 썩고 싶겠어?"

"나. 나한테는 촌구석에서 벗어나기 위한 유일한 기회야. 학위를 따야 한다고."

"사립학교에 가면 돼."

"너야 사립학교에 가면 되지. 나는 내 식비도 감당이 안 돼, 망할."

"우리 아빠가 내 학비는 대줄 거고, 네 학비는 우리가 파트타임으로 일하면서 벌 수 있어. 젠장, 아빠가 그 돈을 차라리 널 주면 좋을 텐데. 나는 학위 따위엔 쥐뿔도 관심 없어. 그치만 그건 쓸데없는 소리고, 어쨌거나 아빠는 내가 학교를 계속 다녔으면 하니까, 나 열심히 하라고 보너스를 보낼 테니 거기다가 일만 조금 더 해서 보태면 돼."

"그보단 힘들 것 같지만 네 말이 맞기를 바란다."

성적 매력이 없다며 캐런을 조롱한 지 삼십 분 뒤, 페이는 학교 상담사에게 불려 갔고 나는 여학생처의 미스 마니 처장에게 불려갔다. 이차 대전 당시에 육군 소령으로 복무했던 빨간 머리의 암소 같은 여자였다. 그녀는 여자도 해낼 수 있다는 것을 증명하기 위해서 본인의 군 경험을 얘기하길 좋아했다. 나는 각양각색의 액자들로 완전히 뒤덮인 그녀의 《하우스 앤 가든》풍 사무실에 들어갔다. 그 액자들 중에는 그녀의 여성성을 증명하는 것도 하나쯤 걸려 있을 것이다. 그녀는 활짝 웃으며 내 손을 잡고 힘차게 흔들었다.

"볼트 양, 앉으시겠어요? 담배 피우실래요?"

"아니요, 감사합니다만 저는 담배를 피우지 않습니다."

"좋아요. 자, 그럼 본격적으로 얘기해봅시다. 여기에 볼트 양을 부른 이유는 오늘 학생의 기숙사에서 있었던 불미스러운 일 때문이에요. 나한테 설명해줄 수 있어요?"

"아니요."

"볼트 양, 이건 아주 심각한 문제고 나는 학생을 돕고 싶어요. 학생이 협조하면 일이 훨씬 쉽게 풀릴 텐데." 그녀가 단풍나무 책상을 덮고 있는 유리를 손으로 쓸어내리며 날 안심시키듯 미소 지었다. "몰리라고 불러도 될까?" 나는 고개를 끄덕였다. 그녀가 날 어떻게 부르든 그게 대체 무슨 상관인가? "학생 기록부를 봤는데, 몰리 학생은 우리 학교 학생 중 가장 뛰어난 편이야. 성적 우수생에다가 테니스 부 일 학년 대표, 델타 델타 델타 회원까지. 학생은 말하자면 원하는 것은 얻어내고야 마는 사람이야. 하하, 내 생각에 학생은 아직 젊고, 이 문제를 해결하고 싶을 것 같은데, 나는 학생을 도와주고 싶어. 학생 같은 사람은 크게 될 수 있지." 그녀는 비밀을 이야기하듯 목소리를 낮췄다. "학생이 그동안 어려웠던 걸 알아. 출생도 그렇고, 간단히 말해 다른 여자애들같이 환경이 좋지 않지. 학생이 그 환경을 극복하고 올라온 게 참 대단하다고 생각해. 그러니까 이제부터 학생이 다른 여학생들이나 룸메이트하고 겪는 어려움에 대해서 얘기해봐."

"마니 처장님, 저는 여자애들과 관계 맺는 데 아무 문제가 없고요, 룸메이트를 사랑하고 있습니다. 그 애는 나를 행복하게 해줘요."

갈색 펜슬로 티나게 그린 그녀의 빨갛고 숱 많은 눈썹이 치켜 올라갔다. "페이 레이더 학생과의 이 관계는, 음, 성적인 관계인가?"

"섹스하는 사이죠, 그게 궁금하신 거라면요."

그 말에 그녀의 자궁이 무너져 내린 것 같았다. 그녀는 앞으로 몸을 들이밀며 빠른 속도로 내뱉었다. "일종의 비정상이라고 생각하지 않아? 그것 때문에 괴롭지, 학생? 결국에는 정상이 아니잖아."

"이 세상 사람들에게는 행복한 게 정상이 아니겠죠. 저는 행복합니다."

"흐음. 혹시 과거의 경험에 숨어 있는 무언가가 무의식 중에 학생이 이성과 건강한 관계를 맺는 걸 은밀히 방해하고 있을 수도 있지. 내 생각에 학생의 노력과 전문가의 도움으로 이런 장애물들의 정체를 밝히고 남성과 더 깊고 의미 있는 관계를 맺는 방법을 찾을 수 있을 것 같네." 그녀는 숨을 한 번 크게 들이쉬더니 예의 사무적인 미소를 지었다. "몰리, 아이를 갖는 걸 생각해본 적은 없어?"

"없어요."

이번에 그녀는 충격을 감추지 못했다. "그래, 알았어. 자, 내가 우리 학교 정신과 의사와 학생이 일주일에 세 번씩 볼 수 있게 예약을 해둘게. 물론 나하고도 일주일에 한 번씩 만나야 해. 학생이 이 고비를 넘기기를 응원하고 있다는 걸 알아주면 좋겠네. 내가 자네 편이라는 걸 기억해."

내게 화염 방사기가 있었다면, 그녀의 웃는 얼굴이 그녀의 머리칼만큼 빨개지도록 쏘아댔을 것이다. 하지만 내 가방에 화염방사기 따위는 없었으므로, 나는 차선을 택했다. "마니 처장님, 처장님도 결혼 안 하셨으면서 왜 저한테 그렇게 엄마가 되어보라는 둥 헛소리를 하시는 거죠?"

그녀는 앉은 채로 우물쭈물하면서 내 시선을 피했다. 나는 사회적 관례를 깼고 그녀를 궁지로 몰았다. "이 자리는 내가 아니라 학생의 문제를 의논하는 자리야. 기회는 많았지. 그런데 나는 주부가 되기보다는 일하는 게 중요하다고 결론을 내렸어. 나 때에는 많은 진취적인 여성들이 그런 선택을 할 수밖에 없었지."

"제가 무슨 생각하는지 아세요? 저는 처장님이 저랑 똑같은 레즈비언이라고 생각해요. 당신은 빌어먹을 벽장 요정이잖아요. 당신이 지금까지 십오 년이나 영문과 스타일스 교수님이랑 동거하고 있다는 걸 알고 있어요. 이거 다 교수님 평판 관리 하려고 하는 개소리잖아요. 썩을, 그나마 저는 솔직하기라도 하죠."

됐다. 그녀의 얼굴은 새빨갛게 타오르고 있었다. 그녀가 책상을 주먹으로 하도 세게 내리치는 바람에 온갖 것을 깔아 넣은 유리 덮개가 박살 나 두툼한 손이 베였다. "학생, 학생은 당장 정신과 의사한테 보내질 거야. 학생은 아주 명백하게 공격적이고 파괴적인 성격이라 지도가 필요

해. 도와주려는 사람한테 그런 식으로 이야기하다니. 생각
했보다도 훨씬 심각해."

방에서 들리는 소리에 비서들이 모여들었고, 마니 처
장은 대학 병원에 전화를 걸었다. 나는 대학 청원 경찰관
두 명에 의해 정신 병동으로 호송되었다. 간호사가 내 지
문을 채취했다. 지문을 현미경으로 관찰해 혹시 병균이
있는지 확인이라도 하려는 건지. 그런 다음 나는 간이침
대밖에 없는 방으로 옮겨졌다. 그들은 내 옷을 모두 벗기
고, 마릴린 먼로가 입어도 맛이 간 것처럼 보일 만큼 멋
진 가운을 입혔다. 문이 닫히고, 열쇠로 문을 잠그는 소
리가 났다. 형광등 불빛이 눈을 찌르고, 그 윙윙거리는 소
리는 정신과 치료 자체만큼이나 날 미치게 했다. 몇 시간
이 흐르고 터키 출신 정신과 의사 데미렐 선생이 나와 이
야기하기 위해 들어왔다. 그는 내게 정신적으로 혼란스럽
지 않느냐고 물었다. 나는 그에게 지금 정말 혼란스럽다
고 했고 이곳에서 나가고 싶다고 했다. 그는 내게 진정하
라며, 며칠 뒤면 나갈 수 있다고 해주었다. 그때까지는 내
가 괜찮은지 보기 위해서 나를 관찰할 거라고 했다. 사
적인 관찰은 절대로 아니며, 단지 관행에 따른 것이라고
했다. 그 후 며칠간의 나는 배우 베티 데이비스를 제치고
연기상을 탈 정도였다. 침착하고 쾌활하게 굴었다. 수염

을 기른 데미렐 선생의 번들한 얼굴이 반가운 척했다. 내 어린 시절과 마니 처장, 억눌러왔던 폭발 직전의 증오심에 관해 이야기했다. 매우 간단했다. 그들이 뭐라고 말하든 진지하고 집중하는 얼굴을 하고 "네"라거나 "그런 식으로 생각해보진 못했네요"라고 말하면 됐다. 나는 내 분노의 근원이 지난 일들에 있음을 보여주기 위해 끔찍한 이야기들을 만들어냈다. 꿈을 만들어내는 것도 중요하다. 그들은 꿈을 좋아한다. 나는 매일 밤 누워서 자지 않고 꿈을 생각해냈다. 매우 지치는 일이었다. 정신 병동보다는 평화로운 브로워드 관으로 돌아온 것은 일주일 만의 일이다.

기숙사로 가는 길에 들른 우편함에는 편지 두 통이 들어 있었다. 하나는 페이의 글씨로 쓰여 있었고 다른 하나는 은색, 파란색, 금색 테두리가 있는 걸로 봐서 나의 사랑스러운 델타 델타 델타 자매들이 보낸 편지였다. 그 편지를 먼저 뜯어보았다. 공식 서한으로서 종이 위에 초승달 모양의 인장이 박혀 있었다. 내가 클럽에서 제명되었다는 내용이었는데, 그들의 결정을 나도 이해하길 바란다고 써 있었다. 모두들 내가 회복되기를 바란다고 했다. 계단 위로 뛰어올라가 문을 열었더니 페이의 물건들이 모두 사라지고 없었다. 나는 휑한 침대에 앉아 페이의 편지를 읽었다.

내 다정한 연인 몰리에게

학교 상담사가, 아빠가 날 데리러 올 거라고 해서, 물건을 전부 싸야 해. 아빠가 이번 일로 심장마비를 일으킬 뻔했나 봐. 상담사와의 토할 것 같은 상담이 끝나자마자 집에 전화했더니 엄마가 받더라. 면도날을 삼킨 것 같은 목소리였어. 도대체 이게 무슨 일인지 제대로 설명 못 하면 아빠가 날 "일반인으로 고치기 위해서" 정신병원에 입원시킬 거래. 맙소사, 몰리, 다들 미쳤어. 다른 사람도 아닌 부모가 날 가둬버리겠다니. 엄마가 울면서 그러더라. 사랑하는 우리 딸을 위해서 최고로 좋은 의사를 구할 거라고. 그리고 자기가 무슨 잘못을 했냐고. 토 나와! 우린 이제 서로 못 볼 것 같아. 난 학교를 나가야 하는데 넌 지금 병원에 갇혀 있잖아. 마치 물속에 잠긴 것 같아. 도망가고 싶은데 움직일 수가 없고 주변에서 나는 소리가 파도처럼 머릿속으로 밀려들어왔다가 사라져. 너를 만나야 수면 위로 나올 수 있을 것 같아. 널 금방 만날 수는 없겠지. 병원에 가게 되면 널 영원히 못 볼지도 몰라. 몰리, 여기서 나가. 그리고 나가면 날 찾지 마. 우리한테는 시간이 없어. 모두가 우리에게서 등 돌리고 있어. 내 말 들어. 물속에 잠겨 있어도 보이는 게 있어. 여기서 벗어나. 도망가. 우리 둘 중에서는 나보다 네가 강하잖아. 큰 도시로 나가. 거기가 그래도 조금은 나을 거야. 자유롭게 살아. 사랑해.

페이가

추신: 통장에 남은 돈이라곤 이십 달러가 전부야. 네 속옷 서랍 위 칸에 있어. 오래된 잭 대니얼스 한 병도 넣어뒀어. 날 위해 건배해줘. 그리고 멀리 날아가.

하얀 팬티와 빨간 팬티 사이에 이십 달러가 놓여 있었고, 한참 아래에 잭 대니얼이 있었다. 나는 페이를 위해 건배한 다음, 내가 지나감에 따라 시계태엽 장치처럼 착착 문이 닫히는 기숙사 복도를 걸어 내려가 병에 든 나머지 술을 하수구에 따라 버렸다.

그다음 날 내 우편함에는 내 성적이 "아주 우수"하지만 "윤리적인 이유"로 내 장학금 지급을 중단한다는 장학금 위원회의 통보가 도착했다. 여학생 정부 스티커가 붙은 내 여행 가방은 팰머토야자벌레들과 함께 옷장 뒤쪽에 놓여 있었다. 나는 그걸 끄집어내 짐을 싼 뒤 잘 닫히지 않는 가방을 깔고 앉아 지퍼를 닫았다. 영어책을 빼고 나머지 책들은 모두 남겨두었다. 보고서들도, 미식축구 경기 일정표도. 내 마지막 남은 일말의 순수도 그 방에 버렸다. 나는 이상주의와 인간의 선한 본성 자체에 대한 믿음의 문을 영원히 닫았다. 그리고 내가 처음 이곳에 도착했을 때 걸어 들어온 바로 그 길을 따라 그레이하운드 버스 정류장으로 발걸음을 옮겼다.

인간의 조건1

내가 현관에 들어섰을 때 캐리는 두툼한 초록색 흔들의자에 앉아 있었다. "그대로 돌아서 당장 걸어 나가면 되겠다. 거기서 무슨 일이 있었는지 다 들었어. 여학생처장이 나한테 전화했었다. 그대로 그냥 그 엉덩짝 돌려서 나가."

"엄마, 엄만 그 사람들이 말해준 것밖에 모르잖아."

"네가 정신 나가서 엉덩짝을 그 따위로 놀리고 다녔다는 건 알아, 내가 뭘 몰라. 퀴어, 내가 퀴어를 키웠어, 나도 안다고. 농장에서 과일이나 따는 멕시코 불법 노동자들* 보다도 너가 더 질 떨어져. 알어?"

"엄마, 이해를 못 하는구나. 내 입장도 좀 들어보면 안 돼?"

---

*   fruit pickers, 기혼 이반남이라는 뜻도 있으나, 그런 뜻을 알고 사용하는 것 같지는 않다

"너 하는 말은 아무것도 듣고 싶지 않아. 넌 항상 못된 애였어. 누구 말도 들은 적이 없어. 내 말도, 학교 선생님 말도, 도대체 따르는 법이 없더니 이제 하나님의 법칙까지 거스르려고 드네. 여기서 나가서 계속 그러고 살아. 나는 너 필요 없어. 왜 굳이 여기까지 다시 처온 거야?"

"엄마가 내 유일한 가족이잖아요. 그럼 나더러 어디로 가라고?"

"그건 네 문제지, 이 싸가지 없는 년아. 앞으로 너한테는 친구도 없을 거고, 가족도 없어. 어디까지 가나 보자, 이 건방진 년아. 네가 대학도 가고 나보다 잘될 줄 알았지? 가서 부잣집 애들하고 어울릴 줄 알았지? 그리고 아직도 지가 잘난 줄 알아요, 아니야? 지가 역겨운 퀴어라는 게 아무렇지도 않은가 봐. 니 얼굴 가득 너 잘났다고 써 있어. 그래, 언젠가 너 꼬리 내리는 꼴 볼 때까지 꼭 살아 있고 싶다. 네 얼굴 보면서 웃어주게."

"그러면 내가 죽는 꼴 볼 때까지는 사셔야 할 텐데요." 나는 문간에 내려놓았던 여행 가방을 집어 들고 서늘한 밤공기 속으로 걸어 나왔다. 주머니 속에는 십사 달러 육 십일 센트뿐이었다. 페이 돈과 내 전 재산에서 버스표를 사고 남은 돈. 이 돈으로는 뉴욕까지 절반도 못 갈 것이었 다. 그리고 뉴욕이 바로 내가 가려고 하는 곳이었다. 퀴어들 천지인 뉴욕에 한 명쯤 더 간다고 소동이 일어나진 않을 테니까.

북동쪽으로 십사 번가를 따라 걸어 내려가서 일 번 국도까지 온 다음, 땅바닥에 여행 가방을 내려놓고 엄지손가락을 추켜올렸다. 아무에게도 내가 보이지 않는 듯했다. 뉴욕까지 걸어가야 할 것 같다고 생각하기 시작했을 때, 조지아 주 번호판을 단 스테이션왜건이 멈춰 섰다.

차 안에는 남자와 여자, 아이로 이뤄진 한 가족이 앉아서 나를 내다보고 있었다. 여자가 나에게 얼른 타라고 손짓을 했다. 그녀가 바로 말하기 시작했다. "남편이 어쩌다 오도 가도 못하고 있는 대학생일 거라고 생각했대요. 잠깐 여기까지 놀러 왔는데 돈은 떨어졌고, 그런 상황이에요?"

"네, 아주머니. 딱 그런 상황인데 아시다시피 여기까지 내려왔다고 부모님께 말씀드릴 수는 없어서요. 쓰러지실지도 몰라요."

남자가 낄낄거렸다. "애들이란. 어느 학교 다녀요?"

"아, 전 저 위쪽 뉴욕에 있는 바너드 대학교에 다녀요."

"어이구, 멀리도 가야겠다." 여자가 말했다.

"네, 아주머니. 그렇게 멀리까지는 안 올라가시죠?"

"안 가. 그래도 북쪽으로 조지아 스테이츠버러까지는 올라가요." 그녀가 웃었다.

"히치하이킹을 하다니 배짱 있네요. 여자애가 히치하이킹 하는 걸 본 적이 없어서." 그녀의 남편이 감탄하며 말했다.

"아마 돈이 떨어진 여자애를 본 적이 없으신 걸 거예요."

둘은 큰 소리로 웃더니, 불타는 청춘의 시대가 돌아오는 것 같다고 서로 맞장구를 쳤다. 그들은 친절한 사람들이었다. 가정적이고 평범하고 지루하지만 친절한 사람들. 그들은 남자가 한 명 이상 탄 차는 타지 말고 웬만하면 기다렸다가 여자 승객이 있는 차를 골라 타라고 주의를 줬다. 스테이츠버러의 걸프 주유소에서 나를 내려주면서, 남자는 내게 십 달러짜리 지폐를 한 장 내밀며 행운을 빌어줬다. 그들은 핵가족의 삶으로 돌아가 저녁노을 속으로 멀어져가며 내게 손을 흔들어주었다.

나는 수염틸란드시아로 잔뜩 덮인 고목 아래 자리를 잡았다. 서너 시간이 지났을까 마침내 차 한 대가 멈춰 섰다. 운전자는 내 또래로 보였고 멀끔했고 혼자였다. 글쎄, 녀석이 내게 무슨 짓을 하려고 한다면 나도 싸워볼 만은 했다.

"안녕, 어디까지 가려고?"

"뉴욕까지 쭉."

"어서 타, 너 땡잡은 거야. 나 보스턴 가는 길이거든."

나는 차체가 낮은 코르벳 안으로 들어가면서, 그가 정신병원에서 갓 풀려나온 사람은 아니기를 기도했다. 어쩌

194

면 기도는 그가 해야 할지도 몰랐다. 나야말로 막 정신병원에서 치료 감호를 받다 풀려나왔으니.

"난 랠프라고 해. 너는?"

"몰리 볼트."

"안녕, 몰리."

"안녕, 랠프."

"어쩌다가 히치하이킹을 하게 됐어? 위험한 일이잖아, 알고는 있어?"

"응, 알지만 그야말로 선택지가 별로 없었어." 나는 돈이 떨어지게 된 사연을 간단히 설명했다. 랠프는 키가 작고 근육질에 금발 곱슬머리였다. 그는 매사추세츠 공과대학교에서 핵물리학을 전공하고 있었다. 그는 다정하고 젊은 남자로 내게 호감을 보였지만, 예의를 차리느라 차마 들이대지는 못했다. 운 좋게 좋은 사람 차를 얻어 탄 것이었다. 나는 그저 떠들고, 그를 재미있게 해주고, 교대로 운전만 해주면 되었다. 그가 급히 돌아가는 길이어서 우리는 어쩌면 끔찍했을지 모를 모텔행을 건너뛰었다. 조수석 앞 사물함에 각성제가 한가득이었기 때문에 운전하다 졸 위험도 없었다. 우리는 동해안을 따라 올라가는 내내 끊임없이 이야기를 나눴다. 마침내 나는 양자론을 이해하게 되었고, 랠프는 이오시프 스탈린의 부상에 대해 알게 되었다. 마침내 홀랜드 터널에서 나왔을 때, 나는 뉴욕은 그 어떤 도시와도 다르다는 것을 깨달았다. 친구 하나 없이, 돈도 거의 없이 낯선 땅으로 나는 들어가고 있었다.

"몰리, 네 집 앞까지 데려다줄게. 난 괜찮아."

"고맙지만 좀 걷고 싶어. 뻔하게 들릴 텐데, 진짜로 그러고 싶어서 그래. 워싱턴 스퀘어에 내려주면 어때?" 무슨 쓰레기 같은 책 어딘가에서 워싱턴 스퀘어 공원이 그리니치빌리지의 중심지이고 그리니치빌리지는 동성애의 중심지라고 쓰인 걸 읽은 적이 있다. 랠프는 나를 워싱턴 스퀘어 아치 바로 앞에 내려주었다. 그는 내게 자기 주소와 키스, 쾌활한 작별 인사를 건네고 매연을 뿜으며 차를 몰아 사라졌다. 나는 그를 다시 불러 내가 이 괴물 같은 도시에 대해 아는 건 쥐뿔도 없다는 사실을 털어놓고, 학교를 뉴욕으로 옮기고 내 친구가 되어줄 수 없겠느냐고 하고 싶은 충동과 싸웠다.

기온은 영하 일 도쯤이었는데 내가 가진 것은 얇은 잠바와 크루넥 스웨터, 주머니에 든 이십사 달러 육십일 센트뿐이었다. 기대와 달리 워싱턴 스퀘어는 화려한 게이들로 바글거리지 않았다. 나는 오 번가를 걷기 시작하며 눈물을 참았다. 사방에서 사람들이 내 쪽으로 다가왔지만 아는 얼굴 하나 없었다. 사람들은 서로 밀치며 바삐 걸었고, 웃고 있기는커녕 옅은 미소조차 머금고 있지 않았다. 이건 도시가 아니라 지옥의 한 지부다. 네온사인이 내 두개골에 낙인을 찍는 공중 정원, 지옥이든 아니든, 나는 갈 곳이 없었으므로 여기 있어야 했다.

겨우 십사 번가까지 왔다. 메이즈 백화점, 클라인스 백화점으로 몰려가는 쇼핑객들에게 깔아뭉개질 게 뻔했다. 다시 워싱턴 스퀘어로 가려고 되돌아섰다. 적어도 그곳은 더 조용하다. 날이 저물고 산성비가 보슬보슬 내리기 시작했다. 벌써부터 콧구멍 속에 오염 물질이 덕지덕지 끼고 눈이 매연에 타는 것 같았다. 각성제발이 떨어지자 허기가 화물 트럭처럼 덮쳐왔지만, 음식에 돈을 쓰기가 두려웠다. 이 돈으로 방을 구할 수 없다는 것은 알고 있었다. 아무래도 공원의 분수대 안쪽에서 몸을 말고 자다가 얼어 죽을 판이었다. 추위 속에서 여행 가방을 들고 다니니 손이 갈라지고 피가 나기 시작했다. 발가락은 얼음 덩어리들이 되어 있었다. 양말 한 짝도 없었다. 플로리다에서 누가 양말을 신어? 어슬렁거리는 연인들 몇 쌍과 체스판이 붙은 탁자들 근처에 쓰러져 있는 취객 한 사람뿐, 워싱턴 스퀘어에는 인적이 없었다. 뒈져버리겠네, 이제 대체 뭘 어떡하지?

나는 뉴욕 대학교 쪽으로 가서 건물들을 살펴보고 모종의 기관 건물들이라는 것을 어렴풋이 짐작했다. 몰래 들

어가 잘 수 있을지도 모른다. 정문으로 들어가려고 해보
았지만 잠겨 있었다. 종종걸음으로 유니버시티 플레이스
거리로 나 있는 후문에 가보았다. 그 문도 잠겨 있었다.
글쎄, 체온을 유지하기 위해 밤새 이 구역을 뱅뱅 돌며 뛸
수는 있겠다. 몸을 틀자 망가진 허드슨 차가 보였다. 빨갛
고 검은 칠은 빛이 바래 있었으며, 앞부분은 우그러져 있
었고 바퀴도 다 훔쳐갔는지 휠만 남아서, 촉풀 오너츠라
는 가게 앞에 고꾸라져 있었다. 내 눈에는 아름다워 보이
는 어엿한 집이었다.

뒷좌석으로 기어 들어가려고 가까이 갔더니 누군가 차
지하고 있었다. 그러나 앞 좌석이 비어 있었고 핸들도 망
가져서 방해가 될 것 같지는 않았다. 나는 문을 열고 안으
로 스윽 들어갔다. 뒷좌석의 젊은 남자는 멋을 부리며 모
자를 들어 올렸다. "좋은 저녁이에요, 아가씨. 저랑 이 시설
을 나눠 쓰려는 건가요?"

"괜찮으시다면 그럴 생각이에요."

"저는 괜찮습니다." 그는 다시 모자를 척 내려 눈을 덮
고, 무거운 코트를 어깨 위로 잡아당긴 다음 잠에 빠져들
었다.

다음 날 아침, 나는 앞 좌석 쪽으로 몸을 빼 나를 쿡쿡
찌르는 그 남자 덕에 잠에서 깼다. "어이, 아가씨, 가자. 여

기서 나가야지. 이제 움직여보자고." 일어나 앉아 빛을 받은 그를 보았다. 그는 내가 본 사람들 중 속눈썹이 가장 길었다. 피부는 크림을 넣은 커피색이었고, 눈동자는 맑고 진한 갈색이었다. 그는 두꺼운 붉은 입술 위로 행복해 보이는 풍성한 수염을 가지고 있었다. 한마디로 말해 이 남자는 아름다웠다. 나는 여기가 어딘지 기억해내려고 애쓰는 동시에 동상으로 팔다리가 떨어졌는지 확인했다.

"가자, 네 가방 챙겨서 촉풀로 가자고. 거기 가면 우리한테 공짜로 먹을 걸 줄 언니가 있거든. 일어나봐!"

졸음에 겨운 학생들 한 무더기가 아홉 시 수업에 늦지 않으려고 허겁지겁 지나가고 있었다. 촉풀로 들어가는 회전문은 팽이처럼 돌고 있었고, 나는 너무 피곤해서 회전문이 두 바퀴를 돌고 나서야 빠져나왔다. 계산대 뒤편에 앉은 우리에게 파란 유니폼을 입은 종업원이 커피와 도넛을 가져다주었다. 그녀는 주문을 받는 척 끄적이면서 내 룸메이트에게 윙크를 날렸다. "새 여자 친구야, 캘빈?"

"아닌데. 나는 여자 안 좋아해." 그가 그녀에게 윙크로 답해주었다.

나는 그를 반가운 눈빛으로 바라봤다. "너 게이야?"

"오, 게이라고는 안 하겠어. 신비로운 축복을 받았다고 할까."

"나도 그래."

그는 안도의 한숨을 내쉬며 씩 웃었다. "딱 좋아. 난 또 낙태나 그 비슷한 거 하러 여기까지 온 이성애자 계집애인 줄 알고 걱정했지. 그럼 챙겨줘야 하니까."

"왜? 무책임한 이성애의 결과물을 보통 그렇게 챙겨줘?"

"가끔씩은."

"그 차에서 잔다는 건 네 한 몸 제대로 건사하기도 힘들다는 거잖아."

"집세 아낄 수 있잖아. 사실 어젯밤 네가 거기서 날 만난 건 운이 좋았던 거야. 보통 나를 집에 데려가는 아무나 따라가서 그 집에서 자거든. 아침도 그런 식으로 먹을 수 있지. 넌 그럴 생각은 하지 않는 게 좋아. 레즈비언들은 보통 그렇게 길거리에서 만난 사람을 집에 데려가지는 않으니까. 몇 군데 가볼 만한 바가 있는데 오늘 밤에 가보자. 어쩌면 너, 운이 따라줄 수도 있겠다. 별로 어렵지 않을걸, 미모도 되고, 나이도 어리니까. 그 둘은 돈 주고도 못 산다고."

"괜찮다면 그건 사양할게."

"아, 알겠다. 너는 사랑할 때만 하는구나."

"어⋯⋯. 응."

"계속 그 차에서 엉덩이 시리게 자고 싶어?"

"아니."

"그럼 몸을 약간은 써야 돼, 자기야." 그가 내 팔꿈치를 살짝 꼬집었다.

그날 남은 시간 내내 캘빈은 내게 지하철 체계와 도시 구조, 슈퍼마켓이나 작은 음식점에서 음식 훔치는 법, 심지어는 노점에서 핫도그 훔치는 법까지 가르쳐주었다. 우리는 그리니치빌리지를 구석구석 돌아다녔고 그는 나를 거리의 사람들에게 소개해줬다. 잘 차려입은 불법 복권도박단 모집책과 창녀, 중간중간 마약상도 있었다. 그들이 마음에 들었다. 그들만이 내게 웃어준 사람들이었다.

"몰리, 돈은 좀 있어?"

"이십사 달러 육십일 센트 있어."

"몸을 팔지 않는 이상, 저 먼지 더미 위에 서 있는 아파트는 도저히 구할 수가 없어요, 아가씨. 그런데 내가 말이야, 삼십 분에 딱 백 달러를 벌 수 있는 방법을 아는데. 섹스할 필요도, 아니 옷 벗을 필요도 없어. 해볼래?"

"조건부터 말해봐."

"로니 래퍼포트라는 남자가 있는데, 자몽 변태야. 그 오빠는 그렇게 자몽에 얻어 터져야 사정을 해."

"장난치지 마, 캘빈."

"아니, 진짜라니까. 그게 그 사람 방식이야. 그 남자 아파트로 가서 자몽을 그 남자한테 던지기만 하면, 너한테 백 달러를 현찰로 줄 거야. 그런데 거기에는 조건이 있어. 매번 새로운 사람이어야 한다는 거야. 너무 아쉽지. 그것 만 아니었으면 내가 밤마다 가서 그 인간한테 노란 자몽 을 던졌을 텐데."

"그 남자는 그 돈을 어떻게 감당하는데?"

"그 사람 아빠가 퀸스 쪽에 큰 백화점을 갖고 있다고 하더라. 알 게 뭐야. 준비됐어?"

"준비, 땅!"

"너네 응원단에서도 그런 말 썼어?"

"다들 하는 거 아닌가."

"너 치어리더였어?"

"아니 치어리더랑 사귀었었지."

"우어, 나는 미식축구 선수랑 만났었는데."

"그래? 우리 미국 대표 퀴어네."

캘빈이 웃음을 터뜨리더니 춤을 추며 빨간 공중전화 부 스로 갔다. 하루치 폐지, 담배꽁초들, 갓 눈 오줌으로 가 득 차 있는 부스 속에 들어가 로니에게 전화를 걸었고, 거 래는 성사되었다. 오늘 밤에 와도 괜찮다는 거였다.

"이 아저씨가 말 그대로 전화기를 뚫고 나오려고 하더 라. 네가 열여덟 살에 귀엽고 어쩌고 하면서 내가 입을 좀 털었더니."

"좋네, 내 나이를 생각해서 보너스 줄지도."

"로니가 남자라서 유감이네. 아니, 너한테는 말이야. 여자였으면 너도 좀 꼴릴 텐데, 내 말 무슨 뜻인지 알지."

"그레타 가르보였어도 내가 오렌지 같은 걸 던져야 된다면 안 꼴릴 것 같은데."

로니는 허드슨 강변에 거대한 복층 아파트를 가지고 있었다. 천장 전체가 채광창이었고 가구들은 비싼 스테인리스 제품이었다. 얼굴만 보면 그가 자몽에 빠진 사람인지 알 수 없었다. 과일 모양 펜던트가 달린 목걸이를 걸고 있지도 않았고, 씨앗들을 수놓은 셔츠를 입지도 않았다. 그는 나와 악수를 하고 옆방으로 나를 데려갔다. 캘빈은 커다란 거실에서 기다리면서 배를 먹었다. 나는 사진작가의 스튜디오처럼 생긴 넓은 방에 들어갔는데, 스튜디오와 다른 게 있다면 마치 포탄처럼 쌓아놓은 엄청난 양의 자몽 무더기 외에는 아무것도 없다는 점이었다. 로니가 옷을 벗었다. 그는 탄탄한 근육질이었고 앙가슴에는 털이 곱슬곱슬 뭉쳐 있었다. 그는 방 끝으로 걸어가더니 오들오들 떨며 섰다. 이제 커다란 바나나 모자를 쓴 카르멘 미란다*가 문을 벌컥 열고 들이닥칠 차렌가? 내가 주저하자 그는 점잖은 목소리로 말했다. "좋아요, 아가씨. 난 준비됐어요."

그래서 나는 자몽을 집어 들어 그를 향해 던졌다. 젠장, 빗나갔다. 자몽이 벽에 부딪치면서 터졌다. 생각보다 어려운 것 같은데. 나는 다시 하나를 집어 들어 주의 깊게 그를 겨냥했다. 철퍼덕! 정확히 중간을 맞혔다. 그는 즐거운 비명을 지르며 발기했다. 나쁘지 않았다. 나는 던지는 걸 좋아하니까. 어느새 나는 로니를 맞히는 일에 완전히 몰입했다. 나는 그의 좆을 겨냥했다. 명중. 그는 아주 좋아했다. 그의 왼쪽 어깨를 겨냥했다. 살짝 스치기만 했다. 나는 남북전쟁 때 머내서스 전투에 참여한 남부군 스톤월 잭슨 장군의 포병대처럼 자몽을 마구 발포하기 시작했다. 퍽, 철퍽, 철써덕. 로니는 다친 개마냥 울부짖기 시작했고 나는 그의 허벅지와 섬유질로 뒤덮인 자지에 집중하며 더욱 세게 던지기 시작했다. 자몽이 마지막 한 줄밖에 남지 않자 나는 그를 만족시키려면 자몽이 더 필요할지도 모르겠다는 걱정이 들기 시작했다. 로니는 자기를 아주 잘 알고 있었다. 내가 남은 자몽 네 개 중 하나를 집어 들었을 때 그가 포물선을 그리며 끈적한 액체를 내뿜고 기쁨에 탈진한 듯 바닥에 쓰러졌던 것이다. 나는 마치 이차 대전 때의 벌지 전투에서 한 손으로 이긴 기분이 들었다. 그를 일으

<hr />

*   Carmen Miranda, 1940년대에 과일을 산처럼 쌓아 올린 모자를 쓴 이미지와 라틴 아메리카풍 노래로 미국에서 인기를 끌었던 가수이자 배우

켜주러 다가갔다. "몰리, 정말 대단한 팔을 갖고 있구나." 분홍색과 하얀색 섬유질에 뒤덮인 채 그는 내 정확도가 선사한 즐거움에 대해 속삭였다. 자몽을 싫어하지만 않았다면 당장 그의 몸에 묻은 자몽을 핥아먹었을 텐데, 아깝다. 나는 배가 너무 고팠다.

"괜찮았어요, 로니?"

"환상적이야. 그냥, 환상적이야."

"음, 그랬다니 기쁘네요. 제가 더 있을 필요가 없으면 이만 가볼까 해서요."

"아, 물론. 돈 받아 가야죠. 한 푼도 아깝지 않아. 이렇게 잘 던지는 사람은 뉴욕 메츠 팀 야구선수 이후로 처음 보네요." 그는 자리에서 일어나 캘빈이 배 한 사발을 싹 먹어치운 옆방으로 건너갔다. 로니는 내게 빳빳한 이십오 달러짜리 지폐를 다섯 장 내밀었다. "캘빈, 이렇게 사랑스러운 사람을 데리고 와줘서 고마워. 이 사람 너무너무 완벽했어. 가끔 놀러와요, 몰리. 똑같은 사람이랑 두 번은 못 하는데, 종종 와서 나랑 얘기나 하죠. 괜찮은 친구 같은데."

우리가 거리로 나섰을 때, 추위가 두 배쯤 심해진 느낌이었는데, 아마 배가 너무 고파서 더 그랬던 것 같다. "그 배를 혼자 다 먹냐, 돼지야. 배고파 죽겠다. 힘들게 번 돈 다 안 쓰면서 뭐 좀 먹을 수 있는 데 없을까?"

"무료로 먹을 수 있는 데 알아. 가자."

우리는 피날레로 갔다. 알고 보니 캘빈이 거기에서 일하는 웨이터와 예전에 만났던 적이 있어서, 그가 우리에게 몰래 스테이크를 가져다주었다. 나는 위가 너무 쪼그라들어 있던 나머지 절반밖에 먹지 못했다. 우리는 남은 음식을 종이봉투에 포장해 다시 추위 속으로 돌아왔다.

"나 다시 그 차로 가서 덜덜 떨 자신이 없다. 나한테 말한 그 바에 가보자."

우리는 팔 번가로 가서, 여느 가게들처럼 흑백 줄무늬 차양이 달린 조용해 보이는 곳으로 들어갔다. 안은 여자들로 가득했고, 일반 남자들도 드문드문 보였다. 우리는 바 쪽으로 비집고 들어갔다.

"하비 월뱅어 두 잔!" 캘빈이 소리쳤다. "네가 번 돈 좀 써도 될까?"

"그럼, 네가 구해준 일인데 네 몫도 있지."

"아니 괜찮아. 난 그냥 한두 잔만 마실게. 그러고 나서 나도 오늘 밤에 지낼 데를 찾아서 좀 움직여야지. 그 차는 너무 추워서. 우선은 너랑 맞을 사람이 있는지 한번 보자. 누가 알아, 밖에서 잘 필요 없이 어떤 숙녀분이 친절하게 널 재워줄지. 오, 저기 너한테 돌진해 오는 불 다이크*가 있네. 세상에, 저 여자랑 자면 죽여줄 것 같다."

아니나 다를까 이 디젤 다이크는 나한테 곧장 밀고 들어오더니 급정차 후 낮은 목소리로 말을 걸었다. "안녕, 내 이름은 천하무적 마이티 모야. 이 동네 새로 왔나 봐요, 한 번도 본 적이 없는 얼굴인데."

"네, 선생님. 새로 왔어요." 이럴 수가, 모는 모지리의 '모' 인가 보다.

"선생님? 아니, 둘 다 남부에서 올라왔나 봐요. 하. 하."

그 여자가 그렇게 빌어먹게 크지만 않았으면 바로 한 대 쳤을 거다. 북부 양키들은 남부 사투리를 흉내 내야 한 다는 무슨 신비로운 힘에 조종이라도 당하는 것 같은데, 빌어먹게 멍청해서 테네시 쪽의 느린 말투와 찰스턴의 끝 을 흐리는 습관도 구분할 줄 모른다.

"네, 전 플로리다에서 왔어요."

"아니, 대체 무슨 생각으로 그랬어요. 그 따뜻한 햇볕을 두고 차가운 마녀 젖꼭지처럼 추운 이 북쪽까지 왜 올라 왔지?" 웃음소리가 더 커졌다.

"차가운 마녀 젖꼭지가 좋아 보여서요."

그녀는 내 대답이 재치 있다고 생각했는지 배를 잡고 웃다가 나를 칠 뻔했다. "그거 좀 웃기네. 젖꼭지 얘기 한

*　통상적으로 일반 부치보다 남성적으로 행동하는 레즈비언을 칭한다

김에, 부치예요, 펨이예요?"

나는 캘빈을 돌아봤지만, 그가 내게 힌트를 줄 새도 없었다. "무슨 말씀이세요?"

"마이티 모 앞에서 내숭 떨지 말고, 이 남부에서 온 미녀 아가씨야. 메이슨딕슨선* 남쪽에도 부치랑 펨은 있지 않아? 당신이 되게 매력적이라서, 좀 더 알아가고 싶은데, 네가 부치면 형제끼리 손잡고 다니는 꼴이 되지 않겠어?"

"운이 안 좋네요, 모. 미안해요." 미안하긴 개뿔. 그녀가 무심코 다 설명을 해버려서 천만다행이었다.

"감쪽같이 속았네. 펨일 줄 알았는데. 이제 부치랑 펨도 분간이 안 가다니 세상이 어디로 가려고 이러나. 하. 하." 그녀는 내 등짝을 형제끼리 하듯이 형제애 넘치는 손길로 철썩 때리더니 어슬렁어슬렁 멀어져갔다.

"이건 무슨 어처구니없는 상황이야?"

"여기 계집애들은 대체로 부치랑 펨으로 나눠. 남자, 여자랑 비슷해. 안 그러는 사람들도 있지만, 이 바에 오는 사람들은 역할 나누기가 훨씬 심해. 그리고 여기가 내가 유일하게 아는 레즈비언 바야. 나는 네가 그런 거 다 아는 줄 알았지, 아니면 덜컥 데리고 오지 않았을 텐데."

*   Mason-Dixon line, 미국에서 남북전쟁 이전 노예제가 합법화된 주와 아닌 주를 나누던 경계선

"살면서 들은 제일 미쳤고 제일 멍청한 소리다. 남자 흉내를 낼 거면 뭐 하러 레즈비언을 해? 망할, 내가 남자를 만나고 싶으면 남자인 놈을 찾겠지, 이런 목수 같은 여자들 말고. 그러니까 캘빈, 레즈비언이라는 건 여자를 사랑해서잖아. 너도 여자같이 생긴 남자들을 좋아하는 게 아니잖아, 아니야?"

"아, 나는 자지만 크면 나머지는 그렇게 따지는 편이 아니어서. 난 사이즈 퀸이거든."

"망할. 난 둘 다 아닌데. 젠장 어떡하지?"

"여기까지 온 이상, 따뜻하게 자려면 한쪽을 고르는 게 좋겠다."

"젠장."

"에이, 얼른 골라봐, 하룻밤만 넘기면 되는데 뭐 어때."

"내가 보기엔, 내가 펨이라고 하면 전 세계의 마이티 모 같은 애들이 나한테 달려들 것 같고, 부치라고 하면 술을 사줘야 하잖아. 어느 쪽을 골라도 망할 것 같은데."

"인간의 조건이란."

"으, 안 돼, 또 하나 온다. 으흠, 좋은 점은 여자인 것 같다는 거고. 못해도 마흔은 돼 보이고, 술 취해서 완전히 맛이 갔네. 빌어먹을, 젠장, 썩을. 도저히 못 하겠어. 제발 캘빈, 빨리 도망가자."

다시 거리로 나오니 이 도시에 적응하고 있다는 기분이 들었다. "이봐, 나 다시 그 차로 가려고. 너는 가서 잘 낚아봐. 내 걱정은 말고. 강간범들이 배회하기에는 날씨가 너무 춥네. 어쨌든 그 새끼들은 나한테 부치인지 펨인지 묻지 않겠지."

"됐어, 나도 그렇게 몸 팔 기분은 아냐. 임질에 걸린 것도 같고. 같이 차에 가자."

"내일 아침에 내가 방 알아볼 테니까 거기서 같이 살자. 다음부터는 차에서 안 자는 걸로. 알았지?"

그날 밤, 혹독한 추위에 가방에서 옷가지를 몇 점 꺼내 캘빈과 나눠 덮어봤지만 별 소용 없었다. 우리는 결국 자기를 포기하고 뒷좌석에서 껴안은 채로 날이 밝아 촉풀이 열려 따뜻한 커피에 몸을 녹일 수 있기만을 기다렸다.

"캘빈, 너는 어쩌다가 이런 길거리에서 살게 됐어?"

"너는 어쩌다가 이렇게 길거리로 나오게 됐는데?"

"너 먼저."

"딱히 할 말 없는데. 원래는 필라델피아에 살았어. 식구 수는 조금 많았지. 나, 형, 여동생, 내가 둘째였어. 우리 형은 운동을 엄청 했는데 나는 형이랑 달랐어. 나는 학교에서 하는 모든 연극 수업에서 연기를 했고 그게 내가 하고 싶은 일이라고 생각했지. 우리 가족들은 그걸 별로 안 좋아했고. 그런데 학교에서 어떤 애들이 나한테 돈을 주고 그걸 해달라고 시키기 시작했지. 걔네는 나를 '아프리카 여왕'이라고 불렀어. 젠장, 그 학교 남자애들은 거의 다 내가 한두 번 이상 빨아줬는데, 들킨 거지. 완전 대형 사고였어. 엄마가 예수님을 부르기 시작하고, 아빠는 내 대갈통을 박살 내버린대고. 나는 울면서 달라지겠다고, 이성애자가 되겠다고 별 염병을 다 떨어서 살아남았지. 젠장, 내가 여자애 하나를 임신시키지 않았겠니. 뭐, 그게 그 인간들이 원하는 것 아니었겠어? 그런데 나는 변한 게 아무것도 없더라. 나는 여전히 남자가 좋았어. 그 여자애는 착하고 다 좋은 애였지. 그 여자랑 결혼하고 자식을 낳고 할 수도 있었을 것 같아, 남자도 계속 만날 수만 있었다면. 그런데 너도 알 거 아니야, 사람들이 얼마나 멍청한지. 이성이랑 몇 번 섹스해주면, 그럼 바로 이성애자 자격증이 나오는 거야. 뒈지겠더라! 휴, 엄마 아빠가 이제 그 여자애랑 결혼하라고 성화인 거야. 내가 왜 여자랑 결혼을 해. 그래서 도망쳐서 여기 온 거야. 나도 여기서 지낸 지 한 달쯤 됐어. 그 여자애 생각은 하지, 이름이 팻이었는데, 그래도 돌아가서 걔랑 결혼하지는 않을 거야." 그는 잠시 말을 잇지 못하다가 내게 물었다. "너도 내가 걜 버렸으니 쓰레기라고 생각해?"

"걔를 똥 치는 막대기 하나 안 쥐여주고 시궁창에 처넣은 건 맞지, 캘빈. 애 때문에 개 인생은 발목 잡혔잖아. 너는 아무 일도 안 당하고 빠져나왔고."

"그래, 나도 알아. 그런데 거기로 돌아가서 팻이랑 결혼하면 직장을 다녀야 해. 내 머리도 다른 사람들처럼 갈려나갈걸. 우리 아빠는 학교 선생님이야. 아빠는 자기가 청소원들보다 낫다고 자기가 뭐라도 되는 줄 알아. 하지만 아빠도 별거 없어. 남들처럼 직장 다니고, 길을 걷고 있으면 남들하고 똑같은 깜둥이지. 눈 한쪽은 멀었고, 반대쪽도 잘 안 보여. 나는 그런 식으로는 살고 싶지 않아."

"이 난리 났을 때 팻한테 낙태 얘기는 안 해봤어?"

"당연히 했지. 비명을 지르고 흥분해서 살인이라며, 이건 우리 사랑의 결실이라고 떠들더라. 그 말에 토할 뻔했다니까. 개념이 없더라고. 모성이 자기를 무슨 천생 여자로 만들어줄 거라고 생각하더라니까. 고 작은 괴물이 한밤중에 울 때 돼봐야지. 그제야 내 말 들을 걸 후회하겠지. 내가 당연히 자기랑 결혼하고 자리 잡아서 동화 같은 가정을 꾸리고 언젠가 월간 《에보니》에 우리 사진이 실릴 거라고 믿고 있었다니까. 돌겠더라."

"뼈아픈 교훈을 얻겠군. 네가 그 사람 생각을 바꿔보려고 했다니 다행이지만, 그게 그 사람의 한계인가 보네. 그런 여자애들이 있잖아. 결혼해서 애 보기 전에는 자기가 아무것도 아니라고 생각하는 애들. 어쨌든 애는 얻었네, 결혼 생활은 못 하게 됐지만."

"너는 어쩌다가 여기 오게 됐어? 아직 네 이야기는 못 들었네."

나는 끔찍했던 지난 일들을 세세히 들려주었다.

"젠장, 이렇게 하랬다가 또 저렇게 하랬다가, 다들 그러지 않아? 어딜 가도 자기들 사이에 퀴어가 있는 건 싫은가 봐. 백인들도, 흑인들도. 중국인들도 자기들 중에 퀴어가 끼어 있는 건 싫어할걸."

"사람들이 뭘 바라든 내 알 바 아냐, 캘빈. 나는 내가 바라는 것만 생각해. 다 지옥에나 가라지."

"그래, 나도 그렇게 생각해."

"야, 해 뜨네. 오늘 촛풀 일찍 열었으면 좋겠다. 잊지 마, 난 오늘 집 보러 다닐 거야. 너도 같이 갈래?"

"내가 오늘 뭐 할 건지 알아? 나 오늘 고속도로로 나가서 캘리포니아까지 히치하이킹 할 거야. 진짜야. 네가 플로리다에서 여기까지 올라왔으니 나도 샌프란시스코까지 히치하이킹 할 수 있겠지. 같이 갈래?"

"그러고 싶긴 하다. 그런데 이상하게 들릴 수도 있겠지만, 캘빈, 나 왠지 이 지저분한 도시에 한동안 있어봐야 할 것 같아. 얼마나 오래일지는 모르겠지만, 여기 있어야겠어. 여기서 성공을 하든지 아니면 뭐라도 해봐야 할 것 같아. 옛날 동화에 보면 어린아이가 못된 형들의 계략으로 유산을 뺏기고 나서, 성공하겠다고 모험 길에 오르고 그러잖아?"

"맞아, 기억나는 것 같아. 장화 신은 고양이 같은 거?"

"응, 그런 거."

"글쎄, 난 샌프란시스코에서 성공해 보이겠어."

마침내 촉풀이 열렸고 우리의 웨이트리스는 맛있는 음식들을 가져다주었다. 우리 둘 다, 그날 하루를 시작하고 싶지가 않아서 도넛을 커피에 적셔 오래도록 먹었다. 하지만 끝내 쿠션이 얇은 그 의자에서 일어나야만 했다. 거리에 서서 우리는 마주 보고 오른손을 천천히 내밀었다. 의식에 가깝게 느껴지는 아주 정중한 악수였다. 우리는 서로 행운을 빌어준 다음, 뒤돌아서 각자의 성공을 향해 출발했다.

인간의 조건2

웨스트 십칠 번가의 강변에 낡은 아파트를 구했다. 욕조는 부엌에 있었고 전기는 직류에, 벽은 몇십 년에 걸쳐 마구잡이로 덧입힌 페인트와 벽지가 벗겨지면서 갖가지 색이 겹겹으로 드러난 곳이었다. 월세는 한 달에 육십이 달러 오십 센트. 첫 번째로 들여온 가구는 누군가 감사하게도 길에 버리고 간 싱글 매트리스였다. 나는 이 매트리스를 끌고 오 층 계단을 올라와 닿아도 될 만큼 깨끗하다는 생각이 들 때까지 두들겨 털었다.

그다음 날 나는 플릭에서 토끼 의상을 입고 아이스크림과 햄버거를 서빙하는 일을 구했다. 월세는 낼 정도로 급여를 받았고, 음식도 식중독 균이 득실거리는 시궁창 같은 그 일터에서 양껏 훔쳤다. 지하철비와 잡비를 제하면 일주일에 오 달러 정도 여윳돈이 생겼다. 나는 그 돈을 꿍쳐놨다가 주말에 바에 가는 데 썼다. 뉴저지에서 온 비서가 브롱크스에서 온 비서와 만나 영원토록 행복하게 잘 살게 되었다더라는 바 말이다. 뉴올리언스 매춘업소의 불그죽죽한 장식을 단 슈가스 바의 연철 난간 옆에 서서, 다음 주부터는 오지 말아야겠다고 다짐하곤 했다. 나는 좀처럼 요령을 터득하지 못해서, 여자에게 다가가 같이 춤추자고 말하는 게 너무도 바보같이 느껴졌다. 그리고 내게 다가와서 춤추자고 하는 사람들은 하나같이 가게 밖에 커다란 맥 트럭을 주차해놓은 사람들뿐이었다. 뼛속까지 지루했지만 달리 어디로 가야 할지 알 수가 없었다. 그래서 나는 주말마다 한 주 전의 다짐을 저버리고 돌아와 또 그 연철 난간에 기대서 여자들을 바라보았다.

어느 금요일 밤, 슈가스의 붉은 벨벳 자궁에 가는 신세를 면하게 됐다. 어떤 젊은 여자가 더플릭에 나타나 초콜릿 칩 아이스크림과 에스프레소를 주문한 것이다. 그녀는 내 눈을 똑바로 쳐다보며 말을 걸었다. "그런 몸매라면 홀서빙 말고 다른 일을 해봐야죠."

"누구요, 저요?" 나는 아이스크림을 그녀의 가랑이 사이로 떨어뜨릴 뻔했다.

"당신이요. 일 언제 끝나요?"

"열두 시요."

"제가 열두 시에 데리러 올게요."

하나님 맙소사. 내가 방금 키가 백팔십 센티미터도 넘는 환상적인 여자에게 선택받은 것이다. 맙소사. 드디어 뉴욕이 내 운을 틔워준 걸까 생각했다.

열두 시가 되었고, 그녀가 나폴레옹칼라가 달린 검고 긴 망토를 걸치고 나타났다. 그 옷을 입은 그녀는 더욱 커 보였고, 높은 칼라 때문에 그녀의 둥그런 눈썹 아래 완벽한 코가 더욱 돋보였다. 그녀의 이름은 홀리였다. 나이는 스물다섯, 일리노이에서 태어나 주변 시선을 즐기는 것 외에는 별다른 야망이 없어 보였다. 그녀는 나에게 더플릭에서 사람을 구하는지 물어보았다. 자리가 있었고, 바로 다음 날 홀리는 레오타드를 입은 그녀의 34 시컵 가슴에서 눈 못 떼고 침 흘리는 거머리 래리에게 채용됐다. 홀리와 나는 동 시간대 같은 구역에서 일했다. 버는 돈의 반은 나에게 쓰는 게 분명했지만, 그녀는 돈에 관심이 없는 듯했다. 나에게 쓰는 걸 본인이 개의치 않는 한 나도 괜찮았다. 저녁 근무가 없는 날이면 우리는 시내의 모든 공연을 보러 다녔고, 보고 싶은 것이 없으면 그녀가 내 방문 앞까지 나를 데려다주고 작별 키스를 하고 검은 망토를 휘날리며 떠났다. 그녀의 정체를 도통 종잡을 수가 없었다.

좀 꾸밀 필요가 있는 것 같다고 생각한 나는 실안개가 낀 이른 아침에 피코트를 걸치고 주머니에 일 달러도 안 되는 돈을 가지고 나왔다. 두 시간 뒤, 나는 마담 로샤스 향수 한 병, 면도 크림 한 통, 격주간지 《뉴욕 서평》, 주간 《버라이어티》, 리세스 피넛 버터 컵 초콜릿 세 개, 스테이크 한 덩이, 내 셔츠를 초록색으로 물들이고 간을 얼어붙게 만든 냉동 시금치 한 팩, 면도날 몇 개, 아이섀도, 마스카라, 그리고 사인펜 한 자루를 가지고 돌아왔다. 그날 밤 일을 하러 갈 때, 나는 아이섀도와 마스카라를 하고, 마담 로샤스 향수를 뿌렸지만, 홀리는 눈치를 채지 못했거나, 아니면 내가 그런 전투적 화장은 하지 않아도 괜찮다고 생각했던 것 같다.

열두 시에 일이 끝나고, 그녀가 나를 칠십이 번가의 새로운 바, 펜트하우스에 데려갔다. 거기에 들어가려면 비싼 회원증을 가지고 있어야 했는데, 홀리가 회원증을 내밀었다.

"홀리, 어디서 돈이 나서 그걸 샀어?"

"산 거 아냐. 어떤 여배우가 나한테 줬어."

"아주 착한 분이신가 봐."

"그런 편이라고 볼 수 있지. 내 애인이야."

"아."

"돈 받고 만나주는 여자 말이야. 혹시 그런 거라고 생각했니?"

"아무 생각도 안 하고 있었는데. 나중에 그건가 하고 생각하게 됐을 것 같긴 하네."

"내 소름 돋는 비밀을 알게 됐으니……." 그녀가 짐짓 공포에 떠는 목소리를 흉내 냈다. "너 이제 나 영원히 안 볼 거야?"

"아니. 그런데 돈도 있으면서 대체 왜 그 소금광산에서 일을 하고 있는 거야?"

"현실을 상기시켜주거든."

"누가 그런 현실을 원해? 나는 평생 그런 현실 속에서 살았어. 다른 종류의 현실에서 살았으면 좋겠다고."

"그게 잠시 동안은 재미있어. 여행이랄까."

"어. 그래서, 그 여배우는 누군데?"

"마리 드레슬러라고 얘기하면 믿을래?"

"그 사람은 죽었잖아. 나 놀려? 사실 내가 제일 좋아하는 여배우이기는 하지. 말해봐, 누구야."

"킴 윌슨."

"뻥이지?"

"아닌데."

"어떻게 만났어?"

"말하자면 길어. 그 얘긴 꺼내고 싶지 않아. 아무튼 그 사람은 마흔이 넘었지만 괜찮아. 그 사람을 만나고 싶다면 크리사 하트, 그 왜 고고학자 있잖아, 그 사람 집에서 큰 파티가 있을 거거든. 거기 킴하고 같이 갈 건데, 너도 같이 가도 괜찮아. 크리스가 그 파란 눈동자로 너를 주시할 때까지 기다려봐. 볼만하겠지."

"뻔하지 뭐. 나이는 일흔에다가, 리프팅 시술은 다섯 번 받았고, 가는 곳마다 다이아몬드를 주렁주렁 달고 다니는 여자겠지."

"다이아몬드를 주렁주렁 달고 다니기는 하지만, 사십몇 살인데, 음, 관리를 아주 잘한 편이지."

"훌륭해. 비결이 뭐지, 욕조에 술을 가득 부어놓고 그 안에서 자기? 나 인간 장아찌한테 사랑받게 되는 거야? 너 참 대단한 친구다, 요양원 노인네들도 소개해주고."

"그저 널 짓누르는 가난에서 벗어나게 도와주고 싶을 뿐이야, 자기야. 중년 부인들 얘기는 그만하고 싶다. 춤추자."

우리는 기다란 바를 지나 사람으로 꽉 차 있는 돌로 만든 벽난로가 있는 방, 그다음 방을 지나 마침내 천장에서 미러볼이 사방으로 반짝이는 거대한 정사각형 무대에 다다랐다. 그토록 화려하고 손님들이 브로드웨이 사람들이 었는데도 그곳 분위기는 편안했다. 다른 여자들과 남자들이 우리에게 말을 걸고 술을 사주며 파티에 초대했다. 창밖으로 하늘이 밝아오는 걸 보기 전까지 우리 둘 다 시간 가는 줄 모르고 있었다.

"저것 봐. 아름다울 때도 있구나, 이 도시가. 새벽 네 시는 됐을 텐데 하나도 안 피곤해." 내가 말했다.

"나도 마찬가지야. 여기서 몇 블록만 가면 우리 집이야. 우리 집에 같이 안 갈래?"

아하. 드디어.

홀리는 웨스트앤드 거리에 있는, 천장에 구식 쇠시리가 가득 붙어 있고 쪽 마루를 깐 널찍한 아파트에 살았다. 괴물같이 큰 은색 페르시안 고양이 거트루드 스타인이 우리를 문 앞에서 맞았는데, 이 고양이는 홀리가 늦게까지 들어오지 않아서 잔뜩 화가 난 상태였다. 우리는 아파트 곳곳을 돌아다니며 고양이가 표시한 불만족의 흔적을 발견했다. 씹힌 슬리퍼, 갈가리 찢어진 양탄자 모서리. 우리는 화장실을 지나며 거트루드 스타인이 휴지걸이에서 두루마리 휴지 하나를 모조리 풀어놓은 것을 발견했다.

"꼭 이렇게 복수를 해?"

"응. 그런데, 이젠 쟤가 날 놀래는 게 기대가 된다니까. 있잖아, 우리 당연히 침실로 가서 섹스하는 거 맞지?"

"그럼."

"그럼 왜 이렇게 천천히 가? 어서 뛰자." 적갈색 플러시 침대보가 덮인 엄청나게 큰 황동 프레임 침대를 자랑하는 방으로 홀리가 뛰어 들어갔다. 가다가 중간쯤에서 그녀는 블라우스를 벗었다. "얼른 와."

"거트루드 질투심이 강한 것 같으니까, 쟤 거스르지 않으려고 천천히 가는 거야." 아니나 다를까 거트루드가 치켜 올라간 눈꼬리에 적개심을 품고 종종거리며 나를 쫓아왔다.

"넌 괜찮아. 거티는 그냥 우리 사이에 끼어들려는 거야."

"멋진데. 고양이하곤 해본 적이 없어." 홀리는 옷을 다 벗고 이불 위를 굴러 내 쪽으로 왔다. 그녀는 옷을 입고 있는 것보다 벗은 쪽이 더 아름다웠다. 나는 바지를 벗다가 넘어졌다.

"몰리, 넌 정말 춤을 춰야 돼. 온몸이 힘줄에 근육질이잖아. 진짜 멋있어. 이리 와."

그녀가 나를 침대 위로 잡아당겼다. 백팔십 센티미터가 넘는 부드러운 살 결으로 나란히 누웠을 때 나는 기절하기 직전이었다. 그녀는 내 머리를 손가락으로 훑고 목을 깨물었다. 나는 뜨거운 에너지로 둥둥 떠오르기 시작했다. 그녀의 부드럽고 풍성한 아프로 머리가 내 온몸을 훑었다. 나를 계속해서 깨무는 그녀의 혀가 내 귓바퀴 뒤편에서 다시 귓속으로 들어왔다가 목을 훑어 내리고, 어깨뼈를 지나 가슴까지 내려왔다가 다시 입으로 올라왔다. 그다음부터는 정확한 순서를 잊어버렸지만 그녀가 온몸으로 나를 눌렀고 그 느낌이 너무 좋아, 소리를 지르려던 순간까지는 기억난다. 그녀의 등을 쓸어내리는데 몸이 너무 길어서 엉덩이에 간신히 내 손이 닿을 정도였다. 그녀가 동작을 바꿀 때마다 살갗 아래서 근육들이 유연하게 모양을 바꾸는 것이 느껴졌다. 이 여자는 악마다. 느긋하게 시작한 그녀가 점점 격해지더니 마침내 나를 꽉 안았다. 나는 숨을 쉴 수 없을 지경이었지만 상관없었다. 몸 안팎에서 나를 온통 뒤덮는 그녀를 느낄 수 있었다. 그녀의 몸이 어디서 시작되고 내 몸이 어디서 끝나는지 알 수 없었다. 둘 중 하나가 소리를 질렀지만 어느 쪽이었는지도, 어떤 소리였는지도 모르겠다. 몇 시간 뒤 서로에게서 풀려난 우리의 눈에 비로소 태양이 높이 떠 있는 허드슨 강의 풍경이 들어왔다. 강에는 눈이 내리고 있었다. 그리고 그제야 내 하나뿐인 오른쪽 신발짝이 거트루드의 입으로 들어가버렸다는 것을 알았다.

"몰리, 너 남자하고도 해?"

"그건 왜 물어봐?"

"몰라. 그냥, 이런 섹스를 하고 나니까 네가 남자한테 낭비하고 있다고 생각하면 너무 싫어서."

"그게, 가끔 하긴 하는데 자주는 아니야. 한번 여자가 어떤지 알게 되면, 남자들은 좀 지루해지거든. 남자를 폄하하려는 게 아니라, 아니 가끔 인간적으로 좋아할 때는 있어, 그런데 성적으로는 덜떨어진 느낌이야. 더 좋은 걸 모르는 여자라면 그것도 괜찮다고 생각하겠지."

"그렇지. 그 차이를 깨달았을 때를 잊을 수가 없어."

"몇 살 때였어?"

"스물두 살 때야. 열여덟 살 때부터 남자들하고 잤는데, 여자랑은 사 년이나 지나서 처음 해본 거야. 이십이 년 동안 여자를 무시하면서 살았던 거 같아. 내 룸메이트가 나를 해제해준 그날 밤까지는 조금이라도 성적인 부분은 다 차단해놓고 살았거든. 우린 그때, 주름 자글자글한 나이대에 맞춰서 여름 단기 공연으로 뮤지컬 〈애니싱 고즈〉를 하고 있었는데 그 룸메는 천사 배역을 맡은 애였어. 걔가 날 침대 위로 말 그대로 던져버렸어. 난 발로 차기도 하고 걔 팔을 한 뭉텅이 물어뜯기도 했지만, 오래 버티지는 않았어. 걔가 날 놓아주지 않기도 했고, 속으로는 나도 계속해주길 바랐거든. 그 뒤로 삼 주 동안 걔를 피해 다녔어. 그때 하나도 좋지 않았고 그저 지쳐서 저항하지 않았던 거라고 얘기했지. 내가 너무 심했어. 지금 걔가 어딨는지 안다면, 그때 날 침대로 던져줘서 고맙다고 할 거야. 개는 내가 이럴 줄 알았던 거야. 나는 몰랐지만."

"그래서 그다음엔 어떻게 됐어?"

"공연은 끝났고 나는 오디션을 보러 여기로 돌아왔어. 그 애는 서부로 떠났는데, 내가 바보 멍청이같이 마지막 날에 걔랑 안 잤어. 그때 난 여전히 이성애 전문가로 살기 바빴거든. 그때를 떠올릴 때마다 진짜 속상해."

"그분이 어디 계신지 모르겠으나 감사하기 그지없군요. 그 사람이 용기 낸 덕을 내가 보고 있잖아."

"기회주의자." 그러고 그녀는 또 한 번 하기 위해 나를 감싸 안았다.

토요일에 나는 홀리를 그녀의 아파트에서 만났다. 킴이 짙은 빨간색 옷을 입고 흑백 스카프를 두르고 있었다. 그녀는 인조 속눈썹만 빼면 영화에 나오는 모습과 상당히 흡사해 보였다. 그리고 주름을 숨기려고 화장을 두껍게 하고, 쪼그라든 입술 선을 감추기 위해 팔레트나이프로 립스틱을 바른 것 같았다. 그런 식의 어려 보이려는 시도만 빼면 그녀는 예뻤다. 나는 당연히 그녀가 한 손에 술잔을 들고서 지루한 얘기들을 늘어놓으리라 예상했다. 자기가 록 허드슨과 세트장에 있을 때 얘기라든가, 잭 레먼은 녹화가 시작되기도 전에 배에서 떨어졌답니다, 웃기죠,

하하하…… 끝없이 웃으며 우리 세대는 개뿔도 관심 없는 한물간 할리우드 얘기에 빠져 있는 모습 말이다. 그런데 그녀는 레비스트로스와 구조주의, 수전 손택의 작품에 빠지게 된 과정에 대해서 얘기했다. 허세를 부리는 것은 아니었다. 그녀는 홀리에게 신경을 많이 쓰는 듯했다. 홀리가 움직일 때마다 킴의 눈길이 따랐다. 킴의 무릎에 앉아 낮잠을 자던 먹보 고양이 거트루드는 감시를 위해 뜨고 있던 한쪽 초록색 눈동자로 나를 노려보고 있었다.

"고양이 좋아하세요?" 하고 그녀가 나에게 물었다.

"고양이는 사랑하지만 여기 거티 거티 스타인 스타인*은 잘 모르겠네요. 은빛 가슴속에서 도저히 고쳐볼 수 없는 사디스트의 심장이 뛰고 있거든요."

"얘가 복수심이 좀 많죠. 얘 보면 제가 어린애였을 때 키우던 고양이가 생각나요."

당신이 어린애였을 때? 그렇지, 우리 모두 옛날 옛날에는 어린애였을 때가 있었을 거야. "어디서 자라셨나요?"

"시카고 빈민가에서요."

"설마 그럴 리가! 정말이에요?" 킴이 웃더니 정말이라고 했다. "음, 저는 조그만 농장에서 감자잎벌레 잡으면서 컸

---

* 동일어 반복이 특징적인 거트루드 스타인의 문체에 대한 장난스러운 오마주

226

어요."

"그리고 이렇게 만났네요."

홀리가 우리를 보고 말했다. "오, 멋지다. 프롤레타리아 두 분께서 이렇게 단짝이신 줄 몰랐네. 가난이 인격 형성에 얼마나 좋은지 얘기 좀 해줘봐요."

얼굴이 달아올라 한마디 쏘아 붙이려던 나를 킴이 구해 주었다. "글쎄. 우리가 프롤레타리아 단짝이라는데, 어디 그 덕 좀 볼까." 그녀는 몸을 굽혀 내 볼에 키스를 했다. 홀리가 웃었고 긴장감은 증발했다.

킴이 정말 좋았다. 저 떡칠한 화장을 다 지우면 좋을 텐데. 여자들은 왜 저런 걸 할까? 그녀는 기본 골격이 아름다웠고, 그거면 충분했다.

"좀 이따 크리사네 가야 해. 둘 다 준비됐어?"

킴과 내가 코트를 챙겼다. 나는 내 피코트가 창피했다. 그녀는 그런 걸 모르고 넘어갔거나, 알고도 넘어가주었다.

크리사의 시내 저택은 뉴욕 이스트 육십 번가 쪽에 있었으며 우리가 도착했을 때 진짜로 집사가 나와서 우리의 코트를 받아갔다. 다행이었다. 내 추레한 파란 코트를 치워서 집주인이 볼 일이 없어졌으니까.

홀리가 위풍당당하게 방으로 돌진했고, 킴과 나는 수행원처럼 그녀를 따랐다. 그을린 피부에 날씬하며 동그랗게 다음은 커트 머리를 한 여자가 다가와 홀리와 킴에게 차례로 입을 맞췄다. "킴, 자기, 와줘서 기뻐."

"무슨 일이 있어도 네 파티는 빠질 수 없지, 크리스. 내 친구 몰리 볼트를 소개할게. 홀리의 친구고 나의 새로운 친구이기도 해."

크리스는 독수리처럼 예리한 눈으로 나를 바라보았다. 그녀는 양손으로 내 손을 붙잡고 진지하게 말했다. "와줘서 기뻐요. 이리 와서 마시고 싶은 거 얘기해주세요. 그런 다음에 우리 교양인다운 대화를 나눠봐요." 방에는 오십 명이 넘는 여자들이 있었으며 크리스가 나를 앞세워 방을 돌자 그녀들의 얼굴에 약간 능글맞은 미소가 비쳤다.

"뭘 마시겠어요?"

"하비 월뱅어요."

"아주 좋네요. 루이스, 이 신성한 피조물을 위해서 '뱅'에 방점을 두고 하비 월뱅어 한 잔 만들어줘요. 자 그럼, 자기가 무슨 일을 하는지, 보통 대화를 시작할 때 얘기하는 그런 것들을 꺼내봐요. 그럼 내가 무슨 일을 하는지 얘기해드리죠. 우리 거기서부터 시작해봐요." 숨죽인 웃음소리.

"지금은 어쩌다 보니 웨이트리스를 하고 있어요."

"아주 재미있겠네요. 그렇지만 그게 자기가 정말로 원하는 건 아니겠죠, 물론."

"맞아요, 전 영화 학교에 가고 싶어요."

"아주 흥미롭군요. 연기나 뭐 그런 거 하고 싶어요?"

"아니요, 감독을 하고 싶은데, 일을 구하려면 성전환이라도 해야 할 것 같아요."

"그러지 말아요." 그녀가 팔을 내 어깨에 두르고 귀에다 속삭였다. "우리 함께 영화계 내 성차별의 높은 벽을 어떻게 부술지 한번 궁리해보도록 하죠."

잠시 침묵. 이번에는 내가 질문을 던졌다. "당신은 고고학자죠?"

"맞아요, 그렇지만 내가 흙먼지 날리는 구덩이들 속에서 땅이나 파고 깨지고 깨뜨리고 하는 얘기는 듣고 싶지 않을 거라고 장담하는데요?"

"전혀요. 사실 얼마 전에 뉴욕 대에서 진행한 그리스 고대 도시 아프로디시아스 발굴에 대해 읽었거든요."

그녀의 눈썹이 올라가고 빈정거리는 어조가 섞여 들었다. "그렇군요, 그런데 그치들은 일을 엉망으로 하고 있어서. 음, 내 발굴 작업으로 말할 것 같으면, 그야말로 멋진 것들을 찾아내고 있죠. 지난여름에는 아르테미스의 가슴을 발견했어요. 그리스 조각가 페이디아스의 제자가 만들었다고 전 확신하고 있어요."

"《포스트》에서 읽었어요."

그녀의 얼굴이 환해졌다. "아, 거기서 그걸 가지고 논란을 일으키려고 했었죠, 어련하시겠어요. 그 기생충들은 판매 부수 올리려고 뭐든 하려 들지."

트위드 슈트를 입은 체격 좋은 여자가 큰 몸집을 이끌며 다가와 우렁찬 목소리로 말했다. "크리스, 너 이 어린애한테 지루하게 부서진 냄비랑 손톱 깨진 얘기나 하고 있지? 정말, 자기, 나는 그 많은 흙먼지랑 산산조각 난 집기들이 뭐가 그렇게 좋은지 도무지 이해할 수가 없다."

"너는 너무 반문화적이야, 프리차. 이 분은 몰리 볼트셔, 영화감독이 되고 싶어 하는 미국의 마이 세텔링*이지."

프리차는 미소 지으며 말했다. "그런 인물이 필요하지. 이제 존 포드는 지긋지긋해."

크리스가 프리차를 보며 히죽 선웃음을 지었다. "프리차는 진정한 속물이에요. 증권 중개사죠. 더할 나위 없이 지루한 일이지만 그 덕에 징그러울 정도로 부자가 됐어요."

"맞습니다, 그리고 크리스가 본인의 발굴 작업 비용으로 제 부의 상당량을 축내고 있죠."

"문화인으로서의 회비야, 내 사랑."

"나에겐 위자료라고 생각되는데."

"프리차, 이 악당." 크리스가 나한테 팔짱을 끼었다. "자,

---

* 스웨덴의 영화감독이자 배우

난 이제 이 끝내주는 여성분을 네 재수없는 농담의 손아귀에서 해방해드려야겠다." 프리차가 술을 마시게 놔두고 우리는 사람들이 있는 쪽을 뚫고 지나갔다. "프리차는 무시하세요. 브린모어 대학 다닐 때 만난 첫 애인인데, 우리가 서로 적대적인 것 같아도 편해서 그런 거랍니다."

"크리사, 아이리스 왔어." 사람들 사이에서 부르는 소리가 들렸다.

"잠깐 실례할게요, 몰리. 최대한 빨리 돌아올게요."

홀리와 킴이 다가와서 키득거렸다. "거봐, 분명히 크리사가 너한테 꽂힐 거라고 했잖아. 크리사는 검은 머리에 인상 강한 여자를 좋아해. 네가 문 열고 들어오는 순간 크리사 난소가 쿵 하고 떨어졌을걸."

"제 거부할 수 없는 매력 덕이죠, 숙녀 여러분." 나는 건배했다. "난소를 위하여."

"난소를 위하여." 그들이 제창했다. 그리고 홀리는 금팔찌를 주렁주렁 달고 있는 팔 하나가 손짓하며 부르는 방향으로 날쌔게 사라졌다.

"이 파티 어떤 거 같아요?" 킴이 물었다.

"잘 모르겠어요. 크리스하고 그 사람 친구 프리차 외에는 다른 사람하고 얘기할 시간이 없었어요."

"소름 끼치는 한 쌍이지. 브린모어를 졸업한 1948년부터 둘은 쭉 저래요."

"크리스가 브린모어 얘기는 했는데 연도는 말 안 했어요."

"당연히 그랬겠지."

"저쪽 의자에 가서 잠깐 앉을래요?"

"그러죠."

"직업에 대한 질문은 안 할게요."

"좋아요. 요즘 연기는 멀리하고 있거든요. 어차피 지금은 할 수가 없죠. 개인적인 질문 하나 해도 될까요?"

"하세요. 어차피 개인적인 것이란 게 따로 있다고 보지 않아요."

"그건 염두에 두죠. 혹시 홀리랑 자나요?"

"네."

"그런 거 같았어요. 홀리가 더플릭에서 일하는 것도 당신과 친해지기 위해서라더군요. 홀리가 얘기해줬어요. 굉장히 솔직한 사람이죠."

"그래서 싫은가요?"

"아니요, 그다지. 서른다섯 살을 넘기고 나서부턴 그런 것들로 고민하는 건 관뒀고, 단혼제*를 고수하는 것도 완

---

* monogamy, 성적/낭만적인 관계를 일대일로 한정해 두 사람이 한 단위를 이루어야 한다고 규정하는 제도나 규범. 예를 들어 이성애 중심적 사회에서 가장 만연한 단혼제의 형태는 일부일처제다

전히 포기했죠. 나는 할 수 있을 것 같은데 다른 사람은 아무도 못 하는 거 같아서."

"음, 굳이 시험해볼 필요 없어요. 비단혼제로 사는 인생이 훨씬 재미있어요."

킴이 웃으며 날 쳐다봤다. 그녀의 눈은 아주 옅은 청회색이었다. 그녀의 눈은 어떤 좋은 기운을 내뿜고 있었다. "그 말도 염두에 둘게요. 그럼 다음 질문. 준비됐나요?"

"준비 완료."

"홀리를 사랑해요?"

"아니요. 많이 좋아하긴 해요. 시간이 지나면 사랑할 수도 있을 거 같지만, 애초에 사랑에 빠질 것 같지가 않아요. 너무 다르거든요."

"어떻게요?"

"아, 홀리는 사람이 유명한지 돈이 있는지에 꽂혀요. 내생각에 홀리는 그다지 야망이 없어요. 저는 야망이 있어요. 저는 누가 뭘 가졌든 신경 쓰지 않죠. 전 학교에 다니고 내 일을 하는 게 중요해요. 홀리는 그걸 이해하지 못하지만, 가볍게 만나는 이상 갈등은 없죠."

"아니, 여기 좀 보게. 이런 구석진 데에 미녀와 야수가 있었네. 아하!"

크리사가 시들한 야자수 잎 위로 머리를 내밀었다. "정말이지, 킴, 젊은 사람을 독차지하고 있으면 어떡해. 네가 남자였으면 사람들이 널 치킨 퀸*이라고 불렀을 거야."

수가 많이 불어난 사람들 사이에서 "크리사!" 하고 부르는 소리가 들렸다.

"내 파티인데 내가 이야기를 할 수가 없네. 몰리, 다음 주 목요일 오후 한 시에 나랑 점심해요. 포시즌스에서."

"한 시, 다음 주 목요일이요." 내가 답했다. 그녀가 내 손을 꼭 쥐더니 사람들 속으로 사라졌다.

"정조대 차고 나가는 게 좋을걸요."

"없는데. 안 씻고 가서 냄새라도 풍기면 되지 않을까요?"

크리사와의 점심은 회피 동작의 연속이었다. 나는 어쩔 수 없이 모든 옷을 빌렸기 때문에 포크를 입에 갖다 대기가 무서웠다. 뭔가 내 오른쪽 가슴에 떨어져서 망할 블라우스를 망친다면? 그리고 크리사의 질문들은 은밀하고 매력적이었지만, 결국 같은 결론으로 흐르고 있었다. 나는 상냥하게 굴려고, 남부 사투리의 마지막 흔적까지 지우려고 안간힘을 썼다. 그러나 그녀가, 자기랑 만나기만 하면 영화 공부를 할 수 있게 학비를 대주겠노라 암시했을 때는 자제력을 잃을 뻔했다. 어떻게든 나는 휘핑크림도 흘리

* 미소년을 좋아하는 게이를 칭하는 속어

지 않고 나를 팔지도 않는 데 성공했다.

지하철을 타고 집에 돌아가며 나를 쳐다보는 사람들을 쳐다보았다. 그들은 좋은 옷을 입은 나에게 별 뜻 없는 호기심 어린 눈길, 심지어 인정의 눈길을 보냈다. 평소의 검문이라도 하는 듯한 매서운 눈길이 아니었다. 플로렌스가 항상 옷이 날개라고 말하지 않았던가? 아, 그렇고말고요, 플로렌스. 그들은 도대체 뭘 하고 있을까? 내가 비엠티 전철*을 타고 있는 지금 이 순간? 지금 나를 본다면 내가 부자라고 생각할 것이었다. 다 뒈져버려. 애초에 내가 왜 그 사람들 생각을 하고 있는 거지? 그 여자가 그렇게 잘 다듬어진 목소리로 내 환심을 사려던 동기가 뭐였을까? 나는 안다, 너무도 잘 안다. 젠장, 이제 어떻게 하지? 나는 돈을 대가로 연애를 할 수는 없다. 그렇게 할 수 없다는 게 엿 같은 건 안다. 망할, 그 여자가 주는 돈으로 학교를 다녀야 할까. 그 사람 아버지도 어차피 가난한 사람들 등골 빨아서 부자가 됐으니까. 그 돈의 일부는 내가 받을 유산이다. 복수다. 그 빌어먹을 돈 따위 가져도 된다. 내 돈으로 학비를 어떻게 내? 한 학기에 천 달러를. 빌어먹을 가난. 내 머리를 위해 내 엉덩이를 팔아야 한다니. 아니, 엿먹어라, 크리사 하트. 당신이 주는 유혹의 돈은 받지 않을

* 뉴욕 브루클린과 맨해튼 도시 철도 라인

거야. 나는 그 엿 같은 쥐구멍 속에 앉아서 당당하지만 가난하게 살 거야. 순수하게. 여기서 빠져나갈 방법이 있을 텐데. 어쩌면 내가 헛된 자존심을 세우고 있는지도 모르겠다. 캐리는 일 년에 천오백 달러도 벌지 못하면서 사회 보장이든 뭐든, 심지어 교회에서도 아무것도 받지 않았다. 가족력이 있는지도 모른다. 가족, 그것참 웃기는 소리지. 무슨 가족? 나한테는 하숙집이었다. 그래, 약간은 물들었겠지. 하지만 이건 가난한 자존심 이상의 무언가다. 만약 그 여자가 나를 사랑하거나 내가 그 여자를 사랑한다면 달랐을 것이다. 그렇다면 그 여자가 주는 건 뭐든 받았겠지만, 그녀는 개뿔도 나에게 관심이 없다. 내키는 대로 이 것저것 사주고, 겨울 코트나 구치 핸드백을 사줄 거다. 난 그저 고깃덩이에 불과한 것이다. 망할, 내가 길을 걸으면 남자들은 나를 걸어 다니는 정액 받이로 본다. 내가 파티에 걸어 들어가니 이 독수리는 살덩이로 보고 있다. 그녀는 여느 막노동꾼과 똑같은 인간이다. 빵과 계급이 있다는 것, 다른 건 그것뿐이다.

휴, 젠장. 난 이 빌어먹을 지하철에 앉아서 자기 연민이나 하고 앉아 있지 않을 거다. 다 엿이나 처먹으라고 해. 그러니까 늙은 다이크가 내 몸뚱이를 사려고 한다 이거지. 그게 뭐 대수라고. 그래, 나는 벽지도 뜯어 먹고 날짜 지난

빵도 뜯어 먹고 산다. 돼지겠네. 내일 이 몸뚱이를 끌고 뉴욕대에 가서 그 공부 기계들한테 장학금을 달라고 할 거다. 난 아인슈타인 이래로 가장 확실한 물건이니, 내 성장기를 도울 수 있어 운이 좋은 건 그쪽이지. 망할, 일이 되게 하려면 방법은 얼마든지 있다고. 캐리가 늘 그렇게 말했지. 젠장, 제발 엄마 생각 좀 안 났으면 좋겠다.

홀리

    몇 개월간 서로 떠넘기기만 하는 관료주의적 행정 절차와 수많은 입학시험들을 거친 끝에 나는 장학금을 받는 데 성공했다. 낮에는 수업을 듣고 밤에는 더플릭에서 일했다. 홀리는 나를 주말에만 만났으며 내 일정을 달가워하지도 않았고 영화 공부를 진지하게 받아들이지도 않았다.

    어느 주말 저녁, 손님들이 떼로 들이닥쳤다. 교외에서 시내로 극장 구경을 온 중년 백인들과 플레이보이 클럽에 입장하지 못해 토끼 분장을 한 여자들이라도 보려는 부잣집 자제들로 가게가 미어터질 듯했다. 우리는 탁자를 네 개씩 맡았다. 교대 시각이 다가오고 있었고, 우리는 모두 지쳐 있었다.

    홀리가 담당하는 탁자 하나가 비자 그 자리에 얼굴이

누렇고 마흔다섯 살쯤 된 남자가 골반 부분이 터질 것 같은 초록색 새틴 원피스 차림의 통통한 부인과 함께 들어와 앉았다. 내가 담당한 탁자의 손님들은 모두 식사 중으로 더 필요한 것이 없었기 때문에 나는 잠시 숨을 돌렸다. 홀리가 쟁반을 치켜들고 내 옆을 휙 지나 주방으로 그 커플의 주문을 전달하러 뛰어갔다. 그녀는 오렌지 스무디와 함께 아이스크림 여섯 스쿱, 산더미 같은 휘핑크림, 시럽 세 종류, 외설스러울 정도로 통통한 체리까지 얹은 거대한 바나나 스플릿을 들고 돌아왔다.

그 키 작은 남자는 홀리를 보고 있었고 정확히는 그녀의 완벽한 가슴에서 눈을 뗄 줄을 몰랐다. 홀리는 부인에게 먼저 음식을 제공했다. 초록색 새틴에 구속된 채 새치를 번뜩이는 부인이 스위트하트 표 빨대 포장지를 보는 사이 남편이 손을 뻗쳐 홀리의 왼쪽 가슴을 주물럭거렸다. 취했구나 싶었다. 이 새끼 진짜 취한 게 확실해. 홀리는 그를 제대로 보려고 한 걸음 뒤로 물러나더니 바나나 스플릿을 조심스럽게 오른손으로 옮겨 담아서 그대로 남자의 머리에 뭉개버렸다. 더플릭의 꼭대기 층 전체에 사람들의 웃음소리와 소음이 울려 퍼졌다. 고함을 지르며 펄쩍 뛰어오르던 그가 철제 의자를 넘어뜨리고 엉덩방아를 찧었다. 털 많은 남자의 귀에서 거대한 체리가 터져 줄줄 흘러내리는 모습을 본 그의 부인이 찢어지는 소리로 울부짖었다. "해럴드, 당신 귀에 체리가 있어!"

홀리가 그를 제대로 겨냥할 수 있었다면 해럴드의 귀에는 바나나가 박혀 있었을 것이다. 그녀는 그의 불알을 걷어차고 목덜미를 잡아 계단 꼭대기까지 질질 끌고 올라갔다. 거기서 그녀는 그의 엉덩이를 딱 밟고 섰다가 아무런 신호도 주지 않고 그를 날려버렸다. 계단 아래서 백십 킬로그램이 넘는 몸으로 심장협회 기금 광고에서처럼 헐떡거리며 올라오던 매니저한테 남자가 들이받혔다.

"이게 다 무슨 일이야?" 거머리 래리가 순간 히스테리에 빠져 남성스럽게 꾸며내던 목소리를 깜빡하고 객객댔다.

"저 구역질 나는 변태 새끼가 내 가슴에 손을 댔어요, 그래서 그랬어요."

이쯤 되자 사람들이 자리에서 일어나 상황을 더 잘 보겠다고 계단을 둘러싸고 모여들고 있었다. 나는 홀리 바로 뒤에 서 있었다. 붉으락푸르락하는 래리가 발치에 엎어져 있던 그 가슴 주무르는 새끼를 일으켜주려고 허리를 숙였다. 카펫 위에는 휘핑크림과 시럽 묻은 바나나 덩어리들이 범벅이 돼 있었다.

"넌 해고야, 당장 나가. 죄송합니다, 손님, 이런 일로 불편을 드려 아주 유감스럽습니다." 래리는 그다음 나를 돌아보더니 홀리와 친구라는 것을 기억해내고 추신처럼 덧붙였다. "넌 남아도 돼, 너한테 화난 건 아니야." 홀리는 한 바퀴 획 돌아 래리의 커다란 배 정중앙을 발로 가격했다. 그는 소리도 없이 공중에 붕 떠올라 계단을 날아 내려가서 맨 아랫단에 쿵 떨어졌다. 홀리는 내 손목을 단단히 쥐고 목청이 터져라 외쳤다.

"내가 해고됐으니 내 부인도 데려갈 거예요!"

월드 시리즈에서 홈런이 나왔을 때보다도 큰 소란이 벌어졌다. 홀리는 나를 잡아끌고 계단을 내려와 거리로 나왔다. 그녀는 렉싱턴 가 지하철역에 올 때까지 나를 놓아주지 않았다. 놀랍기도 하고 우습기도 했다.

"다 된통 엿 먹이고 나왔네. 그런데 홀리, 너 그거 거짓말이잖아. 우리 결혼 안 했는데. 이제 거기 있던 괜찮은 사람들이 다 내가 짝이 있다고 생각할 거 아니야. 내 독신생활을 망치게 생겼어."

농담을 하기에는 그녀의 분노가 아직 남아 있었다. "닥치고 나랑 집에나 가자."

"안 돼. 나 내일 일찍 일어나야 돼. 도서관에 가서 그리피스*를 조사해야 하거든. 우리 집으로 가자."

"그 쓰레기 같은 델 가자고?"

* 영화의 아버지라 불리는 미국의 초기 영화감독

"음, 거기 내가 있잖아, 나머지는 눈감아줘."

"알겠어, 대신 도서관 갈 때 나 깨우지 마."

우리는 아무 말도 없이 아파트까지 버스를 타고 갔다. 유니언 광장에서 탄 시내 횡단 버스가 시간을 너무 지체해서 우리는 십사 번가에서 강을 따라 집까지 한참 걸어가야 했다. 홀리는 산책으로 기분이 풀리기는커녕 짜증만 더 난 것 같았다. 내가 문을 열고, 방범용 자물쇠의 딸깍 소리를 들으며 불을 켜자마자 홀리가 말했다. "어떻게 이런 쥐구멍 같은 데 살아? 넌 정말 바보야, 크리사를 만나지 않기로 했다니."

"그 얘기는 하지 말자. 신경 쓸 게 너무 많다고. 그 난장이 똥자루 혼내주고 래리까지 엿 먹는 꼴 봤으니 속 시원하긴 하지만, 다른 일을 구해야 되니까."

"야, 이 똥고집아, 네가 조금만 굽히고 들어가면 이렇게 생고생하지 않아도 된다고. 옷도 몇 벌 장만하고, 괜찮은 아파트에, 인생 더 살 만하게 예쁜 여자들도 데려오고."

"홀리, 그만 좀 해."

"뭘 그만해? 돈 받으면서 만나기에는 네가 아깝다고 생각하나 봐? 그러는 난 뭐 창녀라도 돼? 아니면 책임감 따위 없는 게 우리 종특이성이라도 된다고 생각하는 거야?"

"아니. 우린 서로 다를 뿐이고, 그건 몸 파는 일하고도

242

피부색하고도 아무 상관 없어. 난 못 해, 그냥 그런 거야."

"그런 거지 같은 소리 하지도 마. 염병 고상 떨고 있네. 도덕적으로 문제 있다고 생각해서 못하는 거잖아. 넌 진짜 재수없는 년이야. 알겠어? 평생 가난하게 살다가 이제 뭔가 가져볼 기회가 생긴 거잖아. 그 기회를 잡으라고."

"넌 이해 못 해, 홀리, 나도 여기 살기 싫어. 나도 걸레 같은 옷 싫다고. 앞으로 또 십 년을 이렇게 짜증 나게 살고 싶지 않은데, 난 내 방식대로 해야 돼. 내 방식. 이해돼? 도덕하고 아무 상관 없이, 이건 나의 문제라고."

"하, 집어치우세요, 호레이쇼 앨저*님."

"나 싸우기 싫어. 오늘 밤은 그냥 넘어가면 안 돼?"

"아니, 못 넘어가, 왜냐하면 네가 나를 네 멋대로 평가하고 있다는 걸 알았으니까."

"아니라고! 자꾸 나한테 죄책감 심으려고 하지 마."

"넌 내가 나약하고 게으르다고 생각하지, 아니야? 내가 의사 아빠 대신 애인한테 돈 받아서 펑펑 쓰면서 사는 물러터진 애라고 생각하겠지. 안 그래? 넌 날 사랑하지 않아."

"사랑한다고 말한 적도 없는데."

홀리는 눈을 깜빡이더니 나를 째려보았다. "왜, 퇴폐적

---

* 가난한 소년이 도덕심과 굳센 의지로 역경을 딛고 마침내 성공한다는 소설 《누더기를 입은 닉Ragged Dick》(1867)을 쓴 작가

인 흑인년한테는 사랑에 빠질 수가 없니?"

"그냥 그만하면 안 되겠어? 정말 어처구니가 없네."

"어처구니가 없다고, 정말 어처구니가 없는 게 뭔지 말해줄게. 네가 이런 데 앉아서 뼈 빠지게 일을 하는 이유가 영화감독이 되기 위해서라는 거, 그게 바로 어처구니가 없는 거야. 내 얘기 잘 들어봐, 애송아. 꿈도 크지, 꿈도 커. 너가 수석으로 졸업할 수는 있겠지. 분명 그럴 것 같아. 하지만 일은 전혀 못 구할걸. 너도 그냥 파이 베타 카파* 기념 열쇠나 목에 걸고 비서 자리나 차지할 여자밖에 안 돼. 넌 아무 의미도 없이 이 생고생을 하고 있는 거야. 그거 알아? 너 우리 아빠랑 엄청 닮았어. 지금껏 그걸 몰라봤네. 우리 아빠도 등골 빠지게 일하고 돈 많이 벌었는데도 제일 높은 자리까지 올라가려고 기를 쓰는데, 못 가. 이유야 아주 뻔하지. 둘이 아주 좋은 한 쌍이 될 것 같다. 황소고집에, 눈앞에서 무슨 일이 벌어지는지도 모르고. 온 세상과 싸우고 얻는 거 하나 없이 쫓겨나기나 하겠지. 적어도 우리 꼰대는 그렇게 해서 돈이라도 벌었어. 넌 그것도 못건질걸. 크리사 하트를 잡는 게 좋을 거다, 그게 너한테 주어지는 최고의 기회일 테니까, 애송아."

---

* Phi Beta Kappa, 미국 대학교 문과 졸업생 중 상위 십 퍼센트만 등록할 수 있는 클럽

"젠장! 무슨 일이 일어나도 내 머리에 든 지식은 남아 있어. 그건 아무도 나한테서 못 뺏어 가. 그리고 언젠가는, 너한테는 그런 날이 안 올 것 같아 보여도, 그 지식으로 내 영화를 만들 거야. 내 영화, 들었어, 홀리? 불행한 이성애자들이 나오는 감상적인 로맨스 말고, 반짝반짝 빛나는 백인들만의 미국 가족 드라마 말고, 처음부터 끝까지 피흐르는 서부 영화나 돌연변이 백혈구들로 화면 채우는 공상 과학 스릴러 말고. 내 영화, 진짜 사람들이 나오고 끔찍한 일이 벌어지기도 하는 인생에 대한 진짜 영화 말이야. 내가 만약 나이 오십이 되도록 그걸 만들 돈을 못 구한다, 그러면 할 수 없는 거야. 제가 이런 걸 하려고 하니 하나님 저를 도와주소서 하는 거고, 아무 의미도 없는 일이 아니라고."

"너란 애 정말 놀랍다. 미친 건지, 아니면 평범한 사람들을 뛰어넘는 독보적인 물건인지 모르겠네. 하지만 그걸 확인하겠다고 네 곁에 남지는 않을 거야. 네가 지금 당하고 있는 이 추한 꼴을 내 눈으로 봐야만 하는 게 싫어. 그리고 앞으로 일어날 일들도 지켜볼 자신이 없어. 다들 네 코 앞에서 문을 닫아버리면서 별의별 거짓말을 다 하겠지. 흑인들, 푸에르토리코 사람들, 여자들한테 하는 거짓말들 말이야. 너는 그런 거 감당할 만큼 강한 사람이지만, 난 그걸 지켜볼 만큼도 강한 사람이 아니야. 난 아빠를 지켜봤어. 그 모든 과정을 또 볼 용기가 안 나." 그녀는 말을 멈추고 호흡을 가다듬더니 리놀륨 바닥으로 눈을 내리깔았다. "기분이 더러워. 그냥 더러워. 내가 혼자 힘으로 이룬 게 없어서일 수도 있어. 나는 예쁘게 꾸미고 재밌게 놀러 다니지. 그래. 그런데 나 자체로서는 아무것도 없어. 진짜 내 것은 아무것도 없어. 그런데 너한테는 있잖아. 그게 죽을 만큼 괴로워."

"그래서 나보고 염병 어쩌라고? 너 행복해지게 다 포기할까? 나보고 망하라는 거야? 너 기분 좋으라고?"

"아니, 아니야. 휴, 몰리, 마음속 깊은 곳에서는 진심으로 네가 당장 여기서 벗어나고 이 판 전체를 완전히 깨버렸으면 좋겠어. 나도 너한테 이게 어떤 의미인 줄 알아. 그리고 네가 성공하면 수많은 다른 사람들한테도 어떤 의미일지 이해할 정도의 감은 있어. 매일매일 닳아가면서 내 안에 있는 악마가 나오는 것 같아. 너를 미워하게 됐는데, 그렇게 미워하는데 너를 사랑해. 완전 엉망진창이지. 그런데 너를 강하게 만들어주는 모든 것들, 네가 마모되어가는 하루하루를 견딜 수 있도록 힘을 주는 것들이 뭘까 생각하면, 열 받기 시작해. 너 같지 않은 내가 혐오스러워지기 시작한다고. 모르겠어, 아마 부모님이 너무 잘해줘서 버릇

이 잘못 들었나 봐, 그래서 내가 이렇게 의욕이 없나 봐."

"많이 누리면서 살았고, 중산층이면서 의욕 넘치는 사람들도 세상엔 많아."

"그래서 뭐. 그런 사람들이 뭘 했든 상관없어. 내가 뭘 할지가 중요하지. 망할 내 인생으로 뭘 어떡하지? 뭘 해야 할지 말 좀 해줄래?"

"못 해. 내가 말하면 무슨 의미가 있어. 너가 스스로 해야지."

"너무 어려워."

"아이고, 그건 네가 누구든, 어디에서 왔든, 어떤 피부색을 타고났든, 어떤 성기를 단 몸에 갇혔든 어려울 수밖에 없어. 사람이 자기 인생에서 내려야 하는 결정 중에 제일 어려운 거라고."

"그래, 맞아. 지금 네 처지가 어려운 것도 알고 있어. 그리고 소위 쾌락 원칙에 따라서 사는 나는 너한테 하등 도움이 안 되겠지."

"네 입장도 어렵겠지, 알아. 미안해."

"나도. 너한테 소리 지른 거 미안하고, 너 일 잘리게 해서 미안해. 나 너무 바보 천치 같아. 어디 멀리 가서 정신 좀 차려야 할 것 같아. 킴한테 몇 달쯤 파리에 가 있을 돈 좀 달라고 하거나 에티오피아로 가거나 해야겠어. 거긴 내 대학 친구가 살거든. 이 정신 나간 도시에서 벗어나면 정신 차리기 한결 쉬울지도 모르지."

"어디서든 정신은 차릴 수 있어, 설사 교도소에 갇혀 있대도. 파리에 가는 건 호사스러운 도피 같은데."

"닥쳐. 네가 못 하는 일이면 꼭 깎아내려야만 직성이 풀리지, 안 그래? 너 같은 사람들 보면 역겨워, 가난을 순수의 증표라도 되는 양 달고 다니지."

"그렇게 들릴 줄 몰랐어. 내 말이 독선적으로 들렸을 수도 있겠다. 뭐, 젠장, 나도 파리든 어디든 가보고 싶네. 다만 내가 말하고 싶은 건, 정신을 차리겠다고 하는 걸 무슨 거창한 행사로 만들지 말라는 거야. 다른 뜻은 없어."

"그래, 알았어. 네가 솔직하게 얘기하는 건지, 나를 무시하려는 건지 모르겠어. 요즘따라 너한테 화가 많이 나. 아마 우리가 서로 많이 다른 것 같아, 너도 느끼겠지. 내가 정신 차리려면 당분간 널 만나지 않는 것도 방법인 것 같다."

"그렇게 느껴진다면 그래야겠네."

"그렇게 속상해 보이지 않네."

"돌겠다. 야! 네가 뭐가 필요하다고 하든 난 지금 최선을 다하고 있거든. 그리고 나 죽지 않아. 넌 내가 오즈의 서쪽 마녀처럼 네 발치에서 녹아내려서 진흙 웅덩이라도 됐으면 좋겠어? 물론 네가 그리울 거야. 너랑 한 섹스도,

탈리아에 갔던 일도 그리울 거야. 아마 넌 내 평생에, 짜증이 치솟는다고 뚱뚱한 돼지 새끼를 발로 차서 계단 아래로 날려버린 유일한 여자로 남을걸, 알았어?"

"아, 젠장, 널 너무 사랑해. 너무." 그녀는 망토를 집어 들고, 문을 받쳐놓은 철봉을 밀어 열고 나간 뒤 그대로 닫았다. 나는 그녀가 건물 정문을 열었다 닫는 소리가 날 때까지 그녀의 발소리를 듣고 있었다. 성큼성큼 걸어 길모퉁이로 간 그녀가 택시를 잡았다. 그녀가 차 안으로 발을 들이고 문을 닫을 때까지 나는 그녀를 지켜보았다.

출판사

지하철역과 적백의 코카콜라 자판기, 닥터 숄즈 풋파우더 광고판 사이를 전전하며 나는 새 일자리를 찾아다녔다. 야간 일은 두 종류였다. 전화 교환원 일이나 온갖 종류의 유흥업. 뮤지컬 프로듀서 홀 프린스가 나를 캐스팅하려고 거리로 뛰어나왔다면 모를까, 나는 별수 없이 웨스트 오십 번가 일대의 바에서 밤마다 춤을 춰야 했다. 이주간은 나갔으나, 한 손님을 윗니 한 벌이 필요해진 환자로 만들어 치과 의사에게 넘기면서 그 일은 끝나버렸다. 일정을 바꾸고, 수강하는 수업을 줄이고, 낮에 일하는 것밖에는 할 수 있는 게 없었다.

나는 실버 출판사에 비서로 들어갔다. 매일 아침 아홉시에 나는 완벽한 여성의 복식, 즉 스커트, 스타킹, 슬립을 착장하고 사무실에 요란스럽게 입장했다. 일부 유난스러운 정액 제조기들이 쳐다보기 때문에 다리를 꼴 수 없었고, 숙녀답지 못한 자세라는 이유로 책상 위에 다리를 올릴 수도 없었으며, 화장을 안 한 날에는 사장을 포함한 모든 사람들이 어디 아프냐고 물어보았다.

내 직속 상사는 '별빛의 스텔라'였다. 스텔라는 회사 대표 데이비드 코언과 결혼했기 때문에 '그냥 재미로' 일을 하고 있었다. 스텔라는 영화배우 루비 킬러와 똑 닮았는데, 1933년에 벌써 그 얘기를 들은 모양이었다. 그때부터 그녀는 언제나 루비 킬러의 복사판이 되려고 애를 썼기 때문이다. 루비 얘기가 조금이라도 나오면 그녀는 영화 〈풋라이트 퍼레이드Footlight Parade〉*에 나오는 춤을 추곤 했다. 그러면 발 구르는 소리에 자극받은 남편이 몸소 나와 검토해야 할 교정쇄가 있으니 춤은 다섯 시 이후에 출 수 없겠느냐고 하는 것이었다.

우리 말단 직원들은 외양간에 처넣어져 무기력하게 고지서부터 최종고까지 무슨 원고든 쳐내거나 휘어진 사진들을 앞뒤로 대량 복사하고 캡션을 찍어냈다. 얼마 안 가 스텔라는 내가 읽고 쓰기 둘 다 할 수 있음을 알아보았는데, 이 두 가지야말로 전문 분야였다. 내게는 세 번째 특기

* 1933년 개봉한 뮤지컬 영화

가 있었다. 바로 명령만 내리면 원고를 단숨에 써 내려가는 능력이었다. 스텔라는 외양간에서 나를 구해내 뛰어난 편집자 중 한 명인 제임스 애들러와 한 팀으로 만들어 주었다.

리아 라딘 또한 밑바닥부터 싸워 올라와 안내 데스크 실장까지 된 사람인데, 불행하게도 제임스에게 이성애적 격정을 한가득 품고 있었다. 그녀는 사실상 본인의 애액으로 사무실에 미끄러져 들어와 "제임스, 커피 좀 가져다드릴까요, 아니면 오늘 아침에는 뭐 필요 없어요?"라며 그를 향해 노래했다. 제임스는 그녀를 혐오했고, 이러한 끈질긴 시도들에 퉁명스럽게 "아니요"라고 답했다. 리아는 이성애자 여성들에게서 흔히 관찰되는 특유의 꼬인 사고방식을 보여주었다. 그것은 제임스가 나와 뜨거운 사랑을 하고 있기 때문에 저한테 무뚝뚝하게 대한다는 착각이었다. 그녀는 내 인생을 구렁텅이에 밀어넣으려고 작정했다. 내가 한 일은 무엇이든 일부러 망쳐놓고 내 탓이라 했다. 그녀는 일주일에 한 번씩 코언 대표 사무실에 슬며시 들어가 내 태만과 불량한 근무 태도로 또 대형 인쇄 사고가 터질 뻔했으나 자신이 막았다고 일렀다. 제임스는 나를 구하기 위한 영웅적인 노력으로 대표에게 자기가 파악한 상황을 보고했고, 대표는 아무리 리아라도 사람이 그렇게 못될 수가 있겠느냐며 믿을 수 없어 했다.

지독한 욕정은 리아의 결점 중 한 가지에 불과했다. 그녀는 게으르기로 악명이 높았고, 운 나쁜 말단 직원들이 본인의 일을 대신 하게끔 방조해서 번 시간으로 날마다 손톱을 줄로 다듬고 매니큐어 색을 바꿔댔다. 코언 대표는 리아가 열한 살 때 어머니가 자살 한 건 사실이니까 우리가 잘해줘야 한다며 그녀의 끊임없는 매니큐어칠을 눈감아줬다. 상황은 날이 갈수록 견디기 힘들어졌고, 홀리가 떠난 뒤의 외로움과 직장에서의 짜증이 뒤섞여 그 교활한 리아를 확실히 끝장낼 만한 계책을 탄생시켰다. 일요일 밤, 나는 쓰레기봉투를 들고 나가 적당한 개똥 표본들을 최대한 모았다. 봉투는 절반 정도 채울 수 있었다. 흰색, 분홍색 줄무늬의 철사끈으로 봉투 주둥이를 잘 묶어 다음 날의 거사를 위해 서류 가방 옆에 챙겨놓았다.

아침 일곱 시, 지하철을 타고 출근하는 동안 나는 그 빌어먹을 봉투를 끌고 다녔고, 계단을 올라가 먼지와 비둘기 똥, 자동차 매연으로 얼룩진 정사각형 사무실 건물 안으로 들어갔다. 여덟 시에는 이미 내가 리아의 책상 서랍에 그 알뜰한 선물을 미친 듯이 처넣은 상태였다. 그 뒤 나는 뒤쪽 계단으로 피신해 아홉 시 십 분까지 들어가지 않았다.

리아는 책상에 앉아, 오른손에는 레블론 사의 모카 미스트 색 매니큐어를, 왼손에는 수화기를 들고 평소처럼 수다를 떨고 있었다. 코언 대표는 자기를 졸졸 따라오는 스텔라와 함께 아홉 시 이십 분에 출근했다. 제임스와 내가 중세 미술에 관한 책을 작업하고 있는데 리아가 열린 문으로 시위하듯 들어왔다. "정말, 제임스, 저는 당신과 볼트 양이 왜 그렇게 가까이 앉아서 일해야 하는지 모르겠어요. 플랑드르 교회 사진들이 그렇게 흥미로울 리가 없잖아요."

"리아, 할 일 없어요?" 제임스가 작은 소리로 짜증을 냈다.

"네, 지금 잠깐 휴식 중이었어요. 커피 드릴까요?"

"아니, 됐습니다."

그녀는 사랑하는 사람을 짜증나게 했다는 행복에 푹 젖어 사무실에서 흘러나갔다. 열려 있는 문으로 나는 그녀가 유리 칸막이 뒤의 자기 책상에 털썩 앉아 또 전화를 하는 것을 보았다. 책상 서랍은 열어보지 않은 것이다. 아침이 느릿느릿 다 지나가도록 그녀는 단 하나의 서랍도 열지 않았다.

제임스와 나는 사무실에서 점심을 때우고 있었다. 세 시 정각에 저자가 오기 전까지 작업해야 할 원고 분량이 엄청났기 때문이다. 우리가 급하다는 걸 눈치라도 챈 듯, 스텔라는 사무실에 뽐내며 들어와 제임스가 허시 아몬드 초콜릿 바를 먹고 있는 모습을 발견했다.

"다이어트 중인 줄 알았는데요. 무슨 일이에요, 계란과 참치에는 질려버렸나요? 계란이 체내에서 특수한 산성물질과 콧물을 발생시킨다는 거 알죠."

"아뇨, 그건 몰랐습니다만……."

스텔라가 그의 말을 잘랐다. "데이브한테서는 그런 걸 말끔히 없애주는 작은 노란색 알약이 있어요. 그 사람은 콧물 걱정은 없어요. 제가 그이를 브론스틴 박사한테 보냈거든요. 내가 루비 킬러와 완전 판박이라고 말해준 그 의사요. 브론스틴 박사는 데이브한테 아무 이상은 없지만, 콧물이 나면 그 약을 먹으라고 했어요. 다이어트하고 싶으면 그 의사 한번 찾아가보세요. 내 친구 중에 살 빼려고 특수 클리닉에 간 애가 있어요. 포도랑 수박밖에 안 먹었죠. 사흘 지났더니 훨씬 가벼워진 느낌이라고 했어요. 포도랑 수박이 좋다더군요."

제임스는 억지로 웃음을 끌어올렸다. 어쨌거나 사장의 부인에게 꺼지라고 말할 수는 없다. "전 수박이 역해서요, 피클로 만든 건 좋아하지만요."

"맞아요, 수박 피클 나도 좋아해요, 멜론은 먹어본 적 있어요? 난 멜론을 아주 좋아해요. 데이브가 시카고에 출장 가기 전에 내가 멜론을 샀어요. 시카고에 언제 갔더라? 구월? 아무튼 구월에 멜론을 샀는데 안 익어서 냉장고에 넣어놓고 익자마자 먹었어요. 매일 조금씩 먹었죠. 데이브 먹을 요리 안 하고 멜론만 조금씩 파먹는 게 정말 좋더라고요. 그이는 어찌나 까다로운지, 그렇게 짧은 여행이라도 다닐 때마다 살 것 같아요. 우리 집 냉장고는 오렌지로 가득해요. 그이는 갓 짜낸 오렌지 주스 밖에는 안 마시려고 해요. 오늘은 좀 심술이 나서 착즙기를 안 닦았더니 얼마나 고소하던지." 제임스가 헨리 이세의 하늘색 망토 컬러 사진을 보다 지친 듯 고개를 들어 다시 한 번 떠나 달라는 암시를 보내려 한 순간 스텔라는 기어를 이 단으로 올리고 그를 깔아뭉개버렸다. "코언 씨는 자기 오렌지 주스가 꼭 신선해야 되고요, 모든 게 그런 식이에요. 아침 먹을 때 제가 그이 접시 옆에 점심용 냅킨을 놓아두면 식탁에 앉으려고도 안 해요. 그이 성에 차게 집에 냅킨을 크기별로 세 종류나 구비해놓고 있어야 하고요. 새 시리얼 그릇을 산 뒤로 내가 너무 많이 준다고 불평하길래, 제가 시리얼을 옛날 그릇에 부었다가 다시 새 그릇에 부어준 다음에야 수긍을 하는 거예요. 또 커피야말로 그이를 최악으로 만들어요. 이 원고들보다도 그이가 더 까다롭게 구는 대상이 커피랍니다."

"설마요." 제임스가 뻗댔다.

"하. 그이를 까다로운 사장님이라고 생각한다면, 그이랑 같이 한번 살아보셔야 돼요."스텔라는 본인이 무슨 말을 했는지 깨닫고, 한 발 뒷걸음쳐 문밖을 슬쩍 둘러보며 그토록 신성모독적인 발언을 아무도 듣지 않았음을 확인했다. "제임스, 그 사람 때문에 내가 커피콩을 직접 갈아야 한다니까요. 처음에는 오렌지 주스를 들고 그이를 쫓아다녀야 해요. 그다음에는 그이가 식탁에 앉아 냅킨을 검사하고 시리얼을 재보라고 해요. 그다음에는 커피를 달라는데, 아침마다 뭔가 문제가 있대요. 이렇게 움직이고 나면 아홉 시 십 분인데 나한테 '서둘러, 늦을지도 몰라' 이러죠. 하지만 정작 나는 그때까지 커피든 오렌지 주스든 한 잔도 못 한 상태예요."그녀가 연료를 보충하듯 숨을 들이켜는 순간, 유리 칸막이 뒤에서 고막을 찢는 비명이 울려 퍼져 우리를 구해주었다.

"똥! 똥이야! 온 책상이 똥밭이야. 서랍마다 별의별 똥덩어리를 뒤발라놨어!"

칙칙한 격자 구조 사무실 안의 가장 긴 복도 끝에서부터 달려오는 사람들의 발소리가 들렸다. 치키타 바나나 사진이 붙은 칸막이들 속에서 사람들이 나와 모여 섰다. 리아의 책상 옆에서 열린 기자회견 중에, 그녀의 렛 버틀러* 사진이 사람들 등쌀에 벽에서 떨어졌다. 사진을 떼어낸 흔적이 벽에 남아 있었다.

　스텔라가 거칠게 무리를 뚫고 앞으로 나왔다. "리아, 그렇게 함부로 말을, 도대체……" 그녀는 온갖 개똥들이 세심하게 진열된 광경에 난생처음 하던 말을 마치지도 못하고 말았다. 이 소동에 코언 씨가 회의실에서 나올 수밖에 없었다. 완벽한 등장을 위해 그는 문을 쾅 닫았다. 사람들이 그네들의 가부장을 위해 홍해처럼 갈라졌다.

　"도대체 여기서 무슨 일이 일어나고 있는 거야? 리아 씨, 대체 왜 그래요?"

　리아는 분노로 얼굴이 부풀어올라 대꾸했다. "제 책상이 '개똥 판'이에요."

　데이비드 코언은 흠잡을 데 없는 논리로, 차분하고 아버지 같은 목소리로 대답해주었다. "그건 불가능해. 이 사무실에는 개가 없어."

　스텔라는 자기 남편의 어깨를 쿡 찔렀다. "리아 책상 속을 봐, 데이브."

　그가 서랍 쪽을 힐끔 보았다. 그리고 고개를 돌려 허리를 숙이고 한 번 더 보았다. 그는 아내에게 조그만 목소리로 말했다. "그렇지만 말이 안 돼."

　스텔라는 물러서지 않고 말했다. "말이 되거나 말거나,

---

*　〈바람과 함께 사라지다〉의 남자 주인공

리아 책상이 개…… 음, 배설물투성이잖아."

"분명히 누가 장난친 걸 거예요." 데이브가 결론지었다. "누가 이런 짓을 했든 간에 당장 리아에게 사과하고 이 똥들 치우세요." 침묵. 완전한 침묵이었다. "배송실에서 일하는 푸에르토리코 사람들 중에 있을지도 몰라. 이 사무실 안에 있는 사람이 이런 짓을 했다고 생각하는 건 터무니없지." 그는 양복과 넥타이를 착용하지 않은 남자라면 무슨 범죄든 저지를 수 있다는 지식으로 뒷받침된 새로운 결론으로 무장하고 배송실로 발길을 돌렸다. 흥분한 목소리의 스페인어가 배송실에서 들려왔다. 데이비드 코언은 혼란스럽고 화난 표정으로 돌아왔다.

"자, 돌아가서 일하세요, 여러분. 여기는 출판사지 서커스가 아닙니다. 이 난장판은 청소부가 치울 겁니다."

사장이 돌아올 때에 맞춰 리아는 상당량의 눈물을 생산해냈다. 이 불행한 사람이 우는 광경에 마음이 약해진 코언 씨는 그녀에게 오늘은 일을 그만해도 좋다고 했다. 제임스와 내가 다시 자리에 앉아서 원고를 보고 있는데 리아가 들어왔다.

"당신이죠, 몰리. 당신이었다는 걸 난 알아. 그런 짓까지 할 수 있는 건 레즈비언뿐이야. 그거 알고 있었어요, 제임스? 당신 여자 친구는 다이크예요. 나한테 직접 말해줬다고요. 그렇지만 당신은 그냥 레즈비언보다도 저질이야, 몰리 볼트. 남자를 빼앗아가는 레즈비언이라니!"

그녀가 악을 쓰며 휘두르던 팔을 위로 휙 들자, 반쯤 벌어져 있던 가방이 다 열려 안의 물건들이 바닥으로 쏟아져 내렸다. 그녀는 게으른 여자치고는 빨랐으나 그 속도로는 낭패를 막을 수 없었다. 제임스가 그녀의 피임약을 집어 들었던 것이다.

"이리 줘요."

"기꺼이 드리죠, 우리 소중한 리아 씨. 하지만 나 때문에 먹지는 마세요."

사랑하는 남자에게서 매일 자궁암 발암 물질을 먹을 필요는 없다는 말*을 들은 여자의 분노보다 무서운 것은 없다. 리아는 꽉 찬 가방을 신중하게 닫아 제임스에게 휘둘렀다. 그는 몸을 숙여 피했고, 리아는 또 한 번 고막이 찢어지게 비명을 지르더니 포기하고 문 쪽으로 뛰어나가다가 오후 약속에 때맞춰 들어온 《중세의 창의적 정신》의 저자 폴리나 벨런토니와 정면으로 부딪쳤다. 제임스와 나는 문으로 달려가 바닥에 쓰러진 폴리나를 한 팔씩 잡고 일으켜 세웠다.

폴리나 벨런토니는 몸이 탄탄했고 적어도 팔은 건강해

---

* 피임약이 자궁암을 발생시킨다는 속설이 당시 있었다

보였다. 그녀는 마흔한 살이고 결혼 생활 이십 년차에다 열여섯 살이 된 딸아이의 엄마로, 육아를 병행해내며 컬럼비아 대학교에서 바빌로니아의 속바지 연구로 박사를 마친 사람이었다. 현재는 컬럼비아 대학에서 고대 패션이 아닌 중세학을 강의하고 있었다. 폴리나는 푸른빛이 도는 검은색 머리에 완벽하고도 강렬한 새치가 섞여 있었으며, 눈은 은은한 고동색이었다. 그녀의 두 눈 주위로 주름이 들어 지적이면서도 아름다운 느낌을 주었다. 순간 나는, 부드럽고 지루한 딸기 같은 얼굴들 때문에 중년 여자들을 들판에 버려두는 남자들이 그야말로 멍청이들임을 깨달았다. 첫눈에 반하는 사랑은 잘 몰라도 나는 그 자리에서 세대 차이를 뛰어넘고야 말겠다고 다짐했다. 어떻게 해서든, 무슨 일을 겪든, 언젠가는 열여섯 살짜리 딸과 고대 속바지의 유물을 가득 실은 픽업 트럭의 주인인 이 유부녀와 사랑에 빠지리.

폴리나는 격주로 사무실에 찾아왔다. 그녀는 걱정이 많은 사람이라 제임스와 내가 한 것을 몽땅 한 번 더 점검했다. 이 때문에 제임스가 화가 났고, 그래서 나는 처리를 자원했다. 이 주에 한 번씩 목요일마다 폴리나와 나는 원고의 수정 사항, 사진과 캡션을 점검했다. 그녀는 원고를 아주 세심하게 대하는 나에게 깊은 인상을 받았고, 전업 직장인이면서 학교도 다닌다는 것에 감탄했다. 네 번째 방문 때 그녀는 나를 가족과의 저녁 식사에 초대했다.

그 저녁 약속에 나는 최대한 좋은 옷을 골라 입고 자리에 나갔다. 그녀는 모닝사이드 언덕이 내려다보이는 넓은 아파트에 살고 있었다. 문 앞에서 인사를 나눈 뒤 그녀는 나를 자기 남편과 거실에 있으라고 하고 부엌으로 돌아갔다. 벨런토니 씨는 나를 학생처럼 대하며 아버지 같은 미소를 짓고 계산해서 쉬어가며 자기 이야기를 했다. 그렇게 말을 멈출 때마다 미소를 지어야 하는 것이었다. 그는 미술사 연구로 박사 학위를 받았다. 그의 원래 주제는 십구 세기 프랑스 회화에 등장하는 소를 분류하는 것이었는데, 이후 그는 본래의 관심사를 서구 미술에 등장하는 소에 대한 총체적 고찰로 확장했다. 그는 이번 여름에 일단의 명망 있는 동료 학자들 앞에서 이 주제에 대한 획기적인 논문을 발표하기 위해 영국 캠브리지로 초대되었다. 그는 내가 귀를 기울이게끔 상체를 숙여오더니, 조만간 인생에서 가장 큰 프로젝트에 착수할 거라고 털어놓았다. 그것은 오래도록 가슴속에서 끓어오르던 열정, 바로 인도 미술에 등장하는 소에 대한 연구였다.

그는 마흔아홉에 배불뚝이였고 늘어진 붉은 뺨에는 벌써 검버섯이 생기기 시작했다. 나는 그의 이름을 잊어버렸다. 하지만 소의 남자와 속바지의 여자 사이에서 나온 딸, 앨리스는 잊을 수 없었다. 그녀의 얼굴색은 달콤함을 내뿜었고 아몬드 모양의 눈 속에는 꿰뚫어보는 듯한 순수한 녹색 눈동자가 있었다. 앨리스의 머리카락은 엉덩이까지 내려왔고, 갈색에서 꿀빛으로 변하다가 끝부분에 가서는 잿빛이 되었다. 그녀의 큰 가슴은 브라의 도움 없이도 오똑 섰다. 앨리스는 환생한 르네상스 시대 공주였다.

폴리나는 내가 그녀의 딸과 말이 통해서 기뻐했다. 우리는 주로 재니스 조플린, 무디 블루스, 그리고 어리사 프랭클린 얘기를 했다. 말하자면 앨리스에게 전축 음량 좀 줄이라고 소리 지를 때 외에는 폴리나가 듣지 않는 음악에 관해서. 폴리나는 십 세기로 가끔 나들이 나올 때를 제외하고는 바빌론 이야기에서 좀처럼 떠날 줄을 몰랐다. 그러다 가끔 현재로 돌아올 때 내가 있음에 즐거워하는 듯 보였다.

폴리나는 저녁을 먹는 내내 남편에게 이런저런 질문을 해서 남편을 살아 있어 보이게 만들려고 애썼지만, 인공호흡으로도 그를 소생시킬 수는 없었다. 식사가 끝나고 벨런토니는 자기 서재로 어슬렁거리며 들어가버렸다. 파이프를 대롱대롱 물고 다니는 모습도 어련히 필요했겠지.

우리 셋은 황동 커피 탁자에 둘러앉았다. 폴리나는 내게 아주 명철한 라틴어로 희곡을 쓴 십 세기의 독일 수녀 로스비타Hrotsvitha에 관해 이야기해주었다. 그녀는 앨리스의 머리를 가지고 장난치면서 그 수녀 이야기에서 벗어날 줄을 몰랐다. 로스비타의 라틴어 실력은 로마 시대 극작가 테렌티우스만큼이나 좋다, 그리고 너무도 순도가 높아 아무도 도저히 여자가 그렇게 완벽한 시를 쓸 수 있다고 믿으려 하지 않는다, 이 주제는 심리학계에서 흑인의 지능을 둘러싸고 벌이는 논쟁과 동급으로 중세 연구자들 사이에서는 뜨거운 논쟁이다 등등. 그녀의 지성이 몽땅 칙칙한 옛 시대 연구에 낭비되고 학자로서의 삶이라는 먼지 날리는 우선순위에 규정되고 있다니 애처로웠다. 하지만 그녀는 뛰어난 지성을 갖춘 사람이었고, 나는 그것만으로도 축하할 일이라는 걸 알만큼은 살았다.

그날 저녁 내가 거둔 최고의 성공은 로스비타의 《둘치티우스》를 집어 들어 그 자리에서 운율에 맞춰 읽어내린 것이었다.

"사랑스러워요. 당신이 라틴어 읽는 모습이요."

"고맙습니다. 고등학교 내내 배웠고 지금 대학에서도 배우고 있어요. 요즘은 리비우스와 타키투스를 읽고 있고, 덤으로 아테네 그리스어도 조금 배우고 있어요."

폴리나는 박수를 치고 나를 두 팔 벌려 안아주었다. "어쩐지 내 책을 너무 잘 봐준다 했어요! 고전학도였군요. 우리가 요즘 세상에는 흔치 않은 부류인 건 알죠. 고등학교 필수 과목에서 라틴어가 빠지고 나서, 우리 사회의 수준이 점점 떨어지고 있어요. 그런데 가장 똑똑한 학생들만은 계속 라틴어를 하더군요. 좋은 일이에요."

"글쎄요, 저는 진짜 고전학도는 아니에요. 전 영화학을 공부하고 있어요. 라틴어와 그리스어는 언어 과목 이수 학점 때문에 배우고 있고요. 그렇지만 둘 다 재미있어요."

"그러길 바라요. 그리스어는 재미 삼아 듣기에는 너무 어렵잖아요. 영화학을 공부하고 있다면, 왜 하필 라틴어와 그리스어죠?"

"음…… 우습게 들릴지도 모르지만, 라틴어는 제가 공부한 어떤 것보다도 나 자신을 규율할 수 있는 힘을 키워줬어요. 무슨 일을 하든 상관없이, 라틴어는 제게 생각하는 법을 가르쳐줬기 때문에 도움이 될 거예요. 그리고 그리스어는 나를 고양해주고 생각에 박차를 가하는 어떤 자질을 더해주죠. 제가…… 뭐랄까, 선생님께는 바보스럽게 들렸겠네요."

"아뇨, 아니에요, 전혀. 라틴어가 논리의 법칙을 일깨워준다는 말은 정확해요. 사고라는 걸 가능하게 해주죠. 라틴어를 공부한 정치인들이 좀 더 많지 않은 게 참 안타깝죠."

앉아 있던 앨리스가 이 모든 이야기를 눈이 동그랗게 되도록 쳐다보고 있었다. "몰리, 라틴어 이야기 사실이에요, 아니면 이 아줌마한테 잘 보이려고 한 얘기예요?" 그녀는 엄마의 옆구리를 쿡 찔렀고 폴리나는 그녀의 손을 붙들어 꽉 쥐었다.

"아니. 이상하게 들릴지 모르지만, 내가 공부한 것 중에 제일 좋아. 아니, 그 말은 취소. 제일 좋은 건 아니지만, 제일 쓸모 있어."

앨리스는 앞으로 당겨 앉았다. "엄마가 하도 라틴어를 들으라고 해서 이번에 듣기 시작했어요. 정말 싫어. 그렇지만 우리 선생님이 화석이라 그럴지도 모르겠네요."

"라틴어 선생님들은 석화의 길을 걷게들 되시지."

"우리 선생님은 완전히 돌부처라니까요! 그런데 말이에요, 지금까지 만든 영화 있어요?"

"지난 학기에 이 분짜리 영화 한 편. 장비 대여에 애를 먹고 있어. 수업에서 나 혼자 여자인 데다, 뭐랄까, 남자들이 그걸 정말 싫어서 말이야. 남자애들끼리 장비 대여 기록부를 돌려쓰면서, 나만 맨날 엿 먹여."

폴리나가 눈을 찡그렸다. 단어 선택을 잘못했구나 생각했다. "정말 부끄러운 일이네요. 해결할 방법이 없나요?"

"학과장한테 그런 일이 일어날 때마다 재깍재깍 고발장

을 접수하긴 하죠. 그런데 그 사람이 여자를 혐오해요. 나를 자기 사무실로 불러서 고발장을 읽어주죠. 그러고 나서 자기가 알아보겠다고 하고는 아무 소식도 없어요. 이런 걸로 기분이 좋아지겠어요, 당연히 전 기분이 나쁘죠. 강의 내내 그 인간은 여자 가지고 형편없는 농담만 해요. 왜, 그 상남자란 족속들이 늘 하는 말이요. 훌륭한 여자감독이 지금껏 없는 이유는 여자들 뇌가 완두콩만 해서다. 그 말을 꼭 날 보면서 해요. 목구멍으로 〈의지의 승리Triumph of the Will〉* 필름을 한 통 다 쑤셔 넣고 싶다니까요."

폴리나는 한숨을 쉬더니 커피잔 가장자리를 따라 손가락으로 원을 그렸다. "졸업한다고 쉬워지진 않아요. 난 이번 해에 부교수가 됐어야 했는데 아직도 날 조교수 자리에 앉혀두고 있죠."

"에이, 엄마, 될 거야. 엄마가 거기서 최고잖아. 이십 세기까지 살아남은 그 빅토리아 시대 인간들도 언젠가는 굴복할 수밖에 없을 거야."

폴리나가 앨리스 머리를 쓰다듬으며 웃어 보였다. "두고

* 1935년도에 독일 나치 정권 아래서 제작된 선전 영화로 다큐멘터리의 형식을 띠고 있음. 나치를 미화했다는 비판이 따라붙기는 하나, 미학적으로나 기술적으로나 압도적인 완성도를 보여주었다고 평가받는다. 영화사에서 중요한 위치를 차지하고 있는 이 영화의 감독 레니 리펜슈탈은 여성이었다

봐야지."

그날 저녁 이후, 폴리나와 나는 일주일에 한 번씩 만나기 시작했다. 우리는 미술관, 박물관, 강연회에 다녔고, 가끔씩 그녀가 나를 데리고 연극을 보러 가기도 했다. 폴리나는 뮤지컬을 혐오해서 정통 연극에만 나를 데려갔다. 대다수가 별로였지만, 에이피에이 레퍼토리만은 예외였다. 폴리나가 나를 〈추문 패거리School for Scandal〉*에 데려갔다. 재치 있고 무겁지 않은 작품이었고 배우들의 연기도 좋아 우리는 들뜬 기분으로 극장을 나섰다.

"멋졌어, 그야말로 멋졌어. 보고 나오니까 춤추고 싶다." 폴리나가 깔깔댔다.

"춤이 추고 싶다면, 우리가 춤출 만한 데를 알고 있죠."

"우리한테 웬 얼간이가 다가와서 춤추자고 할 때까지 멀뚱멀뚱 서 있으라고? 싫어."

"저하고 춤추시면 되죠. 물론 제가 그 얼간이가 아니라면요."

"뭐라고?" 그녀가 놀라서 나를 돌아보느라 머리채가 사방으로 흩어졌다.

"오호라, 제가 정말 멍청이라고 생각하셨군요. 이런. 진실이 밝혀지네요."

* 영국 극작가 리처드 셰리던의 1777년작 연극

"전혀 그런 거 아니야. 그래서 어디 가서 출 건데?"

"레즈비언 바죠, 어디겠어요?"

"레즈비언 바는 어떻게 알아?"

"제가 레즈비언이거든요."

"너? 하지만 넌 다른 사람과 똑같이 생겼는데. 몰리, 장난치지 마. 네가 레즈비언일 리가 없어. 농담이지? 네가 그런 거였으면 내가 알았을 거야."

"마님, 저는 순수 혈통의 진짜 레즈비언입니다. 제 생김새로 말할 것 같으면, 제가 아는 레즈비언들은 거의 다 보통 여자랑 똑같이 생겼습니다만, 마님께서 트럭 운전수가 당기신다면 제가 딱 좋은 곳으로 모셔봅지요." 나는 그녀를 꼭 한번 그런 식으로 비꼬고 싶은 걸 참을 수가 없었다.

우리는 꼬박 두 블록을 침묵하며 걸었다. 폴리나의 쾌활한 기분은 증발해버렸다. "너만 괜찮다면 몰리, 난 집에 가야겠어. 생각했던 것보다 지쳤어."

"당연히 안 괜찮죠. 왜 사실대로 얘기하지 않으세요? 제가 레즈비언이라고 하니까 불편한 거잖아요."

그녀가 내 눈을 피했다. "그래."

"그게 무슨 상관이죠? 말해봐요. 당신이 알던 나와 지금의 나는 같은 사람이에요. 세상에, 난 절대 이성애자들을 이해할 수가 없어!"

"제발, 나 집에 가서 생각 좀 해볼게." 그녀는 사십이 번가에 있는 지하철역으로 쏜살같이 사라졌고, 나는 집까지 걷기로 했다. 걷다 보니 마음이 차분해졌다. 그러나 현관 자물쇠에 열쇠를 꽂자 처음의 분노가 도로 솟았다. 왜 이렇게 짜증이 날까? 나는 왜, 저들이 나를 지워버리는 것처럼 저들을 그냥 지워버리지 못하는 걸까? 왜 항상 이렇게 이럴 때마다 상처받고 아픈 걸까?

화장실

삼 주간 폴리나는 나를 멀리했다. 목요일마다 사무실에 방문하던 것도 끊기고, 전화도 아무것도 없었다. 완전한 침묵뿐이었다. 나는 그녀에게 전화하지 않겠다고 마음먹었다. 그녀는 내게 남자 애인이 있다고 말했었다. 폴 디지타, 뉴욕 대학교에서 영문학을 가르치는 사람이었다. 호기심에 나는 그가 어떻게 생겼는지 한번 보기로 했다. 그가 절름발이라는 건 이미 알고 있었다. 그는 왼쪽 다리를 끌고 다니기 때문에 지팡이를 사용해야 한다. 1949년 엑시터 고등학교에서 장대높이뛰기를 하려고 달리다가 발구르기를 못하고 서버리면서 다리가 꺾여 영구적으로 변형되고 말았다고 한다. 알고 갔는데도 그를 직접 보니 아직 그를 대할 준비가 덜 돼 있었다. 다리는 그의 다른 문제들에 비할 바가 아니었다. 그는 근시에다가 아주 심각한 비듬 환자였고, 이빨은 마치 해조류 양식장이라도 지어놓은 것처럼 보였다. 폴은 인간의 부스러기에 관한 살아 있는 연구 사례였다. 어떻게 이런 존재에 그녀는 흥분을 느낄까? 두 사람의 공통분모가 될 수 있는 것이 대체 무엇일까? 예이츠의 세미콜론 사용에 관한 그의 강의가 끝나고 나는 억지로 다가가 수업이 얼마나 재미있었는지 얘기했다. 그 아첨에 그는 거의 넘어갈 뻔했다가 교탁 옆을 잡고 지탱했다. 아니 어쩌면 다리의 힘이 풀린 것일 수도 있지. 어쨌든 그는 내게 차를 한잔하자고 했고, 그 해조류를 비롯한 모든 것을 정면으로 쳐다보려면 강철 같은 신경줄이 필요했지만 나는 좋다고 했다.

비싼 차를 마시며 폴은 자기가 이해받지 못하는 천재라고 했다. 그는 자기 인생에 관해 하나도 빠짐없이 내게 얘기해주었다. 나라는 사람에 대해서는 아무것도 묻지 않았고 두 시간 후 끝없는 독백에 지친 그는 내게 다음에 또 볼 수 있겠냐고 물었다.

나는 이 못생긴 원형질 덩어리에게 네 하고 대답해버리고 말았다. 주여. 그래서 우리는 다음 주에 데이트하기로 약속을 잡았다. 내가 대체 어디까지 가게 될는지, 폴리나가 알 리 없었고 나조차도 알 수 없었다.

폴과 데이트를 하기 전에 폴리나가 전화를 했다. 그녀는 미안하다고 했다. 당연하게도 내 동성애는 그녀에게 아무 문제가 되지 않는다고 했다. 1963년에 그녀 인생의 정서적인 측면을 최종적으로 구원해줬던 정신과 의사와 여러 차례 상담한 후, 그녀는 천지개벽할 만한 결론에 이르게 됐단다. 성숙하고 건강한 인간으로 적응해서 살아가는 한 나는 무엇이든 내가 바라는 대로 살아도 좋다는 것이다. 그녀는 내가 성숙하고 건강한 인간으로 살고 있음을 칭찬을 하고, 오는 금요일에 자기와 영화를 보는 건 어떤지 의사를 물어왔다.

우리는 〈어두워질 때까지Wait Until Dark〉를 관람했고, 둘다 무서워서 혼이 났다. 내 아파트는 엘긴 극장 바로 옆이었기 때문에 나는 그녀에게 집에 가기 전에 한잔하겠느냐고 물었다. 폴리나는 잠시 주저하는가 싶더니 용기를 내서 그것 참 좋을 것 같다고 했다. 무너질 것처럼 생기고 불도 켜지지 않는 우리 아파트 계단을 숨차게 올라오면서 폴리나는 무척 놀랐으나, 예의상 말은 하지 않았다. 그리고 쌓아올린 우유갑들 위의 매트리스 하나와 더 밝은색으로 칠해진 사방의 우유갑들이 전부인 내 방을 보고 놀라움을 감추지 못했다.

"너 정말 기발하구나. 저 앙증맞은 책꽂이들이랑 의자들을 우유갑으로 만들다니."

"고맙습니다. 특별한 경우를 위해서 아껴둔 미개봉 랜서스 와인이 한 병 있는데, 같이 마실래요?"

"좋아."

와인을 마시자마자 폴리나는 입이 풀렸다. 자기는 굉장히 놀랐었다고, 사실 속으로 생각해본 게 있다고 했다. 모든 여자는 동성애에 끌리면서도 두려워하는데 그건 자신들이 레즈비언일 수도 있기 때문이다. 그런데 이런 사실은 은폐되어 있고 교육도 안 되고 있지 않느냐고. 내가 금기의 유혹 때문에 동성애에 빠지게 됐다는 걸까? 그러더니 그녀는 이어서 자기 남편과의 관계가 얼마나 대단한 건지 늘어놓기 시작했다. 그는 폴에 대해서도 이해를 해준다, 이성애란 정말 멋지지 않은가?

"지겨워요, 폴리나."

"지겹다니…… 무슨 뜻이야?"

"그러니까 남자들은 지겹다고요. 남자들이 어른처럼 행동을 하면 그건 축하할 일이죠. 그나마 사람같이 행동을 하더라도, 침대에서는 여자들만큼 잘 못하고."

"네가 아직 맞는 남자를 못 만난 거 아닐까?"

"선생님이 아직 맞는 여자를 못 만난 거겠죠. 그리고 제가 선생님보다 남자들이랑 더 많이 자봤을걸요. 남자들다 똑같이 해요. 좀 잘하는 애들도 있지만 여자는 어떤지 알게 되는 순간 지겨워지죠."

"그렇게 가만히 앉아서 남자에 대해서 이렇다 저렇다 말하는 건 아니지."

"알겠어요, 그럼 아무 말도 안 할게요. 거짓말을 하느니 아무 말도 안 하고 말지."

불편한 침묵. "여자랑 자는 건 뭐가 그렇게 다른데? 내말은, 정확하게 어떤 점이 달라?"

"하나만 얘기하자면 더 강렬해요."

"남녀 사이는 강렬해지지 않을 것 같아?"

"물론 그렇겠지만, 여자랑은 다르죠. 그렇다고요!"

"어떻게?"

"아, 부인, 그걸 어떻게 말로 하나요. 몰라요…… 롤러스케이트 한 켤레랑 페라리를 비교하는 거예요…… 아, 말로는 못 해요."

"부인, 과장이 너무 심하신데요. 네 자신에 대해서 확실하고 네 성정체성에 대해서도 확실하면 그렇게까지 노골적인 동성애 선동질은 안 할 것 같은데?"

"선동이라고요? 선생님이 물으시니까 대답을 하려고 고작 몇 분 설명해본 거잖아요. 노골적인 선동이 뭔지 보고 싶으면 지하철, 잡지, 텔레비전, 사방에 있는 광고들을 보세요. 뚱돼지 같은 새끼들이 이 나라의 모든 걸 파는 데 이성애도 갖다 붙이고 여자 몸도 갖다 붙이죠. 심지어 폭력까지 갖다 붙이는데. 젠장, 이제 당신들은 너무 잘 안되니까 짝짓기 하려고 컴퓨터까지 써야 할 정도잖아."

폴리나는 폭발하려다 말고 내가 던진 말을 곰곰이 따져봤다. "그렇게 생각해 본 적이 한 번도 없어. 광고도 다른 것들도."

"그런가요, 난 당연히 해봤어요. 살렘 담배를 사게 만들려고 여자들끼리 키스하고 있는 광고를 볼 일은 당신한텐 없잖아요, 안 그래요?"

그녀가 웃음을 터뜨렸다. "웃긴다, 진짜 웃겨. 와, 너한테는 세상이 완전히 다르게 보이겠다."

"정말 다르게 보여요. 파괴적이고 병들고 좀먹었어요. 사람들한테 더 이상 자아가 없어요, 어쩌면 처음부터 없었는지도 모르죠. 그래서 섹스가 자기의 기반인 거고요. 자기의 성기, 그리고 섹스하는 상대가. 지나가던 개가 웃을 일이죠."

"동성애자들은 다 너처럼 예리하니?"

"모르죠. 내가 세상 모든 동성애자들하고 얘기해본 건 아니잖아요." 폴리나는 그 마지막 질문이 부끄러워할 만한 질문이라는 걸 자각할 정도는 되었다. 오랫동안 말없이 잔을 비운 그녀는 술을 새로 따랐다. 그녀는 취해가고 있었다. "음료수로 바꾸는 게 어때요. 뻗어버리지는 않으셨으면 하는데."

"나? 아니, 나 괜찮아. 이거 조금씩 마실게." 그러더니 그녀는 꿀꺽하고 잔을 반이나 비워냈다. 그녀는 나를 빤히 바라보기 시작했다. 나는 폴리나를 좋아했다. 약간 사랑했던 것 같기도 하다. 하지만 참기 힘들었다. 이런 지성인이 이렇게까지 전형적인 편견에 사로잡힌 이성애자일 줄은 예상하지 못했다. 나는 마치 돋보기로 관찰당하는 벌레가 된 기분이었다. 참 내 원. 도시에 남은 아름다움이라곤 도로 위에 반짝이는 기름막밖에는 없나 보다, 여기 사는 사람들에게는 어떤 아름다움도 남아 있지 않은 거야.

이런 암담한 생각의 흐름을 깨고 폴리나가 끼어들었다.

"몰리, 너 여자들이랑 많이 자봤어?"

"몇백 명은 될걸요. 난 마성의 레즈비언이니까요."

"진지하게."

"진지한데. 난 마성의 레즈비언이라니까요." 나는 그녀에게 다가가 그녀의 어깨에 손을 올리고, 그녀뿐 아니라 나까지도 놀라게 만든 키스를 했다. 처음에 그녀는 몸을 빼다가, 다음 순간 계속하기로 마음을 바꿨다. 고상하게 그리고 대담하게. 예상대로 그녀는 키스가 끝나자 당연히 내게 항의했다.

"이러지 마. 너도 남자랑 다를 게 없네, 물어보지도 않고 대뜸 키스를 하다니."

"내가 물어봤으면 키스를 안 하셨겠죠. 자, 한 번 더 해 드릴게요, 뭐가 다른지 확실히 알 수 있게. 당신이 날 남자랑 헷갈린다면 정말 싫을 것 같거든." 그녀가 눈을 크게 뜨고 멈칫했지만 난 그녀를 봐주고 싶은 기분이 아니었다. 나는 그녀를 꼭 안고 긴 프렌치 키스를 선사해줬다. 그녀는 좋아해 마지않았다. 너무도 좋아하면서 그렇게 좋아하게 만든 날 미워했다. 그녀는 완전히 화가 나서 나를 떨쳐냈다. "어떻게 이런 짓을! 어떻게 네가! 내 나이가 네 엄마뻘인데!"

"나도 그런게 별로 중요하지 않다는 걸 알 정도로는 나이를 먹었어요. 당신의 그 신성하신 자지 영감한테서 좀 내려와봐요. 좋아하시잖아요. 보지가 반쪽밖에 안 남은 여자라도 그건 좋아할걸요. 여자에게 키스하는 여자는 아름다워요. 여자와 섹스하는 여자는 다이너마이트예요. 그러니까 그냥 자기를 내려놓고 빠져보세요."

"정말 어처구니가 없다. 넌 미쳤어."

"그럴 가능성도 분명히 있겠지만 적어도 난 실제로 경험을 해봤으니까 내가 무슨 얘기를 하고 있는지는 알아요.

당신은 이 얘기의 한쪽밖에 모르잖아."

이 말에 그녀가 상처받았다. 그녀의 정곡을 찌르는 말이었던 것이다. 내 키가 폴리나보다 십이 센티미터가 넘게 작았지만, 그녀를 밀어 붙여 매트리스에 눕히는 덴 문제 없었다. 그녀가 고운 손으로 주먹을 쥐고 때리기 전에 나는 또 한 번 키스를 했다. 이어 그녀의 가슴을 어루만지고 허벅지를 지그시 누르자 폴리나는 자신이 이야기의 다른 쪽은 모른다는 걸, 사십일 년이란 시간은 길고 긴 암흑기였다는 걸 인정하기로 했다. 그래서 그녀는 지금 여기까지 왔는데, 내가 반강제로 밀어 붙였으니 그녀로서는 편리하기도 했을 것이다. 이런 식으로 그녀는 다른 여자와 섹스한 데 대한 책임감도 회피할 수 있었다. 그 점에서는 와인도 큰 도움이 되었으리라. 하지만 이유야 뭐가 됐든 그녀도 내게 키스를 해주었다. 그녀는 매트리스 위에서 몸을 쭉 뻗어 바로 내 몸으로 밀착해 들어왔다. 말이 필요하지 않았다. 우리는 옷을 벗자마자 이불 밑으로 들어갔고 그녀가 엉큼한 눈빛으로 나를 보았다. "이제 우리 어디야?"

"뭐가요?"

"우리 어디에 있는 거냐고."

"침대죠. 우리 집에 있는 침대요. 아니면 어디겠어요?"

"아니, 아니, 그게 아니고 우린 지금 남자 화장실에 있는 거야."

"우리가?"

"그래, 우리 둘 다 타임스 스퀘어 지하철역 남자 화장실에 있는 거야."

"폴리나, 우리가 남자 화장실을 어떻게 써요."

"나랑 이야기를 같이 지어내야지. 네가 이 판타지를 같이 연기해주지 않으면, 나는 절정이 안 와. 그러니까 제발, 우린 지금 화장실에 있는데, 네가 날 넘겨다 보다가 내 자지를 보고 말하는 거야, 자지가 튼실하네요, 크고 찰지게 생겼군요…… 얼른 말해줘!"

"그거…… 자지가 참 튼실하네요……, 콜록…… 크기도 하고 찰지게 생겼네요."

그녀는 흥분하면서 침대 위에서 꿈틀거리기 시작했다. "계속, 계속해."

"이 다음에 뭐라고 해요?"

"아무거나. 지어내봐."

"어…… 내가 본 것 중에 제일 찰지게 생긴 자지네. 정말 대물이다."

거친 목소리로 그녀가 말했다. "만져봐도 되겠냐고 물어봐."

"당신 자지 좀 만져봐도 돼요?"

폴리나는 낮은 신음을 뱉었다. "아, 그래, 만져봐, 키스하고 빨아봐." 그녀는 내가 쥐어보고 싶다, 키스하고 빨아보고 싶다고 말하는 바로 그때 절정에 이르렀다.

십 분쯤 생각에 빠져 있던 그녀가 굴러와 말했다. "나도 너한테 해줄까? 해본 적은 없지만 할 수 있을 거야."

"좋아요. 해주면 좋겠어요."

"너는 어떤 판타지가 있어?"

"그런 건 딱히 없는 것 같은데."

"그래도 판타지 없이 어떻게 섹스를 해? 누구에게나 섹스 판타지는 있지. 말하기엔 너무 끔찍한 건가 보네. 말해도 되는데. 나 또 완전 흥분하게 될걸."

"미안한데 나는 섹스하는 것 자체가 좋아요. 몸이 닿는 것, 키스하는 것 자체로 흥분돼요. 말은 한마디도 안 해도 돼요."

"이 시대에 판타지 없이 살아가는 사람이 있다니 믿을 수가 없네."

"글쎄, 하나 있기는 한데 판타지까지는 아닌 것 같고."

"말해봐, 말해봐." 그녀가 내 허리에 팔을 둘렀다.

"난 여자한테 해줄 때, 상대방 성기를, 어, 그걸 루비프루트 정글이라고 생각해요."

"루비프루트 정글?"

"맞아요, 여자들은 울창하고 풍요로워. 그리고 숨겨진 보물들이 가득하죠. 게다가 맛있거든요."

"그게 무슨 판타지야. 너 정말 성생활이 성숙하지가 못하구나, 몰리. 네가 왜 레즈비언인지 알겠다."

"그게 별로면 안 해줘도 괜찮을 것 같아요."

"에이, 너 판타지가 없어서 부끄럽구나. 그러지 마. 내가 하나 만들어줄게. 나 너한테 진짜 해주고 싶어. 네 몸매는 정말 섹시해. 가볍고 매끄럽고 탄탄해. 넌 플라톤이 말한 완벽한 양성인이야. 아니다. 그게 아니야. 넌 틀림없이 여자야 하지만 너무도 강하지. 아무 데도 군살이 없어. 나…… 나 네 안으로 들어가고 싶어. 촉촉하게 열려 있는 여자 속으로 들어가는 거, 짜릿할 것 같아."

"알겠어, 알겠어요. 이야길 지어내봐요, 나한테 해주는 동안 듣고 있을게."

폴리나는 기숙학교의 남학생이 되는 이야기를 지어냈다. 이번 이야기 속에서 우리는 탈의실에서 했다. 이 이야기에 너무 흥분한 나머지 그녀는 완전히 광분해서 나에게 해주었다. 그러나 나는 느낄 수 있었다. 폴리나와 내가 사귀더라도 그렇게 좋지는 않겠구나. 나는 그 이야기들을 견딜 수 없었고, 왜 모든 이야기에 남자들이 등장하는지도 이해 가지 않았다.

폴리나는 자고 가지 않았다. 나는 그러길 바랐지만. 곁에 있는 따뜻한 몸을 끌어안고 있다가, 포옹으로 아침 인사를 나누며 잠에서 깨어나는 건 정말 기분 좋은 일이다. 그러나 그녀는 낡은 파란 스웨터를 입고 무릎 아래 큰 베개를 괴어야만 잘 수 있다고 했다. 그녀는 다른 사람과 절대 한 침대에서 같이 잘 수 없다는 것이었다. 그래서 그녀는 집에 갔고 나는 이게 꿈인지 실제인지 고민하느라 밤새 잠을 자지 못했다. 실제로 일어난 일이 맞았다. 다음 날 아침, 한 줌의 햇살이 대기 오염을 간신히 뚫고 들어와 매트리스를 비추었을 때 나는 머리카락을 발견했다. 길고 검은 머리카락들 그리고 회색도 몇 가닥 남아 있었다.

폴과의 데이트 날짜가 다가왔고 나는 맹렬한 호기심에 사로잡혀 그를 만나러 나갔다. 이 둘이 뭘 할까? 그녀에게 그가 이런 황당한 이야기들을 해줬을까? 알아낼 방법은 한 가지밖에 없었다.

폴은 나를 이탈리아 식당에 데려간 다음에 뭘 해야 할지 몰라 우물쭈물했다. 그는 여자에게 주목을 받는 데 익숙하지 않아 어쩔 줄을 몰랐다. 잠시 리버사이드 공원을 걷자고 내가 제안했다. 그가 공원 근처에 사니 집까지 바래다주겠다고도 했다. 네 블록을 걷는 데에 삼십 분이 걸렸다. 그의 집 앞에 도착해서 절뚝거리며 들어가던 그가 무슨 기발한 생각이라도 번쩍 든 것처럼 갑자기 돌아보았다. "잠깐 올라가서 내가 쓴 논문 볼 생각 없나? 하버드에서 높은 평가를 받았지."

"선생님 논문 정말 보고 싶은데요."

폴은 그다음 한 시간 반 동안 내게 이십 세기 초기 시에서 구두법이 가지는 대단한 중요성을 설명했다. 그는 시가 구두법을 폐기하고 있다는 끔찍한 생각에 사로잡혀 거품을 물고 흥분했다. 이 혹평을 마친 그가 보드카 스쿼트를 벌컥벌컥 들이켜고 에드먼드 윌슨에 대한 장광설을 늘어놓기 시작했다. 예고도 없이 말을 멈춘 그가 앉아 있던 소파에서 휘청거리며 일어나 내게 키스했다…… 그 이빨로. 으아악. 내가 방어할 새도 없이 그는 영화 〈새벽의 출격Dawn Patrol〉*에서 바로 튀어나온 것처럼 내 가랑이로 날아들었고 나에게 온통 침을 묻혔다. 폴은 전희가 중요하다고 생각하지 않았다.

"폴, 침실로 가는 건 어때요?"

"어, 그래."

그의 침실로 들어갔더니 신선한 공포가 나를 기다리고

---

*   1930년대 두 번이나 제작된 전쟁 영화로 일차 대전에서 활약한 영국 공군의 이야기를 다룬 작품

있었다. 그의 온몸은 한 치도 빠짐없이 털로 덮여 있었다. 나무 사이에서 막 뛰어내린 그가 내 가랑이로 들어왔다. 이런 오랑우탄을 견딜 만큼 나는 폴리나를 사랑하는 것이다. 신이시여. 폴은 뭐라고 주절거리며 눈알을 이리저리 굴렸다. 그가 발작을 일으키거나 다시 나한테 뛰어들지 않을까 생각하고 있는데 그가 갑자기 몸을 뒤집더니, 꽤 큰 제 자지를 쥐고 다른 손으로 내 뒷목을 받쳐 자기 쪽으로 끌어당겼다.

"이제 우리 어디야?"

바로 이거였다. "타임스 스퀘어 지하철역에 있는 남자 화장실이죠."

"아니야, 그게 아니야!" 그가 비명을 질렀다. "우리는 포 시즌스 레스토랑에 있는 여자 화장실에 있고 너는 내 풍만한 가슴에 놀라워하는 거야."

"잘 있어요, 폴."

다시

폴리나와 바로 헤어지지는 않았다. 내겐 그녀가 너무
많이 필요했는지도 모른다. 그녀와 나누는 대화, 연극, 그
녀가 자란 유럽 이야기들이. 섹스에 대해서는 신경 쓰지
않으려고 했지만 폴리나는 섹스에 점점 더 빠져들고 있었
다. 그녀가 자기를 골든샤워* 퀸이라 불러 달랬을 때는 그
야말로 최악이었다. 폴리나는 내가 찬양할 수 있도록 빈
마카다미아 유리병들에 오줌을 받았고, 그러는 동안 나는
또 다른 환상 속 남자 화장실에서 그녀의 오줌발이 너무
세다는 이야기를 지어내야 했다. 도저히 견딜 수 없었다.
혹시 우리가 친구가 되면 어떨까 물었지만, 그 말에 폴리
나는 심장마비라도 일으킬 것처럼 굴었다.

* 성적 전희를 위해 상대에게 소변을 보는 행위

"친구라니 무슨 의미로 하는 말이야? 친구? 난 이제 막 엄청난 섹스 탐험을 시작했는데, 넌 나랑 친구로 지내자고?"

그녀에게 다른 여자를 만나보라고 얘기를 하려 해도 그녀는 나를 원했다. 그녀는 나를 원했지만, 나를 창피하게 여겼다. 나를 친구들에게 소개하지 않으려고 했고, 직장에도 못 오게 했다. 내 젖들 사이에서 보라색 엘 자 네온사인이라도 빛날까 봐서 무서웠나 보다. 나는 사랑보다는 외로움 때문에 그녀와 계속 만났다. 학교 수업에는 죄다 남학생만 있었고, 그들보다 내가 더 잘한다는 이유로 그들은 나를 별렀다. 모든 직종을 통틀어 그나마 영화가 개방적이라 생각했으나, 그들은 조그만 아리플렉스Arriflex 카메라 뒤에 숨어서 한심한 자아를 턱없는 수준으로 부풀렸고, '자기들만의' 영역에 들어와 경쟁하고 심지어는 이기기까지 하는 여자에게 성을 냈다. 레즈비언 바들은 지적 혁신의 온실이 아니었다. 그래도 나는 교외에서 역할 나누기의 기미만 보여도 상대해주지 않는 꽤 괜찮은 바들을 찾아냈다. 이 여자들에게 역할이란 트럭 운전수에게나 필요한 단어였다. 하지만 상대방 머릿속에서 감탄이 터져나오기를 바라며 유명인들 이름을 네이팜탄처럼 떨구는 대화에 끼는 것도 한계가 있었다. 나는 누구를 아는 사람인지는 개뿔도 관심없었고, 그저 무슨 일을 하는 사람인지만 궁금했다. 이 상류층 인형들은 그다지 하는 일이 없었다. 그렇다고 해서 불 다이크들이 여전히 크루컷 머리에 부치 헤어왁스*를 바르고 있는 지저분한 바 콜로나 슈가스로 돌아갈 수는 없었다. 그러니 그 온갖 판타지를 두른 폴리나가 그나마 나은 선택으로 보였던 것이다.

문제를 해결해준 사람은 다름 아닌 앨리스였다. 우리 셋은 가끔 같이 만났다. 폴리나의 눈에 나는 자기 친구들한테는 위험하지만 딸한테는 괜찮은 사람이었다. 폴리나의 이중사고는 놀라울 정도였다. 그녀는 앨리스와 내가 친하게 지내게끔 부추겼다. 우리 둘의 나이차가 폴리나와 내 나이차보다 적게 나기는 했어도, 사실 폴리나가 끊임없이 자기 나이를 들먹이지 않았다면 별것 아닌 부분이었다. 앨리스는 나보다 고작 여섯 살 어렸다. 나는 1944년에 태어난 것이 죄스럽기 시작했다. 폴리나는 자신을 '노부인'이라고 칭하며 우리가 같이 즐기는 음악과 영화, 우리가 읽는 잡지를 무시했다. 그녀가 우리의 나이도 취향도 깔보는 수준을 벗어나지 못한 덕분에, 앨리스와 나는 더 가까워졌다. 세대 갈등이란 항상 그런 식으로 작동하는 법이다. 앨리스는 내가 자기 엄마와 연인 사이라는 걸 알고 있었고, 이것이 멋진 일이라고 생각했다. 그 애는 폴도 알고

---

*   butch hair wax, 당시 실제 쓰이던 상품 이름

있었는데, 그를 원조 인간 민달팽이라고 생각했다. 산성비가 부슬부슬 내리는 노리끼리한 어느 날, 그 애가 털어놓았다. "엄마가 나랑 자고 싶어 한다는 거 알아?"

"아, 그래?"

"인정은 안 하려고 하는데, 난 알지. 나도 엄마랑 자보고 싶은 것 같기도 해. 엄마는 정말 예뻐, 그렇잖아. 엄마는 기겁할 텐데, 너무 아쉬워. 나는 근친상간이 그렇게 막 트라우마 같진 않은데."

"나도 마찬가지긴 한데, 난 친부모 밑에서 큰 게 아니라 이 문제에 관해선 별로 할 말이 없어. 그렇지만 어째서 부모자식간은 섹스가 제거된 범주로 넣는지 이해가 안 되긴 해. 내 생각에 그건 반인간적이야."

"맞아, 부모들이란 아무 일에나 기겁해. 우리 엄마는 섹스를 심각하게 억압하고 있는 것 같아. 내 몸에 꼴린다는 사실을 절대 인정하지 않을 거거든."

"단순히 섹스를 억압하는 정도가 아니지."

"그래? 우리 아줌마가 뭘 어떻게 하려고 하길래?"

"아무것도 아니야. 그냥 엄마랑은 자지 마. 난 근친상간이라도 양쪽이 합의했고 둘 다 열다섯 살 넘었으면 반대하진 않아. 그런데 너희 엄마는 그분만의 이상한 길을 가신달까."

"어떤 길을 가시는데?"

"안 돼. 난 애인의 비밀은 말하고 다니지 않아."

"아, 몰리, 왜 도덕관념을 들고 나와?"

"밑천이 없어서."

"그 도덕관념, 나랑 자는 문제에 관해서라면 어떨 거 같아? 나랑은 합의하고 해도 잡혀가잖아, 알지?"

"앨리스, 네 낭만적 영혼은 너무 섬세해. 감동받아서 눈물 날 것 같아."

"제발 나랑 자줘. 언니라면 믿을 수 있을 것 같아. 거창하고 심각한 걸로 빠져버리지 않게. 무슨 말인지 알지?"

"알아. 하지만 너희 엄마는?"

"모르는 게 약이지." 앨리스가 키득거리며 내게 음흉한 표정을 내비쳤다. "언니의 햇살 같은 영혼을 위해 완벽한 노란 장미 한 송이를 바칠게. 그러면 나랑 자줄래요?"

"완벽한 노란 장미 한 송이라면…… 그래."

앨리스는 꽃집을 찾으러 브로드웨이를 뛰어 내려가더니, 어느 조그만 가게로 쏜살같이 들어갔다가 장미를 손에 들고 나타났다. 우리는 십칠 번가에 갔다. 바퀴벌레와 증기가 절대 나오지 않는 증기 난방기가 있는 곳으로. 하지만 앨리스가 난방기처럼 뜨거운 열기를 내뿜고 몸을 떨며 한숨을 내쉬었다. 그리고 그녀에게는 이상한 섹스 판타지 따위는 단 하나도 없었다. 애무를 받는 것도 해주는 것도 사랑했다. 그녀에게 키스는 예술 행위였다. 어떤 콤플렉스도 없이, 어떤 이야기도 할 필요 없이 그녀는 온전히 그녀 자신으로서 여기에 임했다. 나 또한 그저 나로서 존재했다.

앨리스의 생존 본능은 철저했다. 그녀는 우리가 더 자주 만나기 위해서는 숨어 다녀야 한다는 걸 알았다. 폴리나의 왜곡된 빅토리아 시대 수준의 정신 상태는 우리의 실상을 알게 되면 허물어질 것이었다. 우리 셋이 함께 만나는 건 그 자체로 특수한 형태의 고문이었다. 한번은 〈로젠크란츠와 길덴스턴은 죽었다Rosencrantz and Guildenstern are Dead〉* 공연을 보러 가서 발코니에 앉았는데 내 왼손은 폴리나가 잡고 있고, 내 오른쪽 허벅지는 앨리스가 만지작거렸다. 나는 연극에서 아무런 감흥을 얻지 못했으나 막이 내릴 때 그새 쌓인 에너지를 배출하기 위해 미친 듯이 박수를 쳤다.

폴리나는 우리를 모아놓고 뭔가 일이 벌어지기를 바라면서도 두려워했다. 어쩌다 보니 나는 그들 사이의 성적

---

*   1966년 영국의 작가 톰 스토파드의 희곡. 〈햄릿〉을 재구성한 작품으로, 일반적으로 '길든스턴'으로 표기하나, 본문에는 영화화 후 수입된 작품 제목 기준으로 표기했다

매개체가 되었다. 나는 그들이 서로 메시지를 주고받기 위한 일종의 텔스타*였다. 어떤 때는 그들이 없을 때보다 그들과 함께 있을 때가 더 외로웠다.

어느 토요일 오후, 할렘이 내다보이고 공원에서 드럼 소리가 끊임없이 들려오는 가운데, 엄마와 딸이 유서 깊은 전투에 나섰다. 폴리나는 앨리스가 무슨 사소한 일을 가지고 애처럼 군다고 나무랐고, 앨리스는 폴리나가 동맥 경화에 걸렸으며 특히 머리 쪽이 문제라고 되받아쳤다. 이런 종류의 유쾌한 농담은 계속 이어졌다. 앨리스가 갑작스러운 변덕으로 미숙한 자아를 내세우며 자기의 가장 오래된 숙적을 공격할 때까지. "난 이제 더 이상 어린애가 아니에요. 아, 진짜. 난 어머니 당신 애인하고도 잘 만큼 나이 먹었다고요. 알아들어요? 그러니까 나 그만 좀 괴롭혀."

"내 뭐?"

"몰리랑 나 같이 자는 사이야."

폴리나는 움찔하고 물러섰다. 그녀가 이탈리아어로 씩씩거리며 하는 말이 너무 빨라 내가 알아들을 수 있던 소리라곤 "바스타! 바스타!Basta! Basta!"** 뿐이었고, 거기다 따

---

*   세계 최초의 통신 위성

**   "됐어! 그만!"이라는 뜻이지만 몰리가 어린 시절에 '후레자식bastard'이라는 말을 들으며 받았던 상처를 연상시키는 표현이기도 하다

귀도 한 대 맞았다. 줄줄 엮여 나오던 이중 언어가 잦아들자 그녀는 오해의 여지 없이 분명한 영어로 나에게 본인과 앨리스의 인생에서 영원히 사라지라고 명령했다. 앨리스는 항의했지만, 폴리나는 이 관계를 앨리스가 계속 유지한다면 대학에 보내지 않겠다고 겁을 줘 그 반항을 잠재웠다. 앨리스는 약은 아이였고, 자기가 일해서 대학에 다닐 생각이 전혀 없었다. 특히 내가 사는 꼴을 봤으니 말이다. 그녀는 어머니의 월등한 물질적 권력에 굴복했다. 그리고 나는 지옥문을 지키는 개들이 내 발목을 물어뜯고 부엌에서는 장구애비들이 사파리를 지어놓은 십칠 번가의 집으로 우아하게 퇴장했다.

나는 고층 건물들 지하에 펼쳐진 하수도 지하 저수지를 꿈꿨다. 그 아래서는 여기 미친 도시와 미친 사람들을 벗어나게 해줄 콘에디슨 전력 회사의 배를 찾아낼 수도 있을 텐데. 내게 끝이 뾰족한 봉 하나만 주면, 마이애미 해변에 여행 갔다 온 사람들이 조그마할 때 데려왔다가 하수도에 버려 눈먼 채로 자란 악어들도 물리칠 수 있을 것이다. 마이애미 해변이라, 캐리, 캐리의 파두나무와 익소라 꽃, 그리고 근거 없는 자부심과 지나치게 가까운 곳이다. 마이애미 해변은 노년층이 신발 색에 맞춰 반짝이가 달린 인공 항문 주머니를 사는 곳이다. 하수도를 통해 내륙 대수로*를 탄다고 한들, 나는 그곳에서 내릴 수 없다. 갈 곳이 없기 때문이다. 나는 이곳 네온사인의 공중정원에서 학위를 따려고 개고생하며 시궁창에서 살고 있다. 샤일로보다도 못한 시궁창. 그리고 이 망할 맨해튼에 걸어 다니는 방사능 재난 구역이 아닌 사람이 하나라도 있는가? 나일 수도 있다. 나야말로 재난 구역일지도 모른다. 아니면 나는 형제단 신도들처럼 순진한 꿈에 사로잡혀 있는 걸까?

어쩌면 펜실베이니아 산기슭에서 메노파, 아미시 교도들과 함께 사는 게 나에게 어울리는지도 모르겠다. 하지만 도대체 거기서 어떻게 영화를 만드는가? 거기서는 전구도 쓸 수 없다. 《논리학 101》에서는 이런 걸 딜레마의 뿔이라 칭한다. 어느 길로 가든 뿔에 들이받힌다. 하지만 내게 돈이 있다면 그 딜레마에서 빠져나올 수도 있을 것이다. 그러니까 내게 돈이 있다면, 운이나 알량한 지식인들 아니면 불구의 감정 따위가 베풀어주는 은혜에 그렇게까지 매달리지 않아도 될 텐데. 돈만 있으면 나를 보호할 수 있다. 하지만 그 돈을 구하는 건 또 다른 문제다. 일 년

---

* The Intercoastal Waterway, 미 동부 해안부터 플로리다를 거쳐 멕시코 만으로 이어지는 물길들의 연결망을 지칭한다. 대서양 해안을 따라 보스턴에서 플로리다 만까지 이천 킬로미터에 이르는 내륙 수로다. 일부는 인공으로 일부는 천연으로 지어졌다. 소형 상선 또는 유람선 대피용으로 건설되었다

만 더 있으면 나는 학교를 졸업한다. 벼락부자가 될까. 아, 분명히 나는 인도 한복판에 서 있는 투명인간이 되고도 남으리라. 아무도 나를 고용하려고 하지 않을 테니까. 망할, 그래도 나는 포기하지 않을 것이다. 하지만 가끔은 쉬고 싶어진다. 샤일로의 언덕을 다시 보고 싶다. 저 멀리 제나 이모가 묻힌 곳이 보일 옙네 집 뒤편 초원에 몸을 눕히고 싶다. 그 토끼풀 냄새를 맡으면 여기 이 지옥의 한 지부에서 또 한 번 겨울을 버텨낼 수 있을지도 모른다. 시골에서의 하루가 마음을 다잡게 해줄지도 모른다. 햇볕은 아직 공짜이니까.

길을 나선 나는 필라델피아까지 히치하이킹을 했다. 수컷이 모는 트럭을 얻어 탔더니 그 녀석은 잠든 내 몸을 더듬으려 했고, 내가 으르렁대자 그 불쾌한 발을 거둬들였다. 녀석은 랭커스터의 버스 정류장에 날 떨궜다. 나는 그레이하운드 터미널의 흐릿한 무기력 속에서 한 시간을 기다려 버스에 탈 수 있었다. 버스는 부르릉 소리와 함께 출발했다. 지나가는 자리에 새카만 오염 물질을 뿜어대고 남동부 펜실베이니아의 녹색 구릉 지대를 더럽히면서. 언덕들 또한 '타냐'라든가 '포드', "자연의 완전식품, 우유를 마셔요" 따위를 선전하는 거대한 광고판들로 더러워져 있었다. 언뜻언뜻 광고의 숲 새로 시골 풍경이 엿보였다.

요크에 다다라 두 번이나 버스를 갈아타야 했지만 마침
내 나는 샤일로에 도착했다. 탔던 녹색 버스가 허셔너 아
줌마네 가게 앞에서 정차하길래 뛰어내렸다. 방충망 문과
진입로의 타르지 더미가 옛날 그대로였다. 마루는 반쯤
썩어 있었고, 니하이 간판은 세븐업 언콜라로 바뀌었지만
십오 년간의 발전을 보여주는 표지는 그것뿐이었다. 엡네
집으로 들어가는 길은 여전히 흙길이었는데 군데군데 널
찍한 청회색 사암을 던져놓아 빗속에서도 다닐 만한 것처
럼 해놓았다. 해는 내 머리 위로 높이 떠 있었고 왕포아풀
과 볏밥덩이들 위로 우유처럼 하얀 나비들이 버터 빛 노란
나비들을 따라 날아다녔다. 심호흡을 한번 했더니 오렌지
선샤인*을 할 때보다도 취해버렸다. 두 다리가 저절로 뛰
기 시작해 내 몸을 싣고 길을 뛰어 내려갔다. 뉴욕의 보도
를 걷다가 정강이 부목 증후군에 걸릴 뻔한 다리를 놀려
땅을 박차고 경중경중 내달렸다. 곧이어 팔을 흔들며 소
리를 마구 질렀으나 날 보면서 '저 또라이 뭐 하는 거지?'
라고 생각할 얼굴 하나가 없었다. 아무도 보이지 않았다.
그저 나비들뿐.

길굽이를 돌자 언덕 아래 그 옛날 목조 가옥이 그대로

---

*   엘에스디의 일종. 주로 주황색 알약의 형태로 유통되었다

있었다. 줄에는 빨래가 널려 있었고, 집은 흰색 페인트로 산뜻하게 칠해놓았다. 나는 숨찬 그대로 문 앞까지 가서 문을 두드렸지만, 아무도 집에 없었다. 다행이었다. 그 집 연못가에서 좀 쉴 수 있을지 물어보고 싶지는 않았기 때문이다. 앞마루 옆 콘크리트를 조금 바른 부분에, 리로이와 내가 일 학년을 다니기 시작할 때부터 박혀 있던 일 센트 짜리 동전 두 개가 그대로 남아 있었다. "저 이 센트가 있는 한 우린 파산한 게 아니지." 캐리는 이렇게 말하곤 했다. 토끼우리들은 사라졌고 진흙탕 돼지우리가 있던 자리에는 팬지 그리고 판당고 자주색의 피튜니아가 심겨 있었다.

연못은 옛 모습 그대로였다. 연못가를 따라 질척이는 녹색 물질이 덮여 있었고 개구리알이 잔뜩 달린 긴 풀이 잔잔한 물 위로 높이 솟아 있었다. 그 긴 풀 주위에는 거품이 끼어 있었다. 나는 연못가에 벌렁 누워 팔을 베고 구름을 관찰했다. 시간이 지나자 곤충들과 새들이 나를 돌로 여기기 시작했다. 왼쪽 팔꿈치에는 애벌레가 들붙고 앵무새는 내 발을 조준해 똥을 쌌다.

눈을 떠 천천히 고개를 돌리자 젠장, 태어나서 본 것 중 가장 큰 개구리와 정면으로 눈이 마주쳤다. 그 개구리는 나를 무서워하지 않았다. 그 개구리는 노골적으로 적대적이었다. 놈은 나를 빤히 쳐다보다가 눈을 끔뻑하고 진홍색 목을 부풀려 난공불락의 여리고 성을 함락할 만큼 큰 개골개골 소리를 내질렀다. 연못 반대편에서 화답하는 개골 소리가 날아들었다. 그리고 조그만 녹색 머리통 두 개가 물 위로 빼꼼 모습을 드러내 뭍에 있는 이 포유류의 정체에 대해 조사하러 나왔다. 양서류들은 아마도 자기들처럼 물 안팎을 드나들 수 없는 우리 인간들이 열등한 피조물이라고 생각할 게 분명했다. 생물학적으로 우월한 것 외에도, 저 개구리 녀석은 나보다도 온전하다. 저 개구리는 영화를 만들고 싶어 하지 않는다. 저 개구리는 영화는 본 적도 없는 데다, 신경 쓸 일 역시 개뿔도 없다. 그저 하고 싶은 대로 수영하고 먹고 섹스하고 노래할 뿐이다. 신경과민 개구리에 관해 들어본 사람이 있는가? 어디까지 가야 인간은 스스로 진화의 정점이라는 생각에서 벗어날 수 있을까?

내 의식의 흐름을 어떻게 생각하는지 알려주기라도 하듯, 그 골리앗은 포효하더니 위로 붕 뛰어올라 나직이 순항하던 잠자리를 깜짝 놀랬다. 그놈의 네 발이 땅에 닿았다. 그리고 놈은 다시 공중으로 도약했다가 가히 영웅적이라 할 첨벙 소리와 함께 내 셔츠를 반이나 적시고 연못 속으로 들어갔다. 나는 일어나 앉아, 파문이 차례로 못가에 가 닿는 모습을 지켜보았다. 가장자리의 더러운 거품

속으로 물결이 사라지고 있었다. 그때 긴 풀잎 사이로 그놈이 거대한 머리통을 내미는 것을 봤다. 저 망할 개구리가 나한테 윙크를 하네.

나는 일어나 몸을 털고 하수도를 따라 걷다가 배수로를 통과해 반대편으로 빠져나와서 리오타의 옛집으로 향했다. 그 배수로를 통과할 만큼 작고 날씬한 것을 자축하면서.

리오타의 어머니는 아직 비즐랜드 가에 살고 있었다. 수풀이 자랐고, 집 겉면에는 알루미늄 벽널을 덧댔지만 그밖에는 똑같아 보였다. 그녀도 머리가 완전히 하얗게 샌것 말고는 예전과 꽤 비슷해 보였다. 그녀는 나를 보자 놀라며 호들갑을 떨었고, 캐리의 안부를 물으며 1961년에 칼이 죽었다는 말을 들었을 때 얼마나 안타까웠는지 모른다고 했다. 그녀는 리오타가 재키 팬텀과 결혼한 건 아느냐고 물었다. 조금만 나가면 있는 웨스트요크에서 카센터를 운영하는 남자인데, 리오타와 둘이서 정말 행복하게 산다고도 했다. 그녀는 다이아몬드 가에 있는 그들의 주소를 알려주었고, 나는 허셰너 아줌마네 가게까지 다시 터덜터덜 걸어가 안으로 들어가서 라즈베리 아이스크림 콘을 하나 샀다. 계산대 여자분이 허셰너 아줌마가 삼 년 전에 목을 맸고, 아무도 그 이유를 모른다는 얘기를 했다.

리오타가 나를 보고 싶어 하고 있었기에 리오타의 어머니가 전화를 걸어둔 모양이었다. 내가 두드리기도 전에 문이 열렸고 리오타가 나타났다. 고양이 같은 눈과 나른한 몸은 여전했지만, 세상에나, 그녀는 마흔다섯 살 같았고 주머니쥐 같은 애새끼 둘을 달고 있었다. 나는 스물네 살로 보이는데. 그녀는 내 눈에 비치는 자신의 모습을 보았고, 그녀의 눈에 고통이 스쳤다.

"몰리, 어서 들어와. 얘는 재키 주니어고 얘는 마지야. 우리 엄마 이름을 땄지. 얘들아, 이분께 인사해야지."

재키 주니어는 다섯 살이라 꽤 정확한 발음으로 인사를 할 수 있었지만 마지는 쭈뼛거렸다. 내가 보기에 그 아이는 한 번도 바지 입은 여자를 본 적이 없는 듯했다.

"안녕, 마지. 안녕, 재키."

"자, 재키, 뒷마당으로 동생 데리고 나가서 놀아라."

"동생 데리고 나가서 놀기 싫어. 엄마랑 여기 있을래."

"시키는 대로 해."

"싫어." 그 애는 댓발 내민 제 입술에 걸려 넘어질 수도 있을 것 같았다.

리오타는 그 애의 등짝을 한 대 때리더니 목덜미를 잡고 문밖으로 끌고 나갔고, 꽥꽥거리는 소리는 이십 분이 지나도록 그칠 줄을 몰랐다.

"가끔 재들 때문에 미칠 것 같아. 그래도 재들을 사랑해."

"그렇구나."라고 나는 대답했다. 더 무슨 말을 하겠는가? 모든 엄마들이 똑같이 하는 말이다.

"요크에는 무슨 일이야?"

"대도시에서 하루만 벗어나볼까 했지."

"대도시? 너 플로리다에 간 거 아니었어? 아, 맞다. 엄마한테 네가 뉴욕으로 갔다고 들었던 것 같은데. 길 가다 죽을까 봐 무섭지 않아? 푸에르토리코 사람들이랑 깜둥이들이 그렇게나 많은 덴데."

"아니." 어색한 침묵이 흘렀다.

"백인들이라고 폭력적이지 않다는 건 아니야. 그렇지만 넌 별의별 인간들이 떼거지로 몰려 있는 윗동네에 살잖아. 너도 알다시피 난 편견은 없어."

"그래."

"결혼은 했어?"

"기억 안 나? 우리 어렸을 때 난 절대 결혼 안 한다고 그랬잖아. 난 그 약속 지켰어."

"아, 아직 너한테 맞는 남자를 못 만나서 그래." 불안한 듯한 웃음소리.

"맞아. 다들 그렇게 얘기하지만 개소리잖아."

그녀의 표정은 비속어에 반응했지만, 희미한 찬탄의 기

미가 입꼬리에 어렸다. "고등학교 졸업하자마자 잭이랑 결혼했어. 집에서 나오고 싶었고 그게 유일한 방법이었지. 그 사람을 사랑하기도 했어. 좋은 남편이야. 일 열심히 하고, 애들 사랑해주고. 더 바랄 게 없어. 네가 캐럴 모건을 한번 봐야 돼. 걔는 에디 하퍼랑 결혼했는데. 기억나? 우리 이 년 선배인 사람. 그 사람이 그렇게 술을 퍼마셔. 나는 운이 좋았지."

나는 가구와 도자기 램프마다 비닐을 씌워놓은 이 작고 깔끔한 집을 둘러보았다. 부엌에는 얇은 선으로 콩팥 무늬가 래미네이트 상판에 잔뜩 새겨진 식탁이 있었고, 플라스틱 국화 한 다발이 식탁 한가운데를 장식하고 있었다. 거실에는 생뚱맞게 아보카도색이 넘쳐흐르는 양탄자가 바닥 전체에 깔려 있었다. 리오타가 내 우유갑들을 봤더라면 충격에 몸을 떨었으리라.

재키 주니어는 입을 닥쳤거나 후두암 초기가 됐거나 둘 중 하나였다. 마침내 우리가 목소리를 높이지 않을 수 있었기 때문이다.

"커피나 음료수 같은 거 줄까?"

"콜라."

그녀는 부엌으로 가 부엌 인테리어와 색을 맞춘 매우 큰 갈색 냉장고에서 450밀리리터 콜라 병을 꺼냈다. 내게

콜라 병을 건네려고 걸어오는 그녀의 몸은 예전의 튀어오를 듯한 탄력을 잃었고 동작이 약간 느릿했다. 가슴은 축 늘어지고 머리도 윤기를 잃었다.

"그 대도시에서는 뭘 해?"

"뉴욕 대학교에서 학위를 마치는 중이야. 영화 만드는 공부 해."

그녀는 정말 감탄했다. "유명한 영화배우 되려고? 너 내털리 우드랑 조금 닮은 거 알지."

"칭찬은 고마운데, 난 유명 배우감은 아닌 거 같아. 나는 영화를 만들고 싶지, 그 안에 있는 장기말이 되고 싶지는 않거든."

"아······" 그녀는 더 이상 말을 잇지 못했다. 요컨대 영화를 만드는 작업은 신비로운 과정이고, 그녀가 최종적으로 보게 되는 것은 어차피 영화배우들인 것이다.

"리오타, 우리 같이 잤던 그날 밤 생각했었니?"

그녀의 허리가 빳빳하게 굳고 눈이 흐려졌다. "아니, 전혀."

"난 가끔씩 생각해. 우린 정말 어렸고 그때 좀 귀여웠지."

"나는 그런 생각 안 해. 나는 애엄마야."

"그게 뭐 과거를 기억하는 뇌를 막기라도 해?"

"그런 생각 하기엔 바빠. 생각할 시간이 있는 사람이 어디 있어? 아무튼 그건 변태적이고 병적인 거였어. 그런 생각 할 시간이 어딨어."

"그것참 유감이네."

"그걸 왜 물어보는 거지? 여기까지 온 이유가 뭔데, 그 거 물어보러 온 거야? 넌 아직도 그렇게 살고 있나 보구 나. 그래서 그렇게 청바지에 풀오버 스웨터를 입고 다니는 거야? 너도 그런 변태들 중 한 명이야? 난 이해가 안 돼. 전혀 이해가 안 돼, 너같이 예쁜 애가. 너라면 남자 많이 만날 수 있었잖아. 넌 여기 사는 나보다 선택지가 많잖아."

"너 아까 남편을 좋아한다고 했던 거 같은데."

"내 남편 사랑해. 우리 애들 사랑한다고. 그게 여자가 존 재하는 이유야. 너는 대도시에 살고 교육도 받았는데. 의 사나 변호사, 아니면 텔레비전에 나오는 사람하고도 결혼 할 수 있잖아."

"리오타, 나는 절대 결혼하지 않아."

"너 미쳤어. 여자는 결혼을 해야 해. 네가 쉰 살 돼봐. 무 슨 일이 일어날 줄 알고? 같이 늙어갈 사람이 있어야 돼. 안 그러면 너 후회해."

"난 아흔아홉에 난교 파티 열어서 구속될 거고, 늙어서 같이 살 사람 같은 건 안 키워. 너무 우울한 생각이다. 세상 에, 너 지금 스물넷인데 쉰 살 때 일을 걱정하고 있잖아. 그 게 말이 되냐."

"세상에 그것만큼 말이 되는 게 어딨어. 난 안정적인 삶을 원해. 돈을 아껴서 애들 교육과 우리 은퇴를 준비해야 해. 나는 교육을 못 받아서 우리 애들은 꼭 교육을 받게 해주고 싶어."

"원한다면 너도 학교에 갈 수 있어. 전문대도 있고, 길은 많아."

"난 나이가 너무 많아. 할 일이 너무 많아. 더 이상 교실에 앉아서 뭘 배울 수 있을 거 같지 않아. 네가 공부하는 거야 좋은 일이지. 너 공부하는 거 대단하다고 생각해. 그렇게 살아가면서 사람들 많이 만날 수 있으니까. 언젠가 맞는 사람 만나서 정착하겠지. 기다려봐."

"이런 헛소리 좀 그만하자. 난 여자를 사랑해. 절대 남자랑 결혼 안 할 거고, 여자랑도 절대 안 해. 그건 내 길이 아니야. 난 죽었다 깨어나도 레즈비언이야."

리오타는 날카로운 소리를 내며 숨을 들이쉬었다. "야, 너 머리가 어떻게 된 게 아닌지 검사 좀 받아봐야겠다. 너 같은 사람들은 어디로 보내지잖아. 넌 도움이 필요하다고."

"그래, 나도 나 같은 사람들을 어딘가로 보내버리는 너 같은 사람들을 알고 있지. 네가 이성애 재판의 이단 심문관들을 소환하기 전에 얼른 가련다."

"그런 거창한 말들 나한테 쓰지 마, 몰리 볼트. 넌 항상 잘난 척하는 년이었지."

"맞아, 그리고 난 네 첫 번째 애인이기도 했어." 나는 문을 쾅 닫고 중고차 주차장 옆길로 나왔다. 보아하니 그녀는 그 자리에서 죽었을지도 모르겠다.

이제 허드슨 강의 바빌론으로 발길을 되돌릴 차례다. 공기가 폐를 망가뜨리고, 등 뒤에서 들리는 발소리의 주인공이 당신의 목을 그어버릴 수도 있는 곳으로. 밤마다 교외에 집을 가진 자들을 접대하면서 그것을 연극이라고 칭하는 화려한 브로드웨이로. 매끈한 고가 잡지들이 포획한 육체를 달마다 전미 정기 구독 식인종들 앞에 차려내는 곳. 수백만 사람들이 썩어가는 벌집 속에서 서로 부대끼며 살아도 인사 한번 하지 않는 곳. 오염되고 과밀하고 부패했으나, 내가 지낼 방이 있고 희망이 있는 유일한 곳. 되돌아가서 버텨내야 한다. 그나마 뉴욕이라는 도시에서는 다음 세대를 낳는 짐승 이상의 존재는 될 수 있을 테니까.

캐리

뉴욕이 내 복귀를 두 팔 벌려 환영하지는 않았지만 상관없었다. 나는 무슨 일이 닥쳐도 대처할 각오가 돼 있었다. 무관심에조차도. 남은 여름은 단조롭게 흘러갔다. 가을이 오면서 졸업반이 되니 마음이 한결 놓였다. 사 학년생들은 그간 뉴욕 대학교에서 배운 것들을 집적한 단편영화 한 편을 제작해야 했다.

월그런 교수는 학과장이자 철저한 여성 혐오자로서, 졸업 작품 면담을 위해 나를 교수실로 불렀다.

"몰리, 졸업 작품으로 어떤 걸 준비하고 있지?"

"한 여자의 인생에 관한 이십 분짜리 다큐멘터리를 만들 생각을 해봤습니다." 그의 반응은 심드렁했다. 올해의 화두는 포르노폭력*이었는데, 남자들은 전부 섹스 신들 틈

틈이 시카고 민주당 전당대회장 앞에서 돼지들이 사람들을 패는 장면**을 이어 붙인 기괴한 정사 장면들을 촬영하기 바빴다. 내 작업은 그 맥락이 아니었다.

"주말에 카메라 대여하기가 어려울 수도 있겠는데. 그나저나 제작진에 누가 들어가기로 했나?"

"아무도 없습니다. 아무도 제 영화 제작진으로 들어오려고 하질 않더라고요."

월그런 교수는 유행하는 금속테 안경 너머로 기침을 하더니 미묘하게 악의를 드러내며 말했다. "오, 알겠다. 여자가 시키는 건 안 한다고 했나 봐, 응?"

"모르겠어요. 자기들끼리도 시키는 대로 그렇게 잘하는 모습은 본 적이 없어서요."

"음, 자네 영화가 잘됐으면 좋겠네. 어떤 작품을 찍어낼지 아주 보고 싶거든."

퍽이나 보고 싶으시겠어요, 히피인 척하는 중년 찌질이 주제에.

---

* pornoviolence, 1967년부터 언론에 등장한 용어. 선정적·외설적으로 이용되는 폭력을 가리킴. '폭력의 포르노화'에 가까운 개념이나, 주인공 몰리의 남자 동기들은 이 용어를 문자 그대로 읽고 포르노에 폭력을 합쳐 영화를 만들고 있다

** 1968년 국제청년당이 베트남전에 반대하며 시카고 민주당 전당대회장 앞에서 실제 돼지를 대선 후보로 추천한 시위에 대한 풍자

카메라들은 차후 십 년간 예약이 차 있었다. 하지만 그거야 내가 스튜디오 외부로 반출 사용을 문의할 때마다 늘 벌어진 일이었다. 그래서 그날 오후 나는 아무렇지도 않게 '자메이카'라고 색색으로 크게 수놓인 넉넉한 왕골 토트백에 아리플렉스를 쑤셔 넣고 춤추듯 빠져나왔다. 필름도 최대한 훔쳐서 피코트 안감에 바느질해 단 특수 주머니들과 가방 속에 넣어 가지고 나왔다. 집에 가서 옆집 여자한테 일주일간 우리 집 화분들에 물 좀 주시라 부탁하고 비상열쇠를 준 다음, 포트 오소리티 버스 터미널―여기가 이 나라 티룸 퀸*들의 집결지다.―에 가서 포트로더데일로 가는 버스를 잡아탔다. 삼십사 시간 동안 질문 공세로 가득한 다섯 번의 대화에 시달린 끝에 나는 일 번 국도에 있는 하워드 존슨 여관에 도착했다. 뉴욕을 벗어난 뒤 맞은 태양은 너무 밝아서 모든 것들이 강렬해 보이고 눈이 아팠다. 육 킬로미터쯤 떨어진 집까지 장비를 들고 가기에는 너무 무거워 택시를 잡아 탔다.

집 바로 옆을 지나가는 플로리다 동해안 철도를 따라 놓인 플래글러 도로를 타고 집까지 쭉 달렸다. 흉측하게 타오르던 분홍색 페인트가 바래서 가벼운 괴기스러움을

* tearoom queens, 공중화장실에서 일회적인 밀회를 즐기려고 모이는 게이들을 일컫는 말

자아냈다. 앞마당에 있는 코코야자는 사 미터도 훨씬 넘게 자라 있었고, 집을 둘러싼 수풀이 꽃과 카멜레온으로 번잡스러웠다. 집에 온 건 육 년 만이었다. 캐리에게 한두 번 내가 살아 있다는 편지를 썼지만, 그 말이 다였다. 그녀를 만나러 집에 가겠다는 말은 한 적이 없다.

문을 두드리자 반쯤 열린 비늘살 창문 뒤에서 천천히 발을 끄는 소리가 들려왔다. 비늘살들이 열리고 쉰 목소리 하나가 말을 했다. "누구세요?"

"나야, 엄마. 몰리."

"몰리!" 문이 활짝 열렸고 나는 캐리를 보게 되었다. 그녀는 노란 자두 같았고, 머리는 완전히 백발이었다. 나를 당겨 포옹을 하려고 뻗어오는 그녀의 손이 떨렸다. 그녀는 울기 시작했고 말도 잘 못했는데, 입 속의 혀가 조금 굳은 것 같았다. 다시 거실을 향해 걷는 그녀의 몸이 좌우로 휘청거렸다. 나는 그녀의 팔꿈치를 받쳐서 백조 머리 모양 팔걸이가 달린 낡은 흔들의자까지 부축했다. 그녀가 자리에 앉아 나를 보았다.

"이렇게 오랜만에 와서 엄마 늙은 거 보고 놀랐구나. 앓다가 이렇게 됐다. 몸이 꼭 가뭄 때 풀처럼 말라."

"죄송해요, 엄마. 아무것도 몰랐어요."

"아니다. 넌 아무것도 몰랐으면 좋겠더라. 너 가고 병이 났으니 말 안 하고 살기로 마음먹었다. 너는 어쨌든 신경을 안 썼잖아. 플로렌스한테 내 상태는 너한테 일언반구도 하지 말라고 했다. 손가락까지 이렇게 돼서 편지도 못 써. 여기는 왜 왔어? 이 집에 들어와 살겠다고 저 뒤쪽 침실에서 여자들이랑 빨가벗고 자빠져 있고 그러면 안 된다. 그 정도는 알고 있겠지."

"알아요. 엄마한테 내 졸업 작품 도와 달라고 부탁하려고 온 거예요."

"돈 안 드는 거면 괜찮아."

"한 푼도 안 들어요."

"그런데 학교에서는 뭘 하나? 1967년에 졸업을 했어야 하는데. 이 년이나 늦네. 왜, 그 양키 애들이 너무 똑똑해서 너한테 벅차디?"

"아니. 지난 삼 년 동안은 낮에 직장을 다녀야 해서, 학교 공부가 늦어졌어요."

"하, 좋아, 좋아. 거기 사는 건방진 유대인 새끼들이 너보다 똑똑한 건 아니라니 다행이네."

"그래서 말인데, 내 프로젝트 도와주실 거죠?"

"아니, 아직 뭔지도 모르는데. 뭘 하라고?"

"그 흔들의자에 앉아서 내가 엄마 찍는 동안 나한테 얘기만 하면 돼요."

"나를 찍는다고!"

"그래요."

"그러니까 내가 영화에 나온단 말이야?"

"맞아요."

"그렇지만 나는 옷도 없고 화장품도 없는데. 그런 걸 하려면 치장을 해야 할 거 아니야. 영화에 나오기에 난 너무 늙었어."

"그냥 엄마 의자에 앉아 있어, 그 검정색 푸들 무늬 홈 드레스 입고. 그렇게만 하면 돼요."

"뭔 말을 하라고? 날 놀려 먹는 무슨 대본이라도 썼냐? 너 어렸을 때 그런 걸 많이 썼잖아. 난 연기는 안 한다, 분명히 말했으니까 너 알아서 해라."

"연기 아니야, 엄마. 그냥 내가 찍는 동안 나한테 말을 하면 돼. 지금 우리가 하고 있는 것처럼."

"음. 그런 거면 할 수 있을 것 같다."

"좋았어, 그럼 하는 거죠?"

"아니, 너가 그걸로 뭐 할 건지 알기 전까진 안 해."

"내 졸업 작품이라고. 졸업하려면 필요해. 교수님들한테 보여줄 거예요."

"아니, 안 돼. 교수들이 내가 말하는 거 보고 막 웃으라고. 아무것도 안 해."

"웃기는 얘길 하지 않는 이상 아무도 안 웃어요. 부탁해요. 앉아서 얘기하는 게 그렇게 거창한 일도 아니잖아."

"그거로 나 놀려 먹는 거 아니라고 약속하면, 한다. 그리고 여기 있는 동안 너 먹을 건 직접 사야 된다, 너 먹일 돈까지는 없으니까."

"좋아요. 일주일 정도 지낼 돈은 충분히 챙겨 왔어요."

"좋아, 그럼. 저 뒷방에 짐 풀어. 근데 명심해라. 이 집에 있는 동안 여자는 못 데려와. 화장품 아줌마라도 안 돼. 알아들었어?"

"알았어요. 아, 참, 플로렌스는 어디 있는 거예요?"

"플로렌스는 고혈압으로 작년 오월에 죽었다. 그 병을 의사는 멋있는 이름으로 부르더만 고혈압이랑 똑같은 거더라. 그렇게 예민하고, 맨날 딴 사람들 걱정을 하고 다녔잖아. 오지랖만 넓어서 늘 낄 데 안 낄 데도 모르고. 계속 그러고 사니까 죽는 거야. 그래도 나한테는 좋은 언니였는데. 보고 싶네."

떠버리 할망구가 죽었다니. 말도 안 돼. 죽어서도 분명 무덤 속에서까지 떠들어대고 있을 것이다. 캐리가 말을 이었다. "플로렌스는 예전에 칼을 묻었던 데다가 같이 묻었어. 너도 기억하지, 그 자동차 극장 옆에? 아, 장례식 정말 예쁘게 했지. 딱 하나가 장례식을 망쳤는데, 그게 영화 광

고였어. 무슨 야한 영화였는데, 뭐더라, 〈뜨거운 환락가〉였
나. 원, 플로렌스가 죽어서 망정이지 그 꼴을 봤으면 죽어
버렸을걸. 관 속에서도 돌아누웠을 거야. 그 관을 봤어야
돼. 윤이 자르르한 검정색이었는데, 두 번째로 비싼 거였
다. 너도 알지, 플로렌스가 야한 것들 얼마나 싫어했었냐.
이 자르르한 관이 길을 지나가는 걸 봤으면 그 추접스러
운 광고를 좀 내려주기라도 하지. 이번에는 검정 캐딜락을
탔어. 칼 장례식 때 탔던 것만큼 좋지는 않더라. 그게 무슨
차였지?"

"콘티넨털이요."

"내가 말하는데, 캐딜락은 콘티넨털보다 나은 게 한 가
지도 없어. 내가 부자 되면 콘티넨털 산다. 그거 누가 만
드냐?"

"포드요."

"포드? 너희 아빠가 포드는 절대 사지 말라고 그랬는데.
다 마분지로 만들었다면서. 칼이 자동차에는 빠삭했지. 그
래도 내 생각엔 콘티넨털이 달릴 때 부드럽더라."

"아빠는 한 번도 타본 적이 없을 테니까 엄마가 돈 수십
억 벌게 되면 엄마 정한대로 사요."

캐리는 쉰 목소리로 웃으며 내게 손을 홰홰 내둘렀다.
"가라, 저 잡동사니들 너 잘 방에 갖다놔. 내가 밟고 넘어

져서 목 분질러지기 전에."

나는 장비들을 들고 테라초가 깔린 복도를 지나 원래 내가 쓰던 뒷방으로 갔다. 캐리는 내가 받은 상장 리본들과 트로피들을 모두 벽에서 떼내고, 더블 침대와 마주 보게 그림을 하나 걸어두었다. 예수가 겟세마네 동산에서 무릎을 꿇고 있는 그림이었는데, 천국에서 내려온 한 줄기 빛이 밤하늘을 뚫고 수염난 그의 얼굴을 가득 비추고 있었다. 갈색으로 칠해진 철제 침대 헤드 위에는 거대한 형광 십자가가 걸려 있었다. 밑판이 처진 서랍장 위에는 도자기 다람쥐가 플로리다 대학교 신입생용 비니를 쓰고 있었다. 나는 짐을 옷장에 넣고 앞방으로 갔다.

캐리는 한쪽 발로 흔들의자를 밀고 있었고 아주 신나는 모습이 되어갔다. "차 한잔 마실래, 우리 딸? 콜라 어때? 콜라는 냉장고에 항상 있다. 리로이네 애기들이 너무 좋아해. 너 걔들 한번 봐야 돼. 엡 첫째 애가 다섯 살 반이야. 리로이가 여자애를 임신시켰잖아, 그래서 애가 그렇게 나이가 많아, 뭔 말인지 알지. 때 놓치기 전에 리로이가 그 계집애랑 결혼 잘했지. 그런데 행복하게 잘사는 것 같아. 사고야 늘 나지. 너만 봐도 그렇지 않냐, 어이구. 아마 이번 주에 걔들이 올 텐데, 그럼 볼 수 있겠다. 걔들이 나 데리고 나가는 거 아니면 요즘은 밖엘 거의 안 나가. 차도 없어져서. 시에서 공공 하수도를 설치하라고 할 때 차를 팔 수밖에 없었다. 관을 연결하려면 마당을 파내야 된다는데 그 공사비 댈 돈이 없어서 팔았지. 망할 사기꾼들, 공무원들이고 대통령이고 다 망할 사기꾼들이야. 차 없이 사는 게 고약하긴 한데, 내가 운전하고 다니기엔 너무 늙은 거지. 병도 걸리고, 그렇잖아. 손이랑 발이 따로 놀아. 리로이가 하는 말이, 그 낡아 빠진 플리머스를 판 게 내가 제일 잘한 일이라지 뭐냐. 내가 고속도로에서 사고 나서 죽을까 봐 겁났대. 그래서 이제는 나가본다는 게 뒷마당인데, 바닷가로 드라이브 다니던 게 그립다. 가끔씩 리로이가 애들이랑 같이 나를 데리고 다니고 그래. 애들이 얼마나 시끄러운지. 내 기억에 너는 시끄럽게 안 굴었는데 말이지. 넌 조용한 애였어. 너 여기서 얼마나 있을지 나한테 얘기했었냐?"

"일주일 정도, 괜찮죠?"

"너 먹을 것만 알아서 할 수 있으면 괜찮아. 요샌 고기값 때문에 고생이다. 이젠 일주일에 한두 번밖에 고기를 못 먹어. 샤일로에 살 때랑 달라, 그땐 먹고 싶을 땐 언제든지 신선한 고기를 먹을 수 있었잖아. 칼이 도축 일을 했으니까. 식구가 많은 사람들은 어떻게 먹고들 사는지 모르겠어."

"살림은 어떻게 하고 있어요? 일을 할 수 있을 것 같아 보이지 않는데."

"에이, 할 수 있지, 할 수 있어. 다림질해주는 일을 받아서 하는데 앉아서 하니까 그렇게 힘들진 않아. 난 공돈은 안 받아. 연금으로 달마다 육십오 달러씩 받고 예순다섯이 넘어서 '메디케어'라고 병원비랑 약값도 나오는데, 그건 공돈이 아니지. 내가 번 돈이야. 세금을 몇 년이나 냈는데, 아무렴 내 돈이지. 너무 늙거나 일도 못 하게 너무 아프면 바닷속으로 들어가서 물고기 밥이나 돼야지. 나 건사할 걱정은 마라, 몰리야."

"걱정 안 해요."

"이거 봐, 넌 나한테 신경을 쓰질 않잖아. 멀리 있을 때도 나한테 편지도 안 쓰고. 내가 여기서 죽어버릴 수도 있는데 넌 그래도 모르겠지. 신경을 안 쓰니까."

"엄마, 내가 집 나갈 때, 나는 엄마가 나랑 연 끊고 싶어 하는 줄 알았어요. 그리고 편지 가끔 썼잖아요."

"화가 나서 한 말이지, 화가 나서. 생각해봐라, 엄마가 자식한테 화나서 한 말이 진심은 아니잖아."

"엄만 내가 엄마 딸 아니어서 다행이라며."

"아니, 그런 적 없다. 절대 그런 말 한 적 없어."

"엄마, 그런 말 했었거든요."

"내가 어쨌는지 따지지 마. 너가 날 오해한 거야. 넌 성질이 좀 급해. 내가 말도 해보기 전에 집을 나가버렸잖아. 나는 그런 말 절대 한 적 없고, 내가 그랬다고 우기려고 하지도 마. 넌 내 자식이야. 예전에, 1944년에 널 입양을 할지 말지 고민하는데, 니들 목사님이 그러셨어. 기억하지, 저 위 북쪽 살 때 우리 옛날 목사님. 그분이 넌 내 아이가 되기 위해서 태어났다고 그러셨다. 세상 모든 아이들이 다 그렇게 이 세상에 온다고, 네가 후레자식이라고 걱정할 것은 없다고 하셨다. 암, 그렇고말고. 주님의 눈으로 보면 모두 똑같은 아이들이지. 네가 대체 어디서 뭘 듣고 그런 생각을 하는지 모르겠다. 내가 그런 말 할 사람이디? 내가 널 얼마나 사랑하는데. 나한테 이 세상에 남은 건 너밖에 없다."

"응, 그쵸, 엄마."

나는 부엌으로 가서 음료수 한 캔과 함께 빵 상자에서 크고 딱딱한 프레첼을 꺼내 먹었다. 캐리도 조금 먹고 싶어했는데 이가 좋지 않아서 커피에 적셔 먹어야 했다. 우리는 거실에 앉아 티브이 음량을 최대로 올려 꽝꽝거리게 틀어놓고 로런스 웰크 쇼 중간에 광고가 나오면 이야기를 했다. 그녀 생각에 로런스 웰크는 멋있는 남자고 그의 쇼는 유익하다고 했다. 그녀는 쇼의 아름다운 음악에 맞춰 춤을 추고 싶어 했지만 내이의 평형 감각을 잃은 탓에 그러다가는 넘어질 수도 있었다.

나는 한 주 내내 캐리를 촬영했다. 처음의 두려움을 극복한 그녀는 흔들의자에 편하게 앉아 빠르게 주절댔다. 그녀는 흥분할 만한 얘깃거리가 나올 때마다 의자를 점점 세게 흔들기 시작해서 나중에는 씽씽대는 의자만큼 입이 빨라지곤 했다. 그리고 이야기를 끝내면 다시 의자가 천천히 흔들리게 내버려두고 질문에 '응'이나 '아니'로 대답했다. 그녀는 자신에게 쏟아지는 이 관심을 철저히 즐겼고, 내가 카메라를 다룰 줄 안다는 사실에 신이 나 있었다. 그녀는 뭐가 뭔지 금방 알아차렸다. 카메라로 그녀가 흔들의자의 속도를 올리는 모습을 잡자 그녀는 톡 쏘아붙였다. "내 발은 찍어서 뭐 하게? 사람들이 보고 싶어 하는 건 얼굴이지, 발이 아니잖아."

나는 촬영을 하지 않을 때면 그녀를 위해 집안일을 했다. 잔디를 깎고, 그녀가 어디든 걸어 다닐 수 있는 상태가 아니니 심부름도 다녔다. 그리고 리로이가 정말로 부인과 아이들을 데리고 찾아왔다. 아이들이 온 집 안을 뛰어다니는 동안 그는 엄마와 잡담을 나누었고 리로이의 부인 조이스는 나를 불편한 눈으로 보았다. 비하이브 스타일로 부풀린 올림머리를 한 그녀가 방으로 들어오는데, 팔 센티미터쯤 그녀를 앞질러 오는 것이 있었으니 그것은 그녀의 화장한 얼굴이었다. 그녀는 리로이가 나에게 매력을 느낄까 봐 두려워하고 있었다. 그녀는 긴장한 목소리로 내게 말했다. "와, 《마드무아젤》에 나오는 모델 같으세요. 머리랑 바지랑 무지개 비즈 목걸이랑. 진짜 히피이신가 봐요."

"아뇨, 난 유행하기 전부터 이랬어요. 요즘 들어 가난이 대유행을 끌게 됐네요."

"맞아. 우리 톰보이, 몰리. 지금 정말 이쁘지. 내가 너 잘클 줄 알았어." 캐리가 자랑했다. 캐리에게는 아직도 내가 무엇을 성취하는지보다는 어때 보이는지가 중요했다. "그 청바지만 벗으면 정말 숙녀 같아 보일 텐데." 그녀가 괜히 핀잔을 줬다.

"아유, 그런데 요즘 저게 진짜 유행이에요." 조이스가 더 듬거렸다.

리로이는 자기가 낼 수 있는 가장 남성스러운 목소리로 맞장구를 쳤다. "그래, 요새 여자들은 바지를 입고 싶어 하잖아. 그래서 나도 부인한테 나가서 나 먹여 살리라고 그런다니까, 내가 애들 보겠다고."

캐리는 웃음을 터뜨렸고 리로이의 아내는 그의 팔을 확 잡아당겼다. "리로이, 입 좀 다물어."

헤어스프레이를 잔뜩 뿌린 조이스한테 캐리가 발판 달

린 낡은 화이트 로즈 재봉틀로 지은 홈드레스를 봐달라고 침실로 끌고 갔다. 리로이가 나를 돌아보았다. "우리 이제 어른이 되어버리고 말았네?"

"누군들 피할 수 있겠냐."

"그런데 네가 영화를 만들고 있다니. 영화를 만들 거라고는 생각 못 했어. 그 말솜씨를 갖고 변호사가 될 줄 알았지. 언제나 너보다 똑똑한 애는 없었으니까. 난 좀 멍청한 것 같아. 해병대 갔다가 여기로 돌아와서 잔디 관리 회사에 들어갔어. 난 야외에 있는 걸 좋아하잖아. 늘 그랬지."

"기억나."

"내 밑에서 네 명이나 일해. 유색인들인데. 우리랑 똑같더라. 내 말은, 걔네들이랑 같이 다니지는 않지만 직장 다니는 남자들이라 나랑 똑같애. 다들 부인 있고 애들도 있고 자동차 할부금 내야 되고. 서로 잘 맞는 편이야. 그런 걸 군대에서 배웠어. 거기서는 배울 수밖에 없었으니. 다행이었지. 엡이 나한테 심어놨던 온갖 헛소리들을 군대 있을 때 싹 뽑아버렸어. 나 베트남 갔었다. 알고 있었어?"

"아니, 나는 네가 군대에 갔었는지도 몰랐어."

"해병대를 갔어, 그냥 군대가 아니라. 그래, 맞아, 거기가서 동양놈들도 제대로 구경할 수 있었지. 디젤 기계공으로 시작했어. 내가 언제나 기계 만지는 건 잘했잖아, 기억하지?"

"네가 그 보너빌을 분해했다가 클러치 케이블을 잃어버렸을 때가 떠오른다."

"그 바이크 예뻤지. 하나 다시 사고 싶은데 조이스가 모터바이크라면 죽을 것처럼 무서워해서. 지금도 기계 조작하는 게 좋아. 총 맞기 싫어서 디젤 쪽으로 갔던 건데. 결국 총 맞을 뻔하긴 했지. 주여, 거기서 돌아올 수 있어서 정말 다행이야."

"사람 죽인 적 있어?"

"몰라. 움직이는 건 뭐든지 쐈는데 비명 들은 적은 없으니까 안 죽인 건가. 총 맞을 뻔한 적은 몇 번 없었어. 논 한가운데 나가 있고 그러진 않았어. 어차피 아무것도 안 보이는데, 죽은 지 며칠 되면 냄새가 확실히 나니까."

"네가 멀쩡하게 돌아와서 다행이야, 리로이."

"응, 다행이지. 엿 같은 전쟁이야. 야, 너 남자 친구는 있어?"

"그런 질문은 도대체 왜 하냐? 없어."

"그치만 너 남자 좀 있었잖아. 그러니까 나 말고 다른 남자들 만났지 않아?" 그는 목소리를 깔았다.

"당연하지, 왜?"

"몰라, 그냥 궁금했어. 나랑 말이 통하는 여자애는 아직도 너밖에 없어."

"그런데 난 지금 어른이야, 리로이. 애가 아니고."

그가 혼란에 빠져 나를 처다보았다. "알지. 너 멋있어, 몰리. 되게 멋있어 보여."

"고맙다."

"너 여자 만나봤어?"

"아, 도대체 뭐 하자는 거야, 스무고개 하냐?"

"어, 그게, 오랫동안 못 봤잖아, 그냥 궁금했어. 그렇잖아."

"그렇겠지. 기회 생기는 대로 여자들은 다 만나. 어이구 부러우세요, 아가씨?"

그는 나를 한참 처다보더니 기가 죽어 한숨을 푹 내쉬었다. "좋겠다. 넌 결혼 같은 건 할 사람이 아니지. 너가 항상 말했었는데 내가 안 들었어." 그가 머뭇거리다가 몸을 숙여 귓속말을 하려고 소리를 낮췄다. "있잖아, 점점 지겨워진다. 요즘은 그냥 직장 때려치우고 바히아마르로 가버리고 싶어. 거기서 빵빵한 개인 요트에 선원으로 취직해서 온 세계를 항해하고 싶다. 언젠가는 해보고 싶어."

"그럴 거면 가족들이 먹고살 만큼은 꼭 남겨놓고 가라."

그 순간 행복한 씨받이가 다시 나타났다. "당신 이모님께서 홈드레스를 새로 몇 벌 지어주셨어, 리로이. 하나는 예쁜 주황색이야. 내가 갖고 싶어 했던 새 신발이랑 같은 색."

리로이는 무기력해 보였다. "예쁘다, 자기야."

"이 사나운 인디언들을 재우러 가야겠네. 가자, 여보, 당신도 사촌한테 인사해. 이모님, 다음 주에 올게요. 우리 다 같이 골트오션마일 휴양 단지에 새로 지은 콘도 구경하러 드라이브 가요."

리로이는 절망스러운 표정으로 나와 악수했다. 그리고 왼손을 조심스럽게 내 오른쪽 어깨에 얹고 볼에 짧은 입맞춤을 해주었다. 내 눈은 피하면서도 그는 고개를 돌려 캐리한테 말을 걸었다. "또 오 년은 애 못 보겠네요, 그렇죠, '몰리 어머님'?"

캐리가 우렁찬 소리로 대답했다. "내가 고꾸라지면 오 년 되기 전에 만날 수 있을 거다."

"이모님, 그런 말씀 마세요." 조이스가 차분한 어조로 타일렀다.

"몸 잘 챙겨, 몰리. 우리한테 간간이 소식 좀 들려주고."

"알았어, 리로이. 너나 잘 챙겨."

그는 현관에서 내려섰다. 낡아빠진 흰색 스테이션왜건에 타고, 시동을 걸고, 불을 켠 다음 도로로 나가면서 그는 경적을 울렸다.

"리로이가 정말 사랑스러운 가정을 꾸린 것 같지 않어? 부인도 너무 착하지? 조이스라는 애 내 맘에 쏙 든다."

"그러게요. 괜찮은 것 같아, 정말로."

내가 집으로 출발하기로 한 날, 캐리는 예전 모습으로 돌아간 듯했다. 어떻게 가능한 건지는 모르겠지만 쇠약해져가는 자신의 육체를 억지로 부려 부엌을 회오리처럼 누볐다. 그녀는 내게 계란을 부쳐주고 커피를 새로 내려주겠다고 고집을 부렸다. 캐리는 인스턴트커피를 도덕적 타락의 징후라고 생각했고, 죽는 한이 있더라도 꼭 내게 신선한 커피를 내려줘야 한다는 일념에 사로잡혀 있었다.

이렇게 한바탕하고 나서 그녀가 식탁에 앉아 머뭇거리다 입을 열었다. "항상 너 진짜 아빠가 누구냐고 물어봤었지. 내가 말해준 적은 없지만. 너는 하도 오지랖 넓은 년이라 나 죽고 나서 알아내고 말 게 분명하니까, 차라리 너가 전말을 똑바로 알 수 있게 말해주는 게 낫겠다 싶어. 루비가 어떤 외국인이랑 눈이 맞았어. 더 고약했던 건 그 남자가 유부남이었던 거야. 그래서 사람들이 그렇게 쉬쉬했던 거다."

"어디 외국인이었는데요?"

"프랑스, 순혈 프랑스계였어. 그 종자들이 제일로다 썩었지. 이탈리아놈들보다도 미친 것들이야. 루비가 그 남자랑 도망간 걸 알았을 때 다들 놀라 죽을 뻔했어. 그놈은 영어도 거의 못했다. 서로 어떻게 말을 했을까 짐작도 못하겠는데. 아마 둘이 그짓 할 땐 아무 말도 할 필요가 없었겠지. 루비는 음탕한 년이었으니까. 어쨌든 그놈은 임신한 걸 알고 바로 깰 버렸어. 칼이 그놈을 쫓아가서, 앞으로 절대 널 데려가려고 하지 않을 거고, 너의 인생에서도 루비 인생에서도 사라지라고 으름장을 놨지. 그놈도 동의했다더라."

"그 사람 본 적 있어요?"

"아니, 하지만 사람들은 그놈이 잘생긴 악마라고 하더라. 넌 그 사람 닮아서 이목구비가 또렷하고 눈동자가 까만 거야. 루비랑 한 개도 안 닮았잖어, 목소리만 빼고. 목소리가 똑같애. 너 말할 때 눈 감고 들으면, 루비가 저만치에서 서 있는 게 보이는 것 같다. 너는 걔 닮은 데가 없어, 목소리 빼고 암것도. 온몸이 다 아비를 닮았나 봐. 너 말할 때 손동작하는 버릇 있잖니, 프랑스 사람들이 그러거든. 그 남자가 대단한 운동선수였어. 아, 그래. 유명했지, 올림픽인가 무슨 대회에서. 루비가 그 남자를 대체 어디서 만났는지 아무도 몰라. 루비는 평생 운동장 근처에도 안 갔는데. 분명히 네가 그런 운동 신경을 타고난 것도 그 남자한테서 온 걸 거다. 루비는 둔한 년이었으니까."

"그 남자 이름은 뭐였는데요?"

"프랑스 놈들이 쓰는 그렇고 그런 이름 중에 하나였는데, 이름 두 개가 붙어 있는 거 말이야. 내가 발음을 몰라.

뭐라더라, 존피터 불레트?"

"장피에르?"

"그거다. 그 망할 놈들은 왜 이름을 두 개씩이나 짓는지. 자기들이 너무 좋은가 봐. 자기 이름이 길면 자기 입으로 부를 때도 시간이 더 걸릴 거 아냐. 우리 가족 중에는 그렇게 프랑스인들 같이 뜬구름 잡는 사람은 없어. 너 그 뜬구름 잡는 기질이랑 예술가가 된 것도 다 그쪽에서 받은 거야. 우리는 현실적인 사람들이거든. 우린 언제나 현실적이고 음식도 정상적인 걸로 먹지. 그 개구리 같은 것들은 달팽이를 먹어. 그냥 먹기만 하는 게 아니야. 그게 비싸기까지 하니 어이가 없어요. 염병 그렇게 멍청한 소리는 평생 들어본 적이 없다니까."

"이야기해줘서 고마워요, 엄마. 그게 참 많이 궁금했었어."

"아직 너한테 할 얘기 남았다. 중간에 끊을 생각은 하지도 말어. 너 태어나기 전부터 가슴속에 담아둔 건데, 이제 무덤 갈 날이 얼마 안 남았으니까 다 꺼내보자." 그녀는 쭈글쭈글한 가슴을 내려다보더니 코웃음을 쳤다. "뭘 꺼내려고 해도 가슴이 없어서 안 되겠네. 그거 아냐, 젊었을 때는 내 가슴 이뻤어, 꼭 브래지어 광고 모델 같았는데. 이 빌어먹을 병 때문에 온몸이 다 쭈그러들었네. 나이 먹는 건 끔찍한 일이야. 기다려봐라, 너도 알게 될 거다. 인제 내려다보면 건포도 하나씩 올린 납작한 설탕케이크밖에 안 보이네. 옛날에는 내려다보면 오렌지가 두 개 있었는데." 그녀는 손을 가슴 밑으로 넣어 밀어 올렸다. "젠장, 하나도 소용이 없네."

"커피 한잔 더 할래요, 엄마?"

"한잔 더 좋지. 냉장고에 우유가 더 있는데 그것도 가져다주면 좋고. 요새 우유 값이 거의 위스키 값이야. 차라리 위스키를 사서 커피에 타 먹고 말지. 그러면 기분이라도 좋아질 텐데. 우리는 애를 가질 수가 없었다. 그러니까, 그게 염병 맞게도 슬픈 얘기야. 네가 나 죽고 나서 잘 모르는 사람들한테 듣지 말라고 다 얘기해주는 거다. 칼이 1919년에 총각 딱지를 뗐을 때 매독에 걸렸어. 그걸 알았을 때는 그냥 알았다고 했어. 그런데 1937년에 칼이 바람을 피우는 걸 알게 됐을 때는, 그래. 바람을 피웠어, 내가 여태 그 일을 입도 뻥긋한 적이 없는데. 그때 나 빼놓고 모든 사람들이 다 알고 있었어. 쿠키, 플로렌스, 조…… 극장에서 칼이 그 여자랑 있는 걸 봤으면서 그것들이 나한테 말을 안 한 거야. 플로렌스가 살면서 딱 한 번 입을 다물었던 때가 그때야. 그거 때문에 목을 졸라버리고 싶었다니까. 이런 일은 항상 아내가 가장 마지막에 알게 되더라. 나는 상상도 못 했어. 다른 점을 못 느꼈거든. 나를 한결같이 대해줬어, 작은 선물들을 사줬고. 알지, 아빠가 그런 거 어떻게 해주는지. 날 사랑하는 것처럼 굴었던 거지. 그런데 우리가 넷와일러네 집에서 하는 파티에 같이 갔더니 사람들이 다 수군거리는 거야. 다들 내 얘기를 하는 것 같아서 물었지. '무슨 일이에요? 다들 지금 내 얘길 하고 있는 거예요?' 플로렌스가 그러는 거야. '누군가는 애한테 말을 해줘야 돼.' 이러니 내가 진짜 걱정이 돼서 물었어. '도대체 무슨 일이냐고?' 다들 입을 꾹 다물고, 플로렌스는 쿠키가 부엌으로 데리고 들어가버리더라. 칼이랑 나는 집에 왔지. 무슨 일이 있다는 건 알겠는데. 그다음 날에, 우리 아부지가 하노버에서부터 우리 집까지 나한테 다 얘기해주겠다고 오셨어. 사람들이 전부, 이런 건 아부지가 해줘야 된다고 한 거야. 아무튼 나한테 양아버지이고 플로렌스 빼면 유일한 가족이었으니까. 아부지가 나한테, 칼이 글래디스라는 여자를 만나고 있는데 키가 아주 크고 우아한 여자라고 설명을 해줬어. 믿을 수가 없었지. 첫 번째 남편하고 그 난리를 쳤는데 또 이러면 안 되는 거잖아."

"첫 번째 남편이요? 칼 말고 다른 남편이 있는 줄은 몰랐는데."

"아, 그래. 그 전에 한 번 결혼한 적이 있었어. 1918년에 고등학교 가기 직전이었지. 그놈 이름은 러프였는데 나를 죽도록 패서 이혼했어. 그놈도 다른 여자들이랑 놀아났어. 내가 그놈이랑 이혼한 게 아주 고약하게 소문이 났다. 사람들은 그놈이 여자들이랑 놀아난 것보다 이혼을 더 안 좋게 생각했거든. 그 시절에는 이혼을 안 했으니까. 그때부터 난 담배를 피우기 시작했지. 염병, 사람들이 날 이혼했다고 쓰레기 취급을 하는데, 난 일부러 길거리에서 담배 피우고 그랬어. 그 인간들한테 진짜 날 씹을 거리를 주겠다 이거야. 한 명도 안 빼놓고 보라고 큰 시가를 피웠어." 그녀는 잠시 쉬다가 원래 맥락을 생각해냈다. "그날 밤에 칼이 집에 왔을 때 그런 생각이 들더라. 칼이랑 말 좀 해봐야겠다. 내가 물어봤지, 당신이랑 글래디스랑 이게 무슨 일이냐. 칼이 사실대로 말해주더라. 그 여자랑 만난 지 일 년 됐어, 그러는 거야. 그리고 우리 예전에 썼던 갈색 줄무늬 소파에 앉아서 얼굴을 가리고 울었어. 눈물을 줄줄 흘리면서 나한테 말했지. '캐리, 한 번에 한 사람 이상 사랑할 순 없어? 난 두 사람을 사랑해. 어떻게 하란 말이야?' 그래서 내가 미쳐버렸지. 어떻게 나 말고 딴 사람을 사랑할 수 있어? 나로 안 된다면 그 길로 짐 싸서 집 나갈 생각이었어. 나는 칼을 사랑했어. 아주 떠받들고 모셨지. 나한테 그렇게 잘해주면서, 어떻게 뒤에서는 그런 짓을 해? 코발트 치료를 받고 바로 해리스버그에 있는 정신병원에 들어앉을 뻔했어. 그것 때문에 그때까지도 제정신이 아니었거든. 요크 시내로 가려고 버스를 탔다가 스프링그로브까지 가버린 적도 있어. 동쪽 서쪽도 분간이 안 됐어. 그랬다. 내가 항상 붕 떠 있고, 너무 많이 우니까 사람들이 나를 하멀링 의사선생님한테 데려갔어. 내 눈이 머는 줄 알고 그랬지. 그랬더니 의사가 나랑 칼을 불러놓고 면담을 했어. 칼에게 다른 여자를 만나는 건 미친 거라고 설명을 해줬어. '한 명이면 됐죠.'라더라. '머리에 종이봉지를 씌워보세요, 여자들 다 똑같습니다. 칼 당신은 어째서 곁에 있는 한 사람으로 행복할 수가 없습니까?' 의사가 그렇게 말해주는데, 나도 그 방에 같이 있었어. 적어도 의사는 내 편이었지. 난 좋은 아내였고. 그래서 칼은 그 여자랑 헤어지고 난 칼을 용서해줬어. 그렇지만 칼 때문에 내 맘은 다 무너지고 말았지. 그 일은 절대 잊을 수가 없더라. 이날까지도 칼이 나한테 그런 짓을 했다는 게 믿어지지가 않아."

그녀의 목소리가 줄어들면서 흐느낌이 되어갔다. 그녀는 눈물을 휴지로 닦고 커피잔을 내려다보며, 내가 공감해주기를 기다렸다.

삼십일 년 전 그해, 그녀의 인생은 얼어붙었다. 그녀는 절망의 날카로운 파편에 유약을 덧입혀 정념의 진주 한 알을 빚어냈다. 진실을 알게 된 후 그녀의 인생은 계속 그

때의 감정적 정점을 맴돌았고, 이제는 나도 그 길에 함께 하기를 기다리고 있다. "엄마, 미안해. 그런데 나도 오로지 한 사람하고만 산다는 건 말이 안 된다고 생각해."

그녀는 고개를 확 들더니 나를 노려봤다. "못 하는 말이 없네. 넌 성중독이야, 그게 잘못됐어."

나는 얼이 빠져서 그녀를 바라보았다. 세상에서 그녀가 가장 부당한 삶을 살아왔다는 말도 안 되는 정신승리를 추켜세워주지는 않을 작정이었다.

그녀는 심호흡을 하더니 나의 지지를 받지 못해 확신과 감정이 덜해진 모습으로 이야기를 계속했다. "그러고 사십사 년에 네가 태어났지. 내게 그건 기회였어. 칼이 애를 만들어줄 수가 없으니 난 너한테 매달렸어. 옷도 입히고 예뻐해줄 수 있는 애를 계속 바라고 있었거든. 네가 있으면 행복질 거라고 생각했다. 널 위해 옷도 지어 입히고 유모차에 태워 밖으로 나가고. 뼈밖에 없던 너를 포동포동 살이 오르게 먹였더니 이쁜 애가 됐지. 그 가톨릭 고아원에서는 널 먹이질 않았거든. 수녀들이란⋯⋯ 좋아한 적도 없어, 어차피. 나한테는 다들 펭귄 같아 보였어. 칼은 자기가 아빠 노릇을 제대로 못할까 봐 걱정했지만 노력해보겠다고 했어. 칼은 너를 점점 사랑하게 됐지. 꼭 친자식처럼 널 사랑했다. 물론 내 생각대로 자라진 않았지만 넌 여전히 내 자식이야. 나한텐 이 세상에 너밖에 없다."

캐리. 결혼식 때 받은 빛바랜 은반지들의 황무지에 커피 잔을 놓고 앉아서, 당신이 일하던 빵집에 진열된 케이크 같은 모성애의 달콤한 환상을 맛보고 있네요…… 다 골 판지로 만든 장식일 뿐인데. 나는 잔을 만지작거렸고 그 녀는 말을 이어나갔다. "넌 내 아이가 되려고 태어났다. 그 게 니들 목사님 말씀이셨고, 널 숙녀가 되도록 키웠지. 내 가 할 수 있는 만큼은 다했다."

"나도 알아요, 엄마. 나 어렸을 때 키워주고 먹여주고 입 혀주신 거 감사하게 생각하고 있어요. 가진 것도 별로 없 었는데. 정말 감사해요."

"고맙다고 하지 말어. 엄마가 그러라고 있는 거지. 하고 싶으니까 한 거야."

나는 시계를 흘깃 올려다보았다. 십 분이면 택시가 도 착할 터였다. 그녀는 내가 시간을 확인하는 것을 보고서 눈을 가늘게 떴다.

"여기 언제 다시 올 거냐?"

"언제라고 말하기가 어려워요. 돈 모으기 힘들어서요."

"자, 봐라. 네가 여자 만나려고 하는 게 말도 안 되는 일 이잖어. 여자는 널 지켜줄 수가 없어. 나가서 누구라도 남 자를 잡어서 결혼을 하면 그 사람이 널 지켜줄 거다. 그리고 돈이 좀 생기겠지. 너 그러다 후회한다. 여자랑 사는 건 안정이 안 돼."

"무슨, 엄마는 남자랑 결혼했어도 돈 없잖아. 그리고 안정? 죽으면 다 안정돼요."

"못 하는 말이 없어. 너가 하는 말엔 못 당하지. 택시 언제 오나?"

"십 분쯤 후에요."

"그래, 나 할 말은 다 했다. 샌드위치 싸둔 거 있고, 스위스 치즈 기름종이로 싸났다. 우유는 네가 사서 점심 맛있게 먹어. 삶은 계란도 세 개 넣어뒀으니 음식 사 먹을 필요는 없을 거다. 이 늙은 엄마가 해줄 수 있는 게 이것밖에 없네." 그녀의 눈가가 다시 촉촉해지기 시작했다. "엄만 최선을 다했어. 우리 딸, 미안해, 엄마가 돈이 없어서. 내가 부자였으면 너한테 영화관도 사줬을 텐데. 일주일 동안 말은 안 했지만 너 핼쑥한 꼴이 속상해. 너무 말랐어, 얘야. 너 거기서 계속 일하고 또 일하고 그러지. 넌 원래 열심히 하는 애지만. 너가 무리할까 봐 걱정이 돼. 빌어먹을. 난 가진 거 없이 자랐는데 내 자식은 뭔가 좀 있었으면 좋겠고, 내가 너한테 준 게 없으니 너도 아무것도 없이 시작하는구나. 하지만 최선을 다했다. 엄말 미워하지는 말아라, 얘야, 나 미워하지 마."

그녀를 감싸 안자 그녀의 하얀 머리가 내 품에 쏙 들어
왔다. "엄마, 나 엄마 안 미워해. 우린 서로 다른 사람들이
고, 둘 다 고집이 셀 뿐이야. 우리가 의견이 항상 맞지는
않았지. 그래서 우리가 그렇게 많이 싸웠나 봐요. 나 엄마
안 미워해."

"그리고 내가 했다고 한 말, 난 절대 한 적 없다. 넌 내 자
식 아니라고 한 적 없어. 넌 내 자식이야."

"아, 내가 헷갈렸나 봐요, 그랬나 봐. 잊어버려요."

"사랑한다. 내가 계속 사는 이유는 너밖에 없어. 나한테
뭐가 있니…… 저 텔레비전?"

"엄마, 나도 사랑해요."

택시가 바깥에서 경적을 울렸고 캐리는 죽음의 천사라
도 본 것 같은 표정이 되었다. 그녀가 내 가방을 들어주려
고 했지만, 나는 그러지 말라고 했다. 나는 장비들을 들고
달려 나갔다가 가방을 챙기러 다시 왔다. 그녀가 나에게
손을 뻗었다. "이 늙고 쪼그라든 살구한테 뽀뽀 한번 해줘
라." 내가 엄마를 안아주고 입맞춰주고 택시를 향해 돌아서
자 엄마가 기침을 했다. "편지 써, 인제. 편지 써줘, 들었어?"

나는 돌아보며 그러겠다고 고개를 끄덕였다. 말이 나오
지 않았다. 택시가 출발하자 캐리는 빛바랜 분홍색 벽에
기대 손을 흔들며 배웅을 하고 있었다. 나도 엄마를 향해

손을 흔들었다.

캐리, 캐리는 칭기즈 칸 같은 황제도 저리 가랄 정도의 우파다. 선하신 하나님께서 우리 모두가 더불어 살기를 바라셨다면 세상 사람들 모두 한 가지 피부색으로 만드셨을 거라고 믿는 사람이 캐리다. 캐리는 여자의 가치가 오로지 얼마나 좋은 남자를 만나느냐에 달렸다고 믿는 사람이다. 그리고 나는 캐리를 사랑한다. 그녀를 미워할 때조차 난 그녀를 사랑하고 있었다. 아마 세상 모든 아이들은 엄마를 사랑하나 보다. 그리고 그녀는 내가 아는 하나뿐인 엄마다. 아니 어쩌면 그녀의 편견과 두려움의 껍데기 속에는 사랑으로 가득 찬 한 인간이 있을지도 모르겠다. 어느 쪽이든 나는 엄마를 사랑한다.

졸업

내가 장비들을 지고 돌아오자 월그런 교수의 불알은 쪼그라들었다. 그는 다른 사람들이 장비를 써야 할 때인데 혼자 다 들고 가버린 것이 얼마나 무책임한 일인지 아느냐며 열변을 토했다. 내 장학금 지급을 취소하겠다고 그가 협박했으나, 마지막 학기였고 그것도 거의 끝나가기 때문에 그는 물러설 수밖에 없었다. 그는 말을 더듬으며 씩씩거리다가 코를 풀더니 결국 입을 다물었다.

졸업 영화제의 밤은 큰 행사였다. 다른 학생들은 전부 자기 '여친'을 데려와서 〈망해가는 사람〉 부문의 베스트 드레서 자리를 노렸다. 그들은 자기들의 데이트 상대를 '내 여친'이나 '내 마누라'라고 소개했다. 나는 혼자 참석했다. 홀치기염색 티셔츠를 뽐내는 수염남을 끼고 등장하지 않았더니 인간들이 기겁을 했다. 그리고 상영은 시작되었다. 가장 많은 박수를 끌어낸 작품은 출연진 절반은 화성인으로, 나머지 절반은 인간으로 분장해 상상 속 화성 지대에서 집단 강간을 하는 내용이었다. 인종 문제에 관한 이 얼마나 심오한 선언이냐며 모든 남자들이 수군댔고, '여친'들은 기막혀했다.

내 영화의 상영 순서는 마지막이었는데 그때쯤이 되자 관객 일부는 벌써 떠나고 없었다. 흔들의자를 빠르게 흔들며 카메라를 정면응시하고 있는 캐리가 등장했다. 퀵 컷을 쓰면서 케네스 앵거* 영화에서 훔친 장면으로 넘어가는 부분도 없고, 쏟아지는 핵폭탄을 표현하려고 하늘에서 은박지 공들을 떨어뜨리는 장면도 없었다. 그저 자신의 인생을, 요즘 세상과 고기 값을 이야기하는 캐리뿐이었다. 내가 최선을 다해 편집한 것이었다. 여기저기 튀는 곳이 있었지만 그녀 인생의 이십 분이, 그녀가 보는 그녀의 인생, 촬영을 위해 그녀가 다시 살아낸 그녀의 인생이 거기 있었다. 영화에서 그녀가 마지막으로 한 말은 이런 것이었다. "이 집을 커다란 진저브레드 케이크로 바꿀 거다, 모서리에는 아이싱을 입혀야지. 그러고 나서 빌어먹을 빚쟁이들이 찾아왔을 때, 이 집을 조금씩 부숴가는 대신에 날

* 미국의 영화감독으로 전후 아방가르드를 이끈 주요 인물

좀 내버려두라고 할 거야. 그러다 보면 저들끼리 집을 홀
랑 먹어치우겠지." 그녀는 킬킬 웃었다. "그러면 나는 집에
서 나와서, 우리 선하신 하나님께서 만드신 햇빛을 받으
며 앉아 있을 거다. 솔로몬 왕의 금보다도 화려하게 차려
입은 저 들판의 백합꽃에 파묻혀서. 나 정도 늙으면 그렇
게 죽는 것도 괜찮어." 그녀는 걸걸하고 시원스러운 웃음
을 터뜨렸고, 그 웃음소리가 줄어들면서 불빛도 함께 꺼
졌다.

아무도 박수를 치지 않았다. 아무도 소리 내지 않았다.
내가 필름을 되감기 시작하자 영사기가 놓인 탁자 옆으로
사람들이 줄을 지어 나갔다. 지난 수년에 걸쳐 동기로 지
낸 이들을 바라보았으나 그중 단 한 사람도 내 얼굴을 쳐
다보지 못했다. 그들은 조용히 방을 나갔고 마지막으로
나가는 사람은 월그런 교수였다. 그는 문 앞에 멈춰 서서
무슨 말을 하려고 돌아봤다가 하지 않는 편이 낫다고 생
각했는지 바닥만 보면서 소리가 나지 않게 천천히 문을
닫고 나갔다.

나는 숨마쿰라우데*로 졸업하는 동시에 파이 베타 카
파 클럽에 가입됐다. 졸업식에는 가지 않았고 졸업장은 우
편으로 받았다. 학교까지 가서 학생들한테 잘난 체하지

*   Summa cum laude, 최우등

는 않았다. 상영이 끝나고 나서 나는 내 필름이 든 통들과 함께 내 고생에 대한 보상으로 아리플렉스를 챙겨 가지고 나왔고, 일을 구하려고 노력했다. 엠지엠은 내게 비서로 일을 시작해보는 게 어떠냐고 했다. 그다음으로는 워너 브러더스 세븐 아츠가 내 출판 업무 능력에 관심을 보이며, 최신작 홍보 자료를 생산해준다면 우선 일주일에 백오십 달러씩 줄 수 있다고 했다. 나의 영화 제작 기술이 아주 인상적인 모양이었다. 워런 비티가 출연한 최신작의 보도자료를 작성함으로써 내가 회사에 기여할 수 있으리라는 것이었다.

독립 영화 제작자들은 훨씬 직설적이었다. 한 유명인사는 내게 자신의 다음 영화에서 자웅동체로 분장해줄 수 없겠는지 고려해달라고 했다. 그는 내 얼굴을 사랑했고, 셰익스피어의 인물들을 나체로 만들어 풍자하려는 자신의 다음 영화에서 내가 소년—소녀이자 소녀—소년인 신비로운 역할을 맡았으면 했다. 그럼으로써 나를 스타로 만들어 주겠다는 것이었다. 영 앤드 루비캠*에서는 시작은 비서로 해야 하지만 몇 년 안에는 광고를 찍을 수 있게 해주겠다고 했다. 웰스 리치 그린**에서도 똑같은 말을

* Young and Rubicam, 1960년대에 처음으로 컬러텔레비전 광고를 제작한 기획사

했는데, 다만 더 높은 보수와 더 좋은 사무실을 제시했다. 화성 강간 영화를 만든 녀석은 아동용 프로그램의 조연출로 시비에스에 바로 들어갔다. 내게 시비에스는 "채용이 완료되었습니다"라고 설명했다.

하나도 놀랍지 않았다. 실망스럽기는 했지만 내가 눈부신 예외, 성과 계급 간의 장벽을 타파하는 재능 있는 소수자의 상징이 될 수도 있다는 아주 작은 희망의 가능성을 놓지 않았다. 몰리 만세. 결국 학교에서 제일 우수했던 건 아무 소용이 없단 말인가? 나는 씁쓸한 나날을 (입사 면접으로 점심시간을 날리면서) 보내게 되었다. 사무실에 앉아 있으면 계속해서 스텔라가 코언 씨의 전립선 문제 얘기를 하러 들어오고, 《공예 개론》을 편집할 때는 유리의 표면을 쉽게 가공하는 열다섯 단계를 따라 나도 조각조각 금이 갈 것 같던 쓰디쓴 시간. 내가 느낀 쓰라림은 뉴스에도 반영됐다. 분노에 차서 거리로 뛰어나와 시위를 벌이는 사람들 이야기가 뉴스를 뒤덮고 있었다. 하지만 내 분노가 그들의 분노는 아니라는 걸 알고 있었다. 그들의 운동에서도 나는 레즈비언이라고 어떻게든 쫓겨났을 것이다. 여성 단체들도 만들어지고 있다는 걸 어디선가 읽었지만 그

**   Wells, Rich, Greene(1966~1998). 메리 웰스 로렌스를 주축으로 세워진 유명 광고 회사. 소설 속 시점에서는 신생 회사였다

들도 똑같이 나를 버릴 것이다. 지옥이 따로 없다. 전에 본 엡네 연못의 개구리가 되었으면 좋겠다. 아침에 일어나서 어릴 때와 같은 눈으로 하루를 맞을 수 있다면 좋겠다. 길거리를 걸어 다닐 때 저 남자들의 입에서 끊임없이 튀어나오는 무례한 소리들을 차단할 수 있다면 좋겠다. 이 망할 세상이 내가 나로 있을 수 있게 해준다면 좋겠다. 그런데 그렇게 안 된다는 것쯤은 알고 있다. 내 영화를 촬영할 수 있었으면 좋겠다. 그건 내가 이룰 수 있는 소원이다. 어떻게든 그 영화들을 다 만들어낼 거고, 싸우다가 오십 살이 되진 않을 거다. 하지만 그렇게까지 오래 걸리게 된다면, 두고 보시라. 왜냐하면 난 미시시피 강 이편에서 제일 잘 나가는 오십 살이 될 테니 말이다.

덧붙이는 글

시간은 흘러서 어디로 가는가? 누군가 알게 된다면 내
게도 알려 달라. 가서 좀 되찾아오게 말이다.

나는 사십 년도 더 전에 《루비프루트 정글》을 썼다. 처
음 말하는 법을 배우기 시작하면서부터 나는 영어를 사랑
했고, 영어로 글쓰는 건 더 사랑한다는 걸 알게 됐다. 세월
이 흐르면서 모국어에 대한 사랑은 깊어진다. 하기는 영어
의 대성당에 살기 싫은 사람이 누가 있겠는가?

《루비프루트 정글》이 당신이 혼자가 아니라는 걸 깨닫
는 데에 도움을 주었다면 다행이다. 웃게 해준다면 더더욱.

이 소설은 레즈비언 소설로 치부되고, 그래서 문학적 게
토로 분류된다. 어떤 작품이나 사람을 특정하게 규정하는
일은 언제나 모욕적이다. 그런 규정의 진짜 의미는 이것이

다. "이 책은 당신 같은 사람들에 대한 책이 아니다. 당신이 이 책을 즐겁게 읽을지는 모르겠지만, 책의 주제는 결국 '하층민'들에 대한 것이다."

하층민이라는 것은 없다. 레즈비언, 트랜스젠더, 그리고 기타 범주는 존재하지 않는다. 오직 온갖 에너지, 능력, 흑단처럼 새까만 색부터 표백한 듯 새하얀 색에 이르기까지 다양한 피부색들의 혼합체인 사람만이 있을 뿐이다. 우리는 곧 만인이며 만물이다. 나는 남성과 여성이라는 구분조차 믿지 않는다. 그것은 정도의 차이일 뿐인데도, 이분법적 문화라는 악몽 속에서 우리는 괴로워하는 것이다. 남성/여성, 흑인/백인, 이성애자/동성애자, 부자/빈자 등등. 무수한 차이점들 가운데서도 재산의 정도를 가지고 누군가를 평가하는 것은 가장 어리석은 짓이다. 스스로를 본인이 가진 재산으로 평가하는 것은 더 나쁘다.

《루비프루트 정글》을 쓴 1971년(책이 출판된 연도가 아니라) 당시 자신이 처한 상황을 이해하는 첫걸음은 남들이 자신에게 붙인 꼬리표를 받아들이는 것이었다. 그 꼬리표 중 일부는 수백 년 전에 만들어진 것이며(천년씩이나 되지는 않았다 해도), 그것이 어떻게 견고한 억압으로 자리 잡았는지도 이해해야 했다. 이 책은 그 이해의 결과물이다.

생각해보라. 남들이 당신을 정의 내리는 대로 받아들이

는 순간, 당신은 피해자가 된다. 피해자들은 함께 뭉쳐 공동의 억압에 대해 목소리를 내고 공동의(물론 항상 눈부시게 아름다운) 문화를 만들어가며 힘을 얻는다. 그럼에도 당신은 여전히 피해자다.

《루비프루트 정글》에서 나름의 단순한 방식으로 이런 것들을 암시했다. 논픽션 프로파간다에 함몰되지 않으면서 말이다. 논픽션 장르를 비방하려는 게 아니다. 나는 에드워드 기번의 《로마제국 쇠망사》를 찬양한다. 생각해보니 그 책은 프로파간다가 아니긴 하지만.

어떠한 예술 작품이 어떤 재능을 지닌 작가에 의해 이룩된 것이든 간에 우리가 그것을 읽고 보고 포용하려 들지 않는다면 우리는 그 자리에 머물 수밖에 없다. 예술이 아닌 방면에서 생각해보자. 모세는 유대인들을 이집트에서 빼내주었다. 그러나 그가 유대인들 속에 박혀 있던 이집트를 빼내줄 수 있었던가? 자기 안의 억압자를 토해낼 때에야 비로소 자유로워진다. 당신을 억압하는 것에 더는 연연하지 말라. 물론 많은 사람들이 그러기 어려워한다. 작가들조차도 그렇다. 하지만 사회적 약자로 분류되는 사람들, 경제적으로나 정치적으로나 정말 불리한 이들이 이룩한 것들을 보라. 자신의 처지에 분노한 이들만 할 수 있는 것이 아니다. 다른 사람들을 위해 변호사가 되고 대변

인을 자처한 이들까지 있지 않은가. 억압이야말로 되는 장사라 해야 할지도 모르겠다.

당신이 할 수 있는 가장 혁명적인 일은, 자기 자신으로서 진실을 말하고, 삶을 향하여 고통에 마주 서서 당신의 두 팔을 벌리는 것이다. 마음을 바칠 수 있는 대상을 찾으라.

내게는 영어, 말과 사냥개, 그리고 극장이 있었다. 당신에게도, 삶의 지평을 넓혀주고, 모든 생명을 소중히 여기도록 깨우쳐주며, 당신을 다른 사람들과 이어줄 무언가가 나타나길 바란다.

당신이 자유의 길로 들어서는 데에 《루비프루트 정글》이 도움을 주었다면, 나는 성공한 것이다.

저 높은 곳을 향하여.

2015년 2월

리타 메이 브라운

옮긴이의 글

네 차례에 걸친 수정 작업이 끝나게 되어 홀가분한 마음이다. 이제는 번역자의 위치에서 한 발짝 물러나, 독자의 위치에서 《루비프루트 정글》에 대한 소감을 적어보려고 한다.

중학생 때였나. 여자애들이 하나둘씩 남자들에게 호감을 보이기 시작했을 때, 나는 왜 친구들과 같은 감정을 품지 못하는지를 이해할 수 없었다. 동시에 동성 친구에게 우정 이상의 감정을 느낀다는 것을 천천히 자각하고 있었다. 그때의 나는 스스로가 참 낯설었다. 사실은 그 뒤로도 한참 그랬다. 나는 내가 처음으로 마주한 성소수자였던 것이다. 다른 사람들 역시 내가 낯설었을 것이다. 첫 커밍아웃이 생각난다. 대학생 때 친구들을 모아놓고 한참 뜸을 들이며 힘들게 말을 꺼냈다. 이상하게도 조금 미안하기도 했다. 그들은 당연히 내가 아직 남자친구를 사귀지 못한 이성애자 친구라고 생각했고, 그 가정이 무너지면서 내가 낯설게 느껴졌을 테니까. 한동안 말이 없던 친구들의 표정을 읽기 두려워서 고개를 숙였던 것 같다.

지금의 나는 커밍아웃을 쉽게 하는 편이다. 미국에 건너와 살게 된 지 벌써 십 년이 다 되어가고, 나를 받아들이는 친구와 직장 동료들에게 둘러싸여서 가끔은 내가 소수자라는 걸 잊어버리고 살 정도다.

그럴 때 즈음, 그러니까 2016년 겨울에 《루비프루트 정글》을 만났다. 1973년에 처음 세상에 나왔으니 사십 년도 더 된 소설이다. 이 소설은 세상에 나오기 전에 여러 주요 출판사에서 퇴짜를 당했다고 한다. 그 당시에는 몰리 같은 레즈비언이 주인공인 소설이 없었기 때문이다. 그러다 한 영세 출판사에서 출판의 기회를 잡은 이 소설은 이름을 알리게 됐고, 예상치 못하게 백만 부가 넘게 팔려나가면서 《루비프루트 정글》은 유명해졌다. 오늘날 루비프루트 정글은 레즈비언 문학의 상징으로 여겨진다. 1977년에 나온 개정판 표지는 소설을 이렇게 소개했다. A Novel About Being Different And Loving It(다르게 살아가는 삶을 사랑하는 것에 대한 이야기). 이 소설을 설명하는 말로 이

보다 더 정확한 표현은 없을 것이다.

소설 주인공 몰리와 작가 리타 메이 브라운은 공통점이 많다. 둘 다 어렸을 적에 입양이 됐고, 양아버지를 잃었고, 플로리다에서 대학을 다니다가 쫓겨나 뉴욕에서 거리 생활을 하기도 하며 학업을 마쳤다. 그리고 둘 다 레즈비언이다. 이 책은 리타 메이 브라운의 첫 소설인데, 어쩌면 작가의 대사회 커밍아웃과도 같다. 작가로서, 레즈비언으로서 처음으로 나를 세상에 알리는 책 말이다. 당시에는 상상하기 힘든 일이었고, 그래서 큰 반향을 일으켰던 것이다.

소설이 나온 이후 확실히 세상은 변했고, 놀랍게도 동성 결혼이 합법화되는 시대에 진입했다. 사십 년이 지나는 동안 '엘워드'라는 레즈비언이 대거 등장하는 드라마가 크게 성공했고, 다른 매체에서도 성소수자 캐릭터를 어렵지 않게 볼 수 있다. 지금 등장하는 성소수자 캐릭터들은 몰리와는 다른 세상을 산다. 몰리보다 더 인정받고, 덜 차별받는다. 적어도 법적으로는.《루비프루트 정글》이 처음 나왔을 때보다는 성소수자들이 살기 좋은 사회가 되었다는 사실은 부정할 수 없다. 적어도 미국에 한정한다면.

다만 어쩌면 영원히 변하지 않을 사실 하나가 있다. 소수자의 삶은 본인과 타인에게 언제나 낯설 수밖에 없다는 것이다. 나와 본질적으로 다른 것을 욕망하는 다수에 둘러싸일 때, 소수자는 먼저 내가 남과 다르다는 걸 자각하는 과정을 거치고, 또 남에게 자기의 다름을, 나아가서는 같음을 알려야 하는 과제를 안는다. 이 평생의 숙제를 우리는 몰리의 성장을 통해서 확인한다. 몰리가 리오타 비즐랜드를 만나면서 느꼈던 울렁증은 리오타에 대한 끌림과 자기 자신에 대한 낯섦이 합쳐진 결과다. 캐롤린을 만났을 때 몰리는 더 이상 울렁증을 느끼지 않았지만, 이번에는 캐롤린이 몰리를 낯설어하며 밀어냈다. 대학에 간 몰리는 새로운 여자 친구를 사귀지만, 이번에는 그들의 관계를 낯설어 한 학교에서 쫓겨나고 말았다. 뉴욕에서 다른 성 소수자를 만나기도 했지만, 몰리는 결국 이성애자, 그리고 남성들이 구축한 주류 세계에 맞서야만 한다는 익숙한 통증을 자각하며 소설은 끝이 난다.

몰리가 여성이라는 점 역시 레즈비언 정체성과 더불어 그녀의 삶을 경쟁하듯 힘들게만 한다. 흥미로운 점은 어릴적 몰리를 틀에 가두려는 사람들이 대부분 여자라는 것이다. 캐리는 밖에 나가 뛰어노는 몰리가 꼴보기 싫어 가둬놓고 집안일을 시키려고 했고, 칼이 죽었을 때 슬퍼하지 않고 책이나 본다고 나무라던 사람은 플로렌스였다. 캐리는 몰리가 대학에 가는 것을 못마땅해한 반면, 칼은 적극적으로 응원했다. 남성의 헤게모니를 부수고 나오려고 할 때, 그 헤게모니가 요구하는 틀에 이미 순응하게 된 여자들이 정체성의 위협을 느낀 것이다. 이 때문에 몰리는 여성이면서도 같은 여성에게서 괴리감을 느꼈다.

이는 소수자, 특히 레즈비언이 본인과 세상에 동시에 익숙하고 편한 존재는 될 수 없다는 교훈이기도 하다. 아직 준비되지 않은 친구에게 커밍아웃하면서 미묘하게 균열이 가버린 사이, 아웃팅 당하면서 금을 넘어 폭력적으로 망가진 관계들, 서로 사랑을 느끼면서도 인정하지 않은 사람들, 고백하지 못한 사랑, 같은 성소수자들과만 선택적으로 만나던 한때, 변호사 경력 사 년차임에도 여러 번 법원 속기사로 불렸던 불편한 기억들. 여성이자 레즈비언이 아니었다면 어쩌면 겪지 않아도 됐을 순간들이 모여 이룬 인생을 살게 되고 말았다. 지금도 내 좁은 인간관계를 벗어나면, 나는 누군가가 처음 접하는 성소수자일 확률이 높다. 여전히 누군가에게 낯설고 불편한 존재. 그리고 나를 알고 받아들이는 친구들에게도 완전한 이해를 바랄 수 없는 사람이다. 남성 파트너로 가득한 내 로펌에서, 이미 내 커리어는 한계에 다다른 게 아닐까? 그러고 보니 로펌 내에서 가장 직급이 낮은 비서가 스무 명이 넘는데 남자는 한 명도 없다. 사십 년 전에 비해 정말로 세상이 변하기는 한 걸까?

어쩌면 영원히 나는 울렁증에 시달릴 테지만, 몰리를 생각하며 위안을 얻는다. 몰리처럼 쉰 살이 됐을 때에도 진짜 멋진 레즈비언으로 살아남는 상상을 해본다. 《루비프루트 정글》이라는 책이 우리에게 갖는 의미다.

번역 집단 알·알에게도 이 작품은 의미가 크다. 첫 번째로 작업하는 영어권 소설이다. 쉬운 일은 아니었다. 번역하며 가장 힘들었던 부분은 아마도, 2010년대의 눈으로 1960년대를 살았던 레즈비언의 삶을 평가하려는 욕구를 억누르는 것일 테다. 사십 년 전에 비해 세상은 분명 변했지만, 소수자는 여전히 사회 안에서 자신이 타인임을 확인한다. 어쩌면 더 은밀한 방식으로. 그렇게 나는 이번 작업을 하면서 몰리로부터 익숙하고도 새삼스러운 깨달음을 건네받았다. 2020년이 얼마 남지 않은 지금, 오래된 편지와도 같은 이 소설을 맞닥뜨린 동시대 다른 독자분들의 감상이 궁금해진다. 마지막으로 초벌 번역의 반을 함께 해준 순두부에게도 감사의 뜻을 전한다.

2019년 3월
다른 역자들을 대표하여
복어알

옮긴이 알·알
옮긴 책으로 《보스턴 결혼》이 있다.

루비프루트 정글

2019년 3월 14일 초판 1쇄 발행

지은이   리타 메이 브라운
옮긴이   알·알
펴낸곳   큐큐
펴낸이   최성경
실장   이유나
편집   김미래
디자인   디자인 스튜디오 [서―랍]

출판등록   제2018-000043호 2018년 6월 18일
주소   (04003) 서울시 마포구 동교로15길 4, 203호
팩스   0303-3441-0628
이메일   qqpublishers@gmail.com
ISBN   979-11-964381-2-8 03840

이 도서의 국립중앙도서관 출판예정도서목록(CIP)은 서지정보유통지원시스템
홈페이지(http://seoji.nl.go.kr)와 국가자료종합목록시스템(http://www.nl.go.kr/
kolisnet)에서 이용하실 수 있습니다.(CIP제어번호 : CIP2019004166)

책값은 뒤표지에 있습니다. 잘못된 책은 구입하신 서점에서 바꾸어드립니다.